許山集 共計五十五首

河間獻陵高夢箕德風斗南氏著

桃源小集

慷慨悲歌一趙人偶隨同調步苔茵交遊意氣肝腸舊節候清和景物新醉入隱懷憂碧落狂憑曲鑑俯紅塵桃花爛熳渾如笑不負秦源洞口春

少年行

癖性從來姿浪遊知音誰個不相投功名未上麒麟閣退與還登燕子樓千古悲歌稱趙士十年磨礪試

高夢箕《許山集》（《高氏家譜》鈔本）

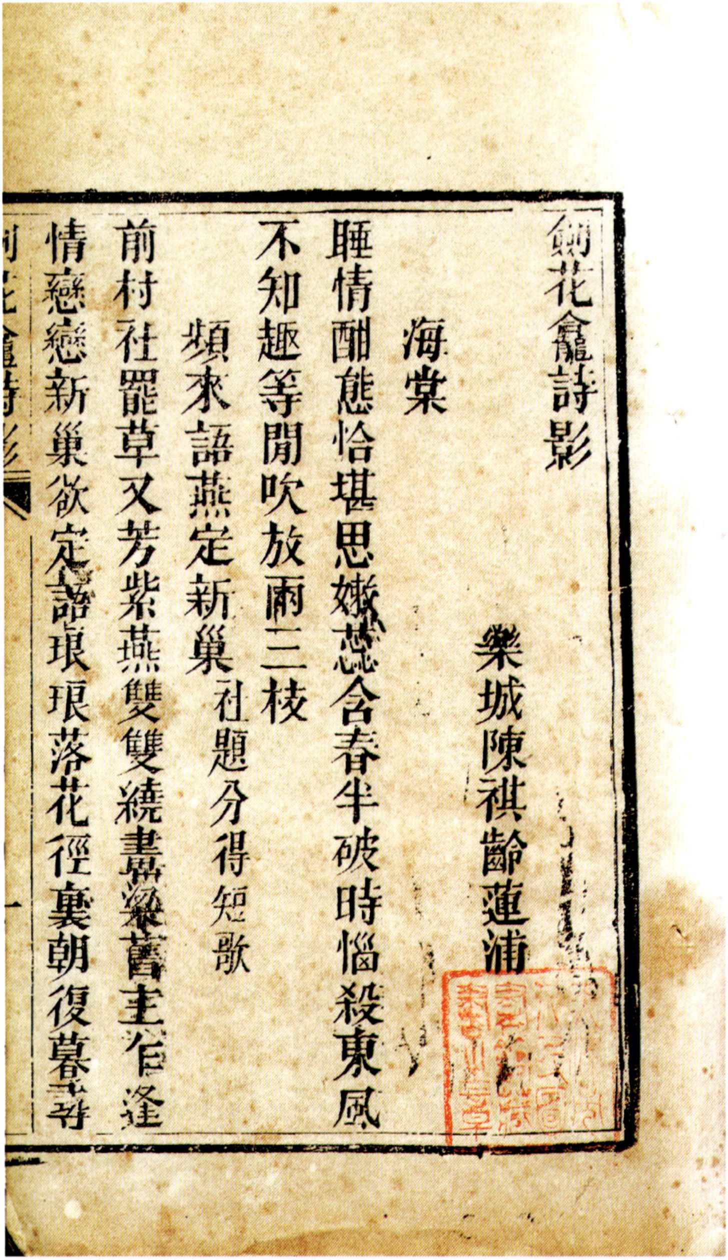
劍花龕詩影

欒城陳祺齡蓮浦

海棠

睡情酣態恰堪思嫩蕊含春半破時惱殺東風
不知趣等閒吹放兩三枝

頻來語燕定新巢 社題分得短歌

前村社罷草又芳紫燕雙雙繞畫梁舊主省逢
情戀戀新巢欲定語琅琅落花徑裏朝復暮尋

劍花龕詩影 一

陳祺齡《劍花龕詩影》（道光二年刻本 天津圖書館藏）

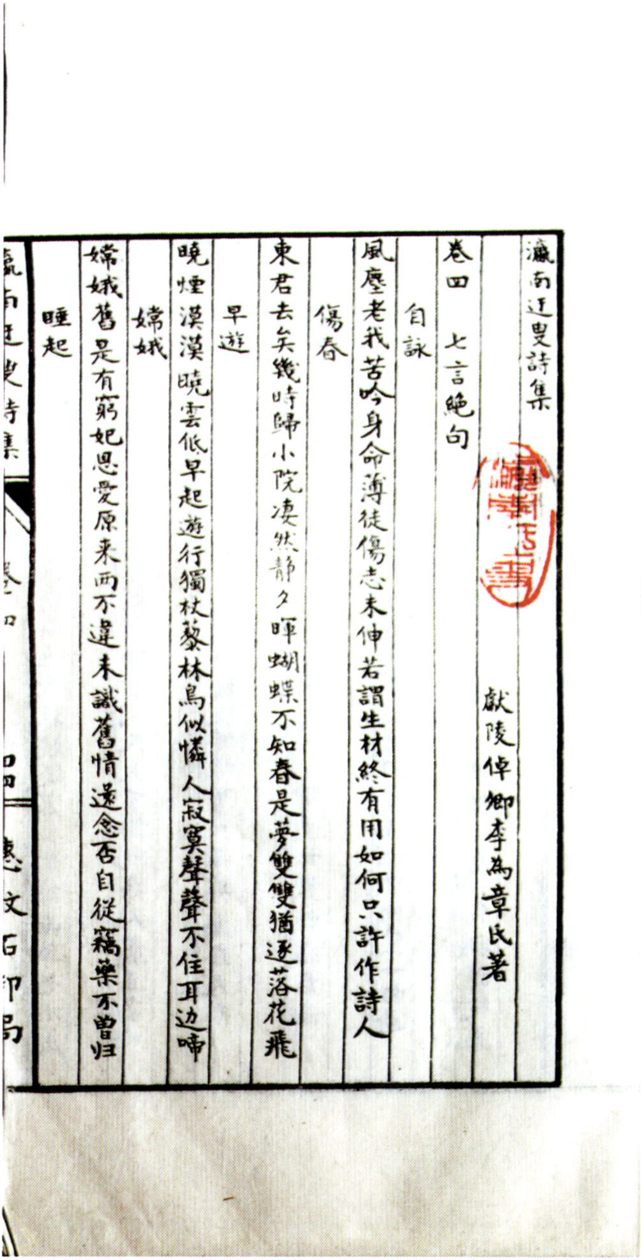

瀛南迂叟詩集

獻陵倬卿李為章氏著

卷四 七言絶句

自詠

風塵老我苦吟身命薄徒傷志未伸若謂生材終有用如何只許作詩人

傷春

東君去矣幾時歸小院凄然静夕暉蝴蝶不知春是夢雙雙猶逐落花飛

早遊

曉煙漠漠曉雲低早起遊行獨杖藜林鳥似憐人寂寞聲聲不住耳边啼

嫦娥

嫦娥舊是有窮妃恩愛原來兩不違未識舊情還念否自從竊藥不曾归

睡起

李爲章《瀛南迂叟詩集》（印本 金陵書局）

衡門叟詩集卷七下 以下壬申年作

有感雜咏四首 七絶

相尋覆轍亦荒唐，況復紛紛舉若狂。縱未他人來禍國，不知世變幾滄桑。

結果何如視造因，亡家覆國抑何人。廿年稗政知多少，名教精華早就湮。

漫説難堪亡國奴，已經依樣畫葫蘆。兵爭庸調無寧歲，家室漂搖有也無。

身世遭逢即不辰，咼當載胥共沈淪。可憐打倒徒呼喚，惹得人家倒作真。

秋日閨詞 迴文格

紗窻透雨挾寒風，斷送行人似轉蓬。斜日漸沈聲寂寂，獨看鴈影掠天空。

雜興五首 七律

想起燕雲十六州，也因内亂付東流。前車已覆人誰鑒，來日方長我獨憂。石佛無心空面目，鐵函有史貯陽秋。書生之策匡天下，鎮日林中放絶愁。

劉清漳《衡門叟詩集》（印本 北京大學圖書館藏）

直隸學研究書系·歷代獻縣詩鈔

傅林 于萬復 劉青松 主編

高夢箕 陳祺齡 李爲章 劉清漳詩集

武樹慧 輯校

河北大學出版社

·保定·

GAO MENGJI CHEN QILING LI WEIZHANG LIU QINGZHANG SHIJI

高夢箕 陳祺齡 李爲章 劉清漳詩集

出 版 人：耿金龍
選題策劃：楊顯碩
責任編輯：郝　健
裝幀設計：張彥琪
責任校對：劉文娜
責任印制：靳雲飛

圖書在版編目（CIP）數據

高夢箕、陳祺齡、李爲章、劉清漳詩集 / 武樹慧輯校．-- 保定 ：河北大學出版社，2019.8
（直隸學研究書系 / 傅林，于萬復，劉青松主編．歷代獻縣詩鈔）
ISBN 978-7-5666-1509-1

Ⅰ．①高… Ⅱ．①武… Ⅲ．①古典詩歌－詩集－中國－明清時代 Ⅳ．① I222.74

中國版本圖書館 CIP 數據核字 (2019) 第 145553 號

出版發行：河北大學出版社
地址：河北省保定市七一東路 2666 號　郵編：071000
電話：0312-5073033　0312-5073029
郵箱：hbdxcbs818@163.com　網址：www.hbdxcbs.com
經　　銷：全國新華書店
印　　刷：保定市北方膠印有限公司
幅面尺寸：148 mm × 210 mm
印　　張：20
插　　頁：4
字　　數：432 千字
版　　次：2019 年 8 月第 1 版
印　　次：2019 年 8 月第 1 次印刷
書　　號：ISBN 978-7-5666-1509-1
定　　價：80.00 元

《歷代獻縣詩鈔》編委會

河北大學國學傳承與發展協同創新中心資助項目

總序一

獻縣自古爲畿輔名區，河間獻王收書于前，紀文達公兼綜于後，可謂金聲玉振。在歷史的積澱中，獻縣人文鼎盛，如戈氏、紀氏、劉氏等舊家不僅在當時享名于世，即今亦被目爲“文化世家”①，這些家族涌現出大量的詩人、學者，與畿輔地區的其他詩人互相應和，形成了别具一格的畿輔詩人群。在提倡“京津冀協同發展”的今天，整理畿輔詩人的詩作，進行“直隸學”的研究，具有特殊的歷史内涵。

清代“畿輔詩人盛于河間”②，獻縣詩人則是河間府詩人群的重要組成部分，除了戈濤、紀昀名列“河間七子”外，戈濤與邊連寶被稱爲“瀛州二子”，崔士元與崔旭、梅成棟、董元度并稱“燕齊四家”，劉肇均與張之洞、邊瀹慈有“畿南三才子”之目，這些名號反映了當時獻縣文壇的興盛局面。紀坤、王餘

---

① 見王崗、鄧瑞全、曹書杰《中國文化世家》，湖北教育出版社，2008年。

② 陶樑：《国朝畿辅诗传》卷三十八。

佑作爲明代遺民，詩多憂時感事的沉痛之音，尤其是王餘佑，負家國之痛，“不肯以塗朱傅粉，争妍取憐于世人”①，百無聊賴，乃以詩名，故其詩質樸粗豪，頗示所志。乾隆間，獻縣詩壇空前繁榮，著名詩人戈濤、紀昀二人“以燕許手筆，鼓吹休明”②，以大量的詩歌創作與鮮明的文學理念成爲“河間七子”的中堅。其後，劉書年以書生而爲名將，戡夷黔亂，支持殘城，憂患疾苦無不備嘗，故吟咏之中多憂國憂民之聲。布衣詩人崔士元落拓京師，遭遇“三千年未有之大變局”，其詩作中憂時憫世的愛國情懷與對社會的强烈批判形成鮮明的對比，這是其詩作有别于盛世之音的特點。崔士元弟子紀鉅維“宗法盛唐，屏絶浮響”③，爲近代河北詩派重要代表。此外，獻縣詩壇結社之風甚盛，戈涓、紀樹畬、紀煐述等人結“吟秋詩社”，崔士元、劉書年、劉濬源、馬龍驧、紀堪琴、鄭廷雲等結“杏花詩社”，其作品展現了中下層知識分子的情懷與懷才不遇的感慨，是清中晚期畿輔詩壇的重要力量。

在文學資料方面，前人選集對獻縣詩歌收録并不完備，如《國朝畿輔詩傳》對紀樹畬的漏收，時人便有遺珠之憾，後來的《晚晴簃詩話》大約未脱《國朝畿輔詩傳》的窠臼。文學通史于

---

① 王餘佑：《乾坤大略》自序。

② 范鳴鳳：《愚仙吟草序》，民國十四年（1925 年）《獻縣志》卷十二上《文獻志》。

③ 汪辟疆：《近代詩派與地域》，見《汪辟疆文集》，第 306 頁，上海古籍出版社，1988 年。

獻縣部分，僅僅對紀昀有所闡述，近年來蔣寅、張寅彭等學者對戈濤略有述及，對其餘詩人并未予以關注，《歷代獻縣詩鈔》的面世可以彌補這方面的缺失。在文學理論方面，戈濤作爲畿輔詩人之“巨擘”，以大量的詩文創作，對當時籠罩詩壇的“神韵説”提出了不同的見解，于乾嘉詩壇獨樹一幟。① 與戈濤不同的是，紀昀身居要職，總纂《四庫》，高挹群言，在《四庫總目》中以持平之論對王士禛的“神韵説”多所褒揚，然作爲個人，却腹誹頗多，大量見于其序跋之中，因此其詩作提倡性情，不依傍模擬。翁方綱以爲戈、紀二人在反對“神韵説”方面是一致的，不同的是“芥舟（濤）之服膺陶、杜與曉嵐之服習後山微有差别”②，作爲二人的摯友，翁方綱的這句甘苦之言是文學理論研究應當特别注意的。

近年來，獻縣歷代詩人的作品，除了王餘佑的《五公山人集》、紀昀的《紀曉嵐詩文集》、戈濤的《坳堂詩文集》單獨整理過之外，其他尚未有整理本，因此，《歷代獻縣詩鈔》中的許多詩集是首次面世。《歷代獻縣詩鈔》的整理者均爲獻縣籍學人，他們歷經數年勾稽、索隱，對當地詩人的材料掌握最爲詳備，庶可補前人在版本、地名、人名、斷句、注釋等方面的不足。

河北大學國學傳承與發展協同創新中心成立于二〇一三年。本中心依托正在創建世界一流學科的“中國語言文學”學科的優勢科研資源，整合相關研究力量，以保護和弘揚河北地區優

---

① 柯愈春：《清人詩文集總目提要》，第 686 頁，北京古籍出版社，2002 年。

② 翁方綱：《復初齋文集》卷三《〈坳堂詩集〉序》。

秀傳統文化、延續河北歷史文脉爲目標，對優秀文化遺産的搜集、研究進行大幅度支持。《歷代獻縣詩鈔》就是本中心資助出版項目之一，相信該叢書的出版對河北文化暨“直隸學”的發揚能做出應有的貢獻。

劉金柱

二〇一七年十一月十三日

總　序　二①

獻縣爲獻王故地，素稱畿輔名區，是詩書禮儀之邦，詩風很盛，代有名人。但由于年代久遠，爲水火兵燹湮滅者不知凡幾，但存書名，不見詩作者，又不知凡幾。“文革”時期，民間詩書古籍，消亡殆盡。當前，國家重視傳統文化的傳承，大順民意，搶救鄉邦文化成爲當務之急。鄉邦文化産生于鄉邦歷史，國家文化産生于國家歷史，鄉邦文化是國家文化的根。獻縣歷代的詩人詩作，是獻縣鄉邦文化的重要組成部分，可惜一直没有一位大手筆出來，編輯一部涵蓋歷代的詩集，把歷代詩人的作品挖掘出來，保存起來，不使其自生自滅，而令其熠熠生輝，爲今人所用。

遲遲没人做這件事的原因，主要是年代久遠，詩人衆多，資料零散，難以尋覓，費力未必討好。儘管如此，人們還是企

① 此爲二〇一五年朱惠民先生爲《歷代獻縣詩鈔》（内刊）所作序言，題爲《萬古詩濤繞獻陵——寫在〈歷代獻縣詩鈔〉殺青之際》。

盼着有一位大手筆的出現。

不負衆望，這位大手筆真的出現了，不過不是一個人，而是以于萬復爲首的一個寫作班子，年齡都在三四十歲。這些人的一個共同點是都喜愛詩詞，都有責任心與使命感，都捨得吃苦，敢想敢幹。

事情的緣起還得從于萬復説起。于萬復是獻縣教育體育局的一名普通幹部，是《獻縣志》的主編，喜歡詩詞，在鄉邦文化研究上做過很多工作。二〇一一年，獻縣文化廣電新聞出版局要出一本《獻縣古迹詩存》，找到了他，他爲之提供了有關詩詞五百餘首。二〇一三年滄州市政協組織編寫《歷代名人咏滄州》，又找到他，他把辛辛苦苦搜集到的詩詞精選了將近三百首作品做了無償奉獻。經過兩次搜遺，他進一步瞭解到獻縣歷史悠久，英才輩出。兩千年中獻縣積累了豐厚的文化底藴，入選區區兩本書遠不如找幾個人編寫一部《歷代獻縣詩鈔》，把歷代獻縣籍人的詩作和非獻縣籍人咏獻縣的詩作都吸納進來，供人們觀覽、研究、繼承、發揚，也算爲獻縣文化建設盡一份力，這也是獻縣作爲一個文化大縣的有力佐證。有了這個想法，他便跟七位同道商議，一拍即合，説幹就幹。他們這個想法也得到社會上一些有識之士的鼓勵和支持。

編寫工作是從搜集資料開始的。資料在哪里？分布在民間和各地圖書館中，得去找。爲保護古籍，不能照相，不能掃描，找到了要逐字逐句地抄。好在于萬復已經做了一些嘗試。爲此他們跑遍周邊各縣市，跑了北京、天津、南京等各大圖書館，還從網上搜到日本、美國、韓國等域外資料。他們都是有工作的人，只能犧牲節假日出去抄書。他們都是家裏的頂梁柱，上有老下有小，依靠每月兩千元工資生活，外出差旅費要自己墊付，需要格外精打細算。外出時，他們常常是幾個人合租一個標準間，身體好的打地鋪，把床讓給身體較差的同志，而白天抄起書來，個個都是“拼命三郎”。有個同志在抄書日記中寫道，“多抄一點兒是一點兒，少住一天是一天”，这極形象地反映出他們外出抄書的情狀。

抄出書來，幾個不同版本，還要精心校對，勘正錯訛。這個工作是抄回來之後的大活兒、細活兒。幾個人分了工，每人負責一部分，字斟句酌，反復推敲。有的地方拿不准，就幾個人進行“會診”，務必做到實事求是、準確無誤。他們有時爲了一句話，不惜重返一次天津；爲了找到一個版本，居然兩赴北京；有時實在累了，停下來，想想自己是在做着流芳後世的事，再苦再累心裏也覺得甜。

就這樣嘔心瀝血，經歷一年寒暑，八册一函的《歷代獻縣詩鈔》初稿終于完成。《詩鈔》含詩萬餘首，專輯二十八個，涉及詩人百餘名，是迄今爲止最完備、最翔實的一部獻縣歷代詩歌總匯。它使我們看到了歷史，看到了人文，看到了獻縣的詩歌傳統，更從一個側面看到了獻縣作爲一個文化大縣的歷史面貌。這樣一項浩大的工程，居然由幾個年輕人利用業餘時間，一年完成，效率之高，工作之艱辛，成果之豐碩，不能不説是一個奇迹！按時下一句很流行的話説：衹要年輕，没有什麽不可能。而今，我更要説的是：年輕人衹要有志氣，有目標，没有什麽不可能！

古人云："詩言志。"志是什麽？就是"心之所之"，就是心裏想的那些美好的東西。詩之大旨，在于勸善懲惡，故國人自古有"詩教"一説。詩一直受到國人的熱愛和重視。五四運動以來，白話詩興起，舊體詩受到衝擊，但由于人民喜愛，舊體詩依舊綿綿不絶。像魯迅、郭沫若這些五四運動的旗手和毛澤東、朱德、周恩來等革命領袖們也都寫過舊體詩。無可諱言，舊體詩由于受到格律的諸多限制，不容易寫，有人把這比作帶着脚鐐跳舞。但我們的古人却跳得鏗鏘有致，有板有眼。古人能做到的，我們如果努力也可以做到。何況現在于用韵上比較寬泛，允許用新韵。詩是用來抒發感情的，衹要有情感，就會有詩。各個民族、各個國家都有自己的詩，語言不同，文字不同，所作的詩也不一樣。中國的方塊字以及方塊字的五音，是産生中國舊體詩的基本元素。一首好的詩作，不在它用什麽韵，用什麽體式，更主要的是它真善美的内涵。

改革開放以來，文化振興，詩社詩刊，如雨後春笋。我們講話、寫文章，總喜歡引用古詩名言，因爲它簡約而雋永，飽含哲理，話不多而可一語中的。這充分説明，舊體詩的生命力還是很旺盛的。書法活動的普遍開展，也對詩詞的傳播起了極大的促進作用。教材選文中也逐年加大了舊體詩的比重。一切都向着有利于中華傳統文化傳承的方向發展，因爲衹有民族的，才是世界的。《歷代獻縣詩鈔》可謂是應運而生，縣政府已將其列爲二〇一五年獻縣文化建設的一件大事，足見重視。讓我們爲這部書和它的編者們點贊，他們本身就是一首壯懷激烈的詩！

萬古詩濤繞獻陵。讓我們讀着古人的詩，寫出更加雋永豪邁的詩篇，來歌頌我們詩一般的生活，來贊美我們這個偉大的時代。

朱惠民

二〇一五年五月二十五日

前　　言

獻邑詩書鼎盛，自明至民國，詩文存世量巨大。《歷代獻縣詩鈔》搜括亦多，本集爲其中之一。本集收高夢箕《許山集》《承平雜咏》兩種，陳祺齡《劍花龕詩影》，李爲章《瀛南迂叟詩集》，以及劉清漳《衡門叟詩集》。

高夢箕（1595—1659），字德風，號斗南，一號海賓，别號許山居士。崇禎六年（1633）爲鴻臚鳴贊，爲人慷慨，好發議論。數上疏言事，宰臣官非建言而置之不理，鬱鬱不得志。

崇禎十一年（1638），清軍圍攻獻縣，高夢箕弟弟高夢尾率家丁上城護衛，城破，高夢尾死難，高母自縊，高氏及家丁一百八十人被殺，高夢箕"單騎馳赴，血海尸山，慟絶數回，認殮粗畢，復馳京，上《死難疏》，獻《難民圖》"。崇禎十五年（1642），高夢箕任南京鴻臚寺少卿，携家南渡，居杭州。崇禎十七年（1644），聞明亡，馳赴南京，正值福王朱由崧登基典禮，"無君有君，悲喜交集。時百司草創，儀殿陛注，無一知者，愚一身任之"，欽選爲鴻臚寺少卿，十一月封爲奉政大夫。十二月初八日，僕人穆虎帶"僞太子"見高夢箕。高夢箕不得已上奏，由此捲入“僞太子案”，被逮入獄，受盡嚴刑，屈以“貪功”認罪。第二年五月，南京城破，弘光帝出逃，高夢箕獲救，歸隱。“脱禍歸隱後，自歷歷所遭，孤忠未泯，而于太子之真僞絶不置辯，以俟後之考軼史者，自有定評也。”① 其將所歷“僞太子案”寫明，撰爲《鴻臚寺少卿愚臣斗南高氏傳》②，自稱“愚”，目“僞太子”爲“妖”，詳記其始末。順治十六年（1659），高夢箕逝于獻縣。

高夢箕“編纂甚富，幾重牛腰”③。其十六世孫高錫年對他的作品進行了搜集整理，但“因獻邑屢遭兵燹，詩集半及凋零，今竭力搜羅，僅得吉光片羽”④，今存《許山集》與《承平雜咏》。高夢箕爲詩慷慨有正氣，有燕趙之風骨，以“慷慨悲歌一趙人”⑤ 自許。身處明季亂世，骨鯁在胸，屈遭“僞太子案”，常懷不平之鳴，忠杰之嘆，感慨良深。“僞太子案”對高夢箕影響至深，《許山集》中處處可見，如“丹心端可對青天，烈士何當謀瓦全”“試問誰無亡國恨，愚臣總誤也堪傳”“去年奔難遇端陽，今歲端陽枷鎖香”（《無題（乙酉作）》），又如《脱難自警》《京口泊舟》《吴江别友》《虎丘别友》等。高夢箕詩好爲議論，以議論爲詩，寫景叙事亦常夾議論。其詩造語雄渾，如《登泰岳》：“峭壁懸崖勢欲傾，靈梯一綫自天成。神宗遠擁峰千

---

① 高錫年：《鴻臚寺少卿愚臣斗南高氏傳跋後》，獻縣《高氏家譜》，光緒六年庚辰（1880）鈔本。

② 今存于《高氏家譜》。

③ 《庚辰修譜載録斗南公詩傳序》，見《高氏家譜》。

④ 《庚辰修譜載録斗南公詩傳序》，見《高氏家譜》。

⑤ 高夢箕：《桃源小集》，《許山集》。

仞，元脉曲迴水幾泓。漫俯烟霞凝秀色，遥瞻海日顯孤明。紅塵萬斛飛難到，回首白雲足下生。”又如“清風起處斜陽夕，城雉百重疊焰光”（《制府專征，登陴晚眺》），造語奇闊，視野宏大。再如“龍盤淵底噴銀唾，冰柱浮撑碎玉漿”（《趵突泉》），想象奇特，胸襟壯闊。

陳祺齡（1796—1836），字夢年，號蓮浦，别號我我生、劍花龕主人，所居名古桐書屋。道光乙酉（1825）科拔貢生，任保定滿城縣訓導，後調順天府府學訓導，敕授修職佐郎。著有《劍花龕詩影》[①] 二卷，收録古近體詩百餘首，存稿本和刻本兩種，藏于天津圖書館。國家圖書館古籍部只存其刻本下卷，南開大學圖書館藏稿本。《國朝畿輔詩傳》和《清畫家詩史》均有收録。

陳祺齡天才警敏，狂放不羈。性嗜詩酒。劉書年《山外山房詩集》中《哭陳蓮浦四首》其三云：“當代論才子，如君本自奇。有生惟縱酒，將死漸無詩。冷宦心如水，孤兒命若絲。”崔士元《論詩懷人》[②] 亦有“狂客騎鯨留雪爪，一龕詩影悟三生”之句懷之。《劍花龕詩影》刻本後有紅豆樹館主人（陶樑）識語云：“蓮浦爲余及門士，天才警敏，瀟灑不羈。詩學温李，纏綿幽艷，間闖長吉之室。嗜酒，醉則悲歌慷慨，四座皆驚。喜填小詞，書畫、篆刻俱工秀絶倫。以通才沈滯冷官，非其志也。

---

① 道光二年（1822）壬午夏四月鈔本。鈔本和刻本同。

② 崔士元：《鷗影詩録》，《思舊集》之一，刻本。

年未四十[①]，病酒，一夕卒。瀏覽遺集，不勝毀璧摧柯之痛。”陳祺齡自語“詩如有債償難盡”（《偶然》），然宦途冷落後，惟每日縱酒，不復作詩。劉書年曰：“蓮浦性嗜詩酒，聞近年來以飲酒爲事，亦不復弄筆墨。”[②]《劍花龕詩影》爲詩人道光二年（1822）前的詩作，不及其詩作的十分之一。

陳祺齡主張作詩須“有眼界”，“抒新意出杰識”。他在自序中説：“有眼破萬卷書以完其神，更得觀世界覽江山風物之勝，憑吊古今以助其浩汗纏綿之氣，然後抒新意出杰識。”陳祺齡的詩多以花間、閨意爲題，“紈扇”“雲屏”“七夕”“征婦”等意象在集中出現非常多；偶有身世之感，喜用“寒”“凉”“冷”“雨”“霜”等字，語多清新，佳句時見。

蓮浦詩描景如畫，妙語如珠。如“惱煞東風不知趣，等閑吹放兩三枝”（《海棠》）清新如畫；“料應花也似人意，衹愛春陰不愛晴”（《夜雨》）語句清新可人；“月影斜穿樹，花陰亂上墻”（《夏夜》）描摹逼真；“樹密村烟合，月斜人影長”（《東村夜歸》）明白如話，又韵味悠長；“急雨濺屋瓦，迴風作亂烟。電飛千丈紫，雷墮一聲圓”（《急雨》）情境如畫；“何事富春江上客，孤舟風雪一漁竿”（《披裘》）畫意入詩，有柳河東江雪獨釣意境。

蓮浦詩多奇思，想象奇特瑰麗，常常翻出新意。如《七夕》有“見説仙家年作日，雙星未必有離情”之奇思妙想；“想見經

---

① 據《樂壽陳氏族譜》載：陳祺齡于嘉慶元年（1796）三月十六日辰時生，道光十六年（1836）七月二十九日亥時卒。劉書年《山外山房詩集》（鈔本）有《哭陳蓮浦四首》，編年也繫于道光十六年。陶樑所記應誤。

② 劉書年：《哭陳蓮浦四首》注，《山外山房詩集》，鈔本。

年已恨遲，無端置閏又愆期。平添一月愁多少，雲錦機邊有亂絲”（《七夕（是歲閏六月）》）細思入味；“夢隨明月度雲屏，玉宇瓊樓冷不扃。飛入廣寒宮闕裏，新詩吟與素娥聽”（《夢中作》）想象幾與天人相通。蓮浦詩意出新除想象奇特外，還體味深入，改换情境，描摹逼真。如將“劉阮入天台”故事改寫成《游仙五首（用曹堯賓原題）》詩，分爲《劉晨阮肇游天台》《劉阮洞中遇仙子》《仙子送劉阮出洞》《仙子洞中有懷劉阮》和《劉阮再到天台不復見諸仙子》五首，舊典翻出新意。《送毓梅赴清源》一詩以“送别”“拜母”“遇友”“見妻”“重逢”，想象友人回家的情景，又期盼重逢，情深意長。

陳祺齡的詩也存在視野較窄，内容比較單一，意象重複較多的缺點，這與詩人的生活經歷關係很大。

李爲章（1876—1939），字倬卿，别號瀛南迂叟，有《瀛南迂叟詩集》[1] 傳世。李爲章自幼聰穎過人，讀書過目不忘，勤學苦讀，二十歲入泮，品學皆優，獻縣教諭張月波評其“品端學正，詩詞優長”，嗣以冠軍補廪。旋廢除科舉，興學堂，擢爲本縣訓導。光緒三十二年（1906），各縣廢除教諭、訓導等官，設勸學員，李爲章改任勸學員。他不辭勞累，奔走村塾，督促教師，因而本縣教育成績卓著，縣令吕廷燮保薦爲五品官銜，直隸省學台張英麟常以國士目之。辛亥革命後，李爲章居家攻讀，博覽群書。民國四年（1915），携眷赴濟南，在濟南津浦鐵路任文書。

李爲章自幼嗜好詩詞，詩學白居易。《讀白香山詩》有“生

① 《瀛南迂叟詩集》，一函三册，金陵書局，石印。

平最羡香山叟，今讀遺詩喜欲狂。若與先生生并世，也應許我拜門墻”之句。友人嘗書聯“今世已無李長吉，人間又現白樂天”贈之。李爲章調津浦路大汶口車站工作後，鉆研詩詞，與汶陽名士、海内名流詩酒唱和，殆無虚日，所存詩詞一千四百餘首。李爲章詩詞常在天津《益世報》刊載，深爲當時讀者所推崇。其詩韵味醇厚，古風、絶律各體俱有所得，繆東麟太史稱其“氣蒼格老，饒有唐音”。

李爲章生值清末，國家幾瀕衰亡，及至民國仍受帝國主義侵略，又有軍閥混戰頻繁，人民處于水深火熱之中，他常賦詩興嘆，憂國之忱，溢于言表。其《感時》詩云：“同室偏相鬥，年年苦用兵。無人披髮救，只解請長纓。”《愛國吟》：“魚則游于水，鳥則栖于林。林焚鳥奚托，水涸魚焉存。……甲午及庚子，往事記猶真。礦山任其據，利權被伊侵。日蹙國百里，奪主任强賓。國幾不爲國，神州將陸沉。是忍孰不忍，奮起莫逡巡。一旅能興夏，三户能亡秦。何况我中華，廣土復衆民。倘與列邦較，當如牛僨豚。……我歌止于此，泣下欲沾襟。”“五四運動”時，汶陽也舉行了游行示威。當時，李爲章卧病在床，聞訊而起，不顧家人勸阻，積極參加，至暮始歸，吟詩：“愛國青年具熱誠，沿街演説涕縱横。嗟余病骨支離甚，猶自扶笻逐隊行。”“七七事變”後，日寇全面入侵，華北淪陷。李爲章病卧，家人勸服藥，李爲章説：“吾疾豈藥餌所能奏效也!”

李爲章有子三人，長子俊民精研醫學，次子英民、三子秀民皆擅詩詞。李秀民有《花月樓吟草》。

劉清漳（1871—?），字鉅源，號衡門叟，著有《衡門叟文集》《衡門叟詩集》。早歲困苦，兩歲喪父，家境窘迫，甚至靠賣祖上留下的書籍糊口。十三歲始從師讀書。某日師講《論語》“歲寒”章，值大雪，師曰“歲晚松孤茂”，令諸生屬對，清漳對曰“天空鶴獨眠”，師目爲異才。成年後爲衣食奔走，闖關東，寄食親屬，課讀不倦。光緒二十六年（1900），繼娶陳氏，岳丈家藏書甚富，得遍覽群書。後從商，不久厭倦商賈事，轉而以課徒爲業。光緒三十年（1904），隨高紹先出仕成都，因得游歷南北。作詩甚夥，但未能保存，詩集僅保留十數首，感懷古迹，頗多吊古意興。

民國十年（1921），劉清漳集其文編爲《衡門叟文集》，民國十三年（1924）石印。劉清漳將文集贈予南開大學的創辦者之一嚴修（範孫）。嚴修頗嘉賞之，并將其招入城南詩社，得以與津門名士唱和，故其詩集中頗多社題。民國十九年（1930），劉清漳參與編撰《青縣志》。其間往來于獻縣、青縣和天津，主要以課徒爲業，并將民國十三年後所做詩歌結集爲《衡門叟詩集》，因生活拮据，未能刊印。“七七”事變後，定居青縣，筑室城北，專事農桑。1940 年 8 月 29 日祭孔日，劉清漳被公推于大成殿爲學生宣講《論語》。1942 年，新豐籍軍人陳廷慕其名，向其請益孔孟之學，并助其印行《衡門叟詩集》。

因劉清漳身處戰亂，音多愁苦，詩集中以描寫戰亂流離之苦爲多。如“請看禹縣屠城記，猶是將軍格外仁”“一姓河山無足惜，九州廬舍遍成灰”（《國民軍直魯奉軍之戰》）。《插標兒》寫出了戰亂期間百姓逃亡、賣兒賣女的凄凉場景。劉清漳作詩頗學老杜，詩意仿作很多，如“赴死蒼生知多少，白骨如山血成河”“山東直隸兩千里，千村萬落生荆杞”（《兵去矣，作太息行一首》）。又如“犬吠奔閭巷，鷄鳴飛屋巔。柴門忽作聲，塌然摧心肝”（《兵至》）極力描摹出戰亂期間的場景和膽戰心驚的心態。再如“今歲有禾稼，又生蝗蝻虞。命男撲蝗蝻，瑟縮懼拉夫。拉夫或不死，不勝衣食無。壯男强起去，兒母卧路隅。牽衣連聲唤，無爲兵耶拘。老夫年衰謝，焉用生存謀。逐逐南畝下，一撲一哀呼”（《撲蝗翁》），直追杜甫的《石壕吏》《兵車行》等，語多悲憫。這部分詩歌數量很多，代表了劉清漳詩歌的主要成就。

劉清漳博覽群書，經常向紀鉅維（泊居）、嚴修（範孫）、姚永概等請教或與之唱和。其詩歌樸實無華，多真情流露。如《讀刺客傳》《讀孟子》《讀莊子》《讀太史公文》等，以文爲詩，詩風古樸矯健，雄逸多姿。村居期間，寫作了大量的田園詩，如《茅庵成，爲長歌一首》《茅庵雜吟》《茅庵睡起》《山農》《田婦》等，其中“饁彼田夫漫踏田，壺漿簟①食一肩肩。地頭少待農人至，笑指禾苗勝去年”（《田婦》），頗多鄉野趣味。

劉清漳命運多舛，然閲歷既廣，豁達開朗，如陳廷序中記有“老來一事竟無成，閲盡炎凉世態情。豈憚溝渠數尺水，不妨一躍就前程”，頗能顯示其性格和處世心態。劉清漳的作品詩思敏捷，自然流暢，語多率真，多用古風歌行和樂府舊題寫作，最能代表他的創作特色。

---

① 簟：疑當作“簞”。

目　　録

高夢箕詩集

陳祺齡詩集

李為章詩集

劉清璋詩集

高夢箕詩集

上　許山集

桃源小集

慷慨悲歌一趙人，偶隨同調步苔茵。交游意氣肝腸舊，節候清和景物新。醉入隱懷憂碧落，狂憑曲鑑[1]俯紅塵。桃花爛熳渾如笑，不負秦源洞口春。

少　年　行

癖性從來恣浪游，知音誰個不相投。功名未上麒麟閣，逸興還登燕子樓。千古悲歌稱趙士，十年磨礪試吴鈎。等閑舒得生平志，酒郡應歸定遠侯。

園　　居

一春紅艷一仙桃，三十滄浪有二毛。愚不時宜甘守拙，迂爲世弃豈矜高。功名已拚拋鷄肋，興趣還須持蟹鰲[2]。近住小園添一事，花開花落首頻搔。

---

① 鑑：疑當作“檻”。

② 鰲：疑當作“螯”。

獻丘僧舍送李仲旋同諸弟赴北闈

春園到處草萋萋，把酒臨風馬又嘶。愧我疏狂狎海鳥，知君悲壯舞鳴鷄。老僧潦倒堪同卧，大鳥嚶鳴當共飛。别後不須頻問訊，秋深翹首望虹霓。

蚤秋退朝即事

朝罷公袍靄御烟，忻逢明聖好隨緣。一官秋冷惟思鱠，小署庭閑可草玄。支得俸錢償酒債，租來瘦馬傲吟鞭。自慚孤客疏狂甚，漫擬仙方欲補天。

奉命雲中謝田太宰贈劍

凌霄瑞氣繞豐城，從此屠龍技可精。我慚鉛刀徒仗劍，公懸寶鑒好持衡。千秋意氣存知己，半世門墻愧友生。此去岩關舒壯志，擬籌一箸佐升平。

登籍待漏

筮仕徵文獻，聽籌趨紫楓。卿雲驚夢白，天仗捧霞紅。飽看金橋水，飢餐清署風。涓涘①曾未補，獨喜宦囊空。

---

① 涘：疑當作“埃”。

游瑠建福田寺步韵

同泰欲祈生，臺城空餓死。心力俱已盡，爠燦仍金紫。乃知大法王，不在色身裹。把杯一大笑，青山映緑水。

除夜旅况時年四十有九

天時人事日飄摇，孤館寒燈漫自挑。世上幾多乾净土，人間虚度好良宵。聞鷄欲舞心悲壯，聽雁情凄信寂寥。檢束身心終此夜，知非知命在明朝。

登清凉山謁一佛先生祠步王天部韵

（先生有流民圖，予亦有難民圖，故云）

書劍飄零十載餘，爲忠爲孝總成虚。先賢慚對心徒熱，古佛慵看木自疏。菊圃偶來尋勝賞，桃源何處可安居。便思倦卧清凉岫，日影中山枕秘書。

無　題（乙酉作）

其　一

丹心端可對青天，烈士何當謀瓦全。本謂綱常應爾爾，誰知世道盡然然。魂游蒼海飛精衛，血染幽林啼杜鵑。試問誰無亡國恨，愚臣總誤也堪傳。

其　二

去年奔難遇端陽，今歲端陽枷鎖香。聖主有心憐赤愫，孤臣無路訴衷腸。陰雲慘黯牢愁錮，風霧凄其客恨長。何用五絲祈續命，丈夫生死付黄梁①。

避地栝蒼喜沈仲連同居

淵明高韵終難和，空負蒲鞋葛布巾。夢不到家還少累，耕而得耦未全貧。堪憐今日南山豆，大意前賢東海秦。種菊采薇聊自適，非關事事效人顰。

過漣水和徐大拙贈詩

古來賢達貴謀身，刻骨能甘原憲貧。榮辱好憑天有主，顛連少見我爲人。喜逢知己獲珍寶，捧讀瑶草泣鬼神。撩撥清狂成獨醉，暫完寂寞目前因。

山居清況

僻居情性適，鷗鳥不相猜。雪隱檐前竹，風喧嶺外梅。塵心隨地静，道念賴天開。遂此幽栖志，蕨薇任意栽。

---

① 梁：疑當作“粱”。

青山庵同紀仲霽探梅

南土陽和早，三冬恰似春。好携金橘酒，往探玉梅新。寄遠何方使，調羹若個臣。徊徘無限恨，酩酊謝花神。

脱 難 自 警

羞將生計細評論，但把幾希一脉存。荒蕪故園隨碧草，熹微前路任黄昏。看來血性宜全化，想到鬚眉欲盡髡。聖主洪慈應有意，嚴刑峻罰總深恩。

東 海 卜 居

羞談不朽且謀身，不厭飄摇不厭貧。世事棋枰休對局，人情酒醉莫沾唇。已知憂患生成我，尚慚焦勞增益人。東海蕨薇須采采，扁舟烟雨謝紅塵。

金 陵 客 況

客裏逢春只自嗟，小樓倚徙静無嘩。韶光變幻難開眼，雙鬢凋殘不帶花。到處爲家羞海燕，昨宵有夢羡歸鴉。江南雨似離人泪，斷續淋漓未可遮。

京口泊舟

半生生計一孤舟，苦海無垠汗漫游。身世浮沉難自料，風□飄蕩倩誰收。滿懷感慨羞詩興，幾許江湖泛酒甌。薄暮瀟瀟烟雨裏，悵然回首不勝愁。

吴江别友

把酒登舟别故人，青楓紅蓼滿江濱。一場怪夢十年過，百折剛腸千古新。穩渡中流羞繫楫，言歸北海可垂綸。行吟坐嘯吾曹事，勉矣從今莫問津。

虎丘别友

青楓白露菊花黄，帆挂西風客路凉。吴地笙歌仍簇錦，燕南草木早飛霜。揮毫漫定升沉案，説劍羞登慷慨場。强欲從游吾老矣，丈夫偏灑泪千行。

過漣水遇友人話舊

把酒臨風憶舊游，凄凉雲樹正深秋。十年患難真成夢，半世浮沉終可羞。菊過重陽人共弃，鴻飛千仞弋何求。唐虞盡許巢由卧，同醉中山酒一甌。

九日草堂成，乞菊招飲

乞得黄花送暮秋，茅檐草草也風流。囊餘佳句千秋業，坐有高人萬户侯。蒲履近來嚴裹足，葛巾久不戀髡頭。中山酒熟堪沉醉，醉裏應亡愁與羞。

謁孔廟一律

泗水尼山拱聖基，杏壇千古壯幽奇。疏狂有幸未尋勝，至道無名可入詩。拂拭神碑窮古字，徘徊靈檜冀新枝。登臨到此情無限，前路熹微總不知。

登奎文閣口號

百尺危樓聳碧霄，素王玄奧仰彌高。登臨四望舒清眼，掩映雲山興愈豪。

崇禎龍飛謁孔廟題檜

手澤如新仰素王，徘徊靈檜轉凄愴。直根入地龍知久，紋紐同天道脉長。造化重新思雨露，李桃依舊綴門墻。卷書至理真玄奥，須俟春回枝自芳。

又題檜一絶

聖主英風絶世奇，靈根擬已帶丰姿。多因當道失培養，暫斂鬱葱不放枝。

登　泰　岳

峭壁懸崖勢欲傾，靈梯一綫自天成。神宗遠擁峰千仞，元脉曲迴水幾泓。漫俯烟霞凝秀色，遥瞻海日顯孤明。紅塵萬斛飛難到，回首白雲足下生。

乍游勝地，俗目豁然，信口適興，未敢言詩也，聊以紀其事耳，書呈夏峰仁兄詞伯政之。

敵驚有感二律

其　一

萬里風光接漢關，幾遭兵燹盡傷殘。空勞白羽催軍檄，閑殺黄金拜將壇。林燕漸多梁燕少，耕牛已盡佩牛繁。小臣漫擬平戎策，日進天門路也難。

其　二

邊烽一夜振漁陽，畿輔生靈奔若狂。城郭非堅何論堡，官兵篦野不須羌。驚魂頓落歸何處，疾首呼天衹自傷。此際彷徨無計策，都城妙算有高墻。

制府專征步朝陽唱和韵

霜寒一劍草爲枯，千里狂氛任有無。揮麈笑談多勝算，運籌指顧滅驕胡。威行天地驚雷震，令肅風雲迅號呼。祇慮城門開以後，蚤裁封事鞏皇圖。

制府專征，登陴晚眺（迴文限韵七陽八庚一首）

明聖開談高廟廊，凱歌旋擬喜生狂。名威出令三軍服，志壯舒聲一嘯長。輕重陣屯雲靄靄，萬千兵繞水茫茫。清風起處斜陽夕，城雉百重叠焰光。

下　承平雜咏

平原道上

旌旗遥映半天霓，肅肅無聲聽馬嘶。隴陌蒼頭扶杖往，竹籬黄口跨竿提。鷗游溪帶群相洽，兔解罟罦類自栖。隱隱青山含日晚，平原極目五雲迷。

禹城道即事

赤子誰憐故里顛，荆茅一望陌阡連。行行攬轡心如醉，恃有吾囊解愠弦。

齊河野望

蒲蘆一帶繞雲邊，風送蘆花柳絮延。客子迷津誰是問，鄭難圖澮賈洏漣。

曙窗鳥啼

幬幔誰爲侶，肅肅怯漏長。珊瑚游舊夢，島嶼涌新光。窗透三匝影，枝流一派黄。呼童頻把酒，莫促我行裝。

元旦觀竹

爆竹應熙日，緑衣公子裳。修枝餐玉露，濃葉覆流墻。三友憐君秀，七賢羡子狂。秦娥擬作管，拭目待來凰。

暮鴉苦巢

霞雲片片迷流暉，烟鎖疏林鳥自歸。群啄軒檐怯露冷，幾翔樓角驚星稀。煢煢游子情覺遠，肅肅使君思倍微。傳與東風且漫起，柏臺聊借一枝依。

趵突泉

歷下名泉仙閣傍，凌聲突突的非常。龍盤淵底噴銀唾，冰柱浮撑碎玉漿。人玩橋頭凉雪巘，日行天午浴清塘。曲流賒引三齊潤，混沌泄開晝夜忙。

元宵濛雨迷散登樓

茫茫萬頃蔽千峰，應接忽迷西自東。欄外鞦韆歇處子，街頭笙鼓罷頑童。細霖滴過詩牌潤，浮霰飄來酒斝冲。北海開樽難覓句，空遺庾亮笑阿窮。

月下竹影

誰教層印砌空庭，幾步迴還莫履空。遍地文章篆未就，滿墻墨字個①偏濃。鵲驚枝上虬蛇走，風蕩林中帚彗從。愈玩難將一掬拾，游雲漫向此間逢。

濟署賞雪（黄鶯兒詞）

梨花亂翻翻，粉妝成，白玉山。飄飄柳絮寒烟淡，幾掩箱簾。鶴迷窗前，嫩竹醉倒池塘畔。一色天，雲時好景，怕日曉欄杆。

署樓北望三山

屹屹鼎峙靄雲漫，風送晴開赫爾玩。八扇屏差點玳瑁，三台高坐映清湍。芙蓉欲涉策金轡，芸蕙掇來佐玉盤。贏的吾曹無個事，依依不改醉中看。

新　　月

甫見西廂下，清虚府欲封。白蓮生一葉，玉剪減金容。休向彗星傍，漫與漢雲共。奚囊羞選句，杯酒謝相逢。

---

① 個：疑當作“个”。

月下登樓琴次韵

誰把雲帷片片裁，銀河涌出玉京來。鬼含恐惹神羊觸，嬋影偏依綉虎才。幾點絲桐融泗水，數杯談笑傲蓬萊。花朝消息無容放，携手樓頭覷九垓。

仲春竹沼見月

今夕爲何夕，龐貌更欲前。九尺清雨潤，萬里浣雲烟。甫覓松稍上，忽迷竹影邊。怕驚游客况，不忍遽多圓。

古 雪 宫

暫憩行驧頫署邊，落星石畔雪宫傳。棘垣塗堊猶存迹，水案凝霜尚有緣。閑鳥含情啼欲語，野花寄意笑生妍。當年不作銅鞮事，憂樂惟聞輿氏篇。

過寒亭次石上韵

蕩舟故里置孤亭，亭繼英雄幾代經。贏得石鎸名莫秀，游人到此故留情。

章丘道中次韵

新軺一指拂寒烟，竹馬兒童争躍前。夾岸桃花點翠柳，周原踏遍載歌還。

過濰縣吊王老師

層嵐叠嶂一鞭空，師表雪門入眼中。南召遺歌猶口膾，東萊覓姓幾心冲。一場事業填冥海，數世書香斷芷芃。劍履難停揮泪冷，空餘濰水嗒淙淙。

長途寫懷

誰慣風塵繼日征，人争笑我作浮萍。何堪綻履衣裳蔽，莫解顰眉鬚鬢更。健氣森森驚伍隊，文章馥馥幸良朋。夜來深滿眠方隱，惟恐還鄉夢又縈。

望山僧

孤峙山僧别有天，禪門不鎖待雲穿。蒲團隨遇一拳石，法杖撥開萬叠山。静裏攝情情愈寂，定中見性性彌堅。驅馳不問虎溪渡，博得樵夫一笑還。

登署聽海濤

怒濤突作胡爲乎，空谷傳聲如怪颿。數萬驕兵抖鐵甲，幾千仙子煉丹壺。英雄氣概詢今古，聖帝精神注史圖。消息幾窮難竟喪，床頭且向撫錕鋘。

望蓬萊閣

咫尺蓬萊路不賒，隱然示我笑紛拏。一團紫氣凝山頂，數道青霞傍海崖。欲就棋枰求坐穩，旋餘醽醁對飛花。終朝爭奈重門閉，衹有痴人夢到家。

補　　遺

和邑令王調鼎獻陵八景[①]

獻陵春曉

花滿河陽又一年，漢陵遲日靄蒼烟。春敷民物東皇布，功著斯文北斗懸。山郭千家遵古道，曉霞萬里映高阡。使君來此乘時令，閑把毛詩和幾篇。

封臺清望

新詩題破曾劉墻，散作氤氳滿徑芳。閑去栽培臺下竹，春來蔽芾召南棠。一天化雨山川潤，兩袖清風今古香。幾度徘徊生遠興，蕨薇早已載斜陽。

文昌高眺

文焰遥連玉界霞，凌霄直上瑞雲遮。璣璿高拱垂天象，臺閣平臨貫月槎。文獻英靈生健氣，青齊山斗舊名家。鴻才小試游仙令，化作河陽滿縣花。

---

① （清）劉徵廉、鄭大綱：《獻縣志》，卷七詩，康熙十二年（1673）刻本。

野寺鐘聲

月露溶溶隱梵宮，疏鐘迢度漢陵東。清幽雅和琴堂韵，斷續輕隨塔院風。佛力借斯驚幻夢，公餘聽此悟真空。願將四海蒼生業，轉入西方極樂中。

滹沱漲渡

滹沱一夜漲洪流，驛路飛帆駕彩舟。烟靄南瞻疑蜃市，波濤北繞是瀛洲。千村羅網争漁利，滿境弦歌作勝游。河潤從今沾沛澤，水田歲歲望三秋。

夕陽霽雪

嚴威初霽轉生凉，積素凝華映畫堂。松挂玉蚪留晚照，竹歌瑶鳳襯梅香。堆成寶砌清堪挹，收貯冰壺味可嘗。瑞應豐年爰志喜，如椽佳句滿雕囊。

月明秋濤

炎宵殘暑戰危樓，新雁横空叫素秋。荷捧瓊珠香浥露，波摇金電月明洲。蕩氛欲擊三江楫，破浪思乘萬里流。廊廟而今急借箸，君侯未許狎眠鷗。

望春烟霽

瀛洲三月頌聲新，佇看循良趨紫宸。佳氣呈祥晴更麗，仁風布暖溥還匀。陽春賦就山河壯，德政垂成魚水親。一自豐民歌五袴，閭閻久不見懸鶉。

陳祺齡詩集

劍花龕詩影　卷上①

序

天地間，可以不作詩者，其惟佛乎？佛云“無眼界”，又云“無意識界”，二根去，詩不來矣。有眼破萬卷書以完其神，更得觀世界覽江山風物之勝，憑吊古今以助浩汗纏綿之氣，然後抒新意出杰識，于是乎不能無詩。詩乃于是乎可存。

若劍花龕主人而自寫其詩，可可憐憐主人困于境，行年二十有七，而有蓬之心，無福讀書。又未種山水緣，齪齪羈閭巷，寒螿啼，蚯蚓號，亦復何苦。然而不無眼不無意識，且頗有情，十餘年來，夕陽芳草，雨屋燈窗，有動于中，輒難消遣，遂時有作，已復隨手散去。是歲之春，忽作一想，境無好惡，皆有所得，乃未來者不知何如，而過去者又俄頃變滅，不可收拾，是可嘆也。因倒敝簏，尚撿得十之一，漫寫之，留此虛空之影，以待續得。間出示一二素心人雅知主人者，或爲之悲，或爲之惜，或爲之憐而成笑，皆有情者也，淑不能成佛者也。

道光二年壬午夏四月

劍花龕主人我我生自識

---

①《劍花龕詩影》主要版本有兩種：道光二年（1822）稿本二卷，爲陳祺齡手稿本，藏南開大學圖書館；道光二年刻本二卷，藏天津市圖書館、國家圖書館，國家圖書館存卷二。整理以南開大學稿本爲底本，校以刻本。

海　棠

睡情酣態恰堪思，嫩蕊含春半破時。惱煞東風不知趣，等閑吹放兩三枝。

頻來語燕定新巢（社題，分得短歌）

前村社罷草又芳，紫燕雙雙繞畫梁。舊主乍逢情戀戀，新巢欲定語琅琅。落花徑裏朝復暮，尋得香泥頻拂户。巡檐飛去又飛來，經時別意從頭訴。湘簾颯起翠玲瓏，曲榭重樓處處通。倦眼迷離情鄭重，一雙秋水剪春風。去年相送長相憶，今年相見還相識。江天問夢幾時醒，玳瑁含情終不息。作對商量深巷西，夕陽一片小橋低。晚歸花裏金玲響，綉箔風開睇處迷。長宵好傍銀釭住，錦幃翠幕深深護。説與侍兒莫捲簾，恐教驚起別家去。

人　影

色空空即色，真假假還真。倚月人留影，挑燈影幻人。行行原有待，步步總相親。無我亦無爾，茫茫未了因。

燈　花

風静湘簾夜，花凝畫燭時。三更占遠客，一點結情痴。檄欖心能熱，蜻蜓眼乍垂。西窗閑話久，玉剪莫輕施。

夏夜納凉偶成三絶句

中宵何處發清芬，夢覺香凝帳底雲。花影横斜風露冷，一簾青靄碧氤氲。

無言覓句倚黄昏，風透簾櫳落月痕。偶向芰荷池畔立，好收花氣入詩魂。

碧空如洗夜將殘，斜月隨人共倚欄。還傍小樓携玉笛，一聲吹破緑雲寒。

荷　花　曲

荷花紅，荷葉緑，緑葉田田花馥馥。花香馥馥好風吹，脉脉含情半放時。芳姿浥露嬌如語，粉靨迎人嫩欲垂。羅韈曾經步仙子，凌波瓣瓣香風起。多情花下睡鴛鴦，交頸雙叢荷葉底。葉底鴛鴦真可羡，飛來飛去荷花畔。願作鴛鴦共飛止，艷情香夢宿花裏。痴想無端向誰説，此情惟與花相結。荷花相對似相親，恨煞清波隔斷人。

雨　　晴

新雨初收景色清，簾雲幾處緑猶横。庭花含露有矜色，野鳥喚晴多喜聲。一縷茶烟蘇酒夢，二分秋意逗詩情。長吟未穩推敲處，驀見斜陽隔樹明。

中　宵

芭蕉風捲響蕭蕭，滿地花陰不易描。何處倚樓人未睡，一聲玉笛起中宵。

如有所觸

蝴蝶雙飛入睡魔，關心脉脉意如何。鶯花笑傲三千界，風月因緣一曲歌。酒客于今名士少，仙家大半女兒多。痴情無限渾難解，明月浮雲淡絳河。

七　夕

玉河一片水長横，盡道經年別恨縈。見説仙家年作日，雙星未必有離情。

河　漢

新秋七月七，午夜望河漢。河漢秋最明，清影分明見。微雲點綴亦何妨，永夜盈盈一水長。盈盈一水長縹緲，隔斷情緣知多少？經歲天孫一度過，此夕雙星怕天曉。天孙歸去不能留，仍然一片空皎皎。明河兮明河，天孫歸去可奈何？

將　曉

半輪斜月落，冷露滴階明。地有光何白，天臨曉最清。無言時自問，有夢也多情。默默思量處，沉吟繞砌行。

十六夜月

漫言三五是佳期，二八嬋娟正及時。看到今宵圓不減，較將昨夜出微遲。清輝依舊如隨我，好景何妨爲補詩。此夕風光休再負，玉輪明日幾分虧。

蛩

觸處秋聲易動悲，秋蟲唧唧意何爲？入來床下如依我，喚到更闌欲訴誰？一片閑情吟客枕，二分明月豆花籬。那堪少睡偏驚覺，正是懷人入夢時。

試　茗

收來八月雨，活火地爐烹。瓦鼎寒蟲喚，磁①杯稚女擎。水臨秋最净，味較夏尤②清。驅遣睡魔去，無眠到二更。

① “磁”刻本作“瓷”。

② “尤”刻本作“猶”。

秋　氣（社題）

一點閑情一片秋，秋情脉脉意悠悠。有時對景偶相感，無事關心也動愁。悵望每深明月夜，相思多在小樓頭。西風吹夢知何處，無那撩人恨不休。

閨　曉

窗外鳥聲歡，驚人睡不安。倦眸羞曉日，香夢怯春寒。擁被重眠好，抬身欲起難。海棠開也未，呼婢捲簾看。

夜　雨

喜聽樓頭夜雨聲，杏花時節近清明。料應花也似人意，衹愛春陰不愛晴。

偶　然

偶然雅意似不愜，月落小庭夜若何。依枕三春狂杜牧，垂簾一室病維摩。詩如有債償難盡，事每無心遇轉多。個裏因緣人不解，起來獨自看星河。

夏　夜

向晚暑猶熾，濃雲東去忙。近村應得雨，入夜頓生涼。月影斜穿樹，花陰亂上墻。低頭步階砌，清露濕衣裳。

游 仙 五 首 (用曹堯賓原題)

劉晨阮肇游天台

偶然忘却入山深，夢雨靈風聳碧岑。千點桃花如有約，一溪流水本無心。青山闕處仙雲補，玉洞晴時緑樹陰。徙倚林間迷近遠，茫茫源路自家尋。

劉阮洞中遇仙子

烟嵐縹緲恍前因，瞥眼俄驚世界新。繞澗彩鸞鳴玉樹，隔花仙犬吠輕塵。麝蘭香近初聞語，環佩聲來忽有人。一笑相迎留客住，胡麻領略洞中春。

仙子送劉阮出洞

劉郎擬共阮郎歸，相送雙雙出翠微。此地風光難遽捨，故鄉景物恐全非。殷勤指點曾來路，惆悵留連欲落暉。他日重逢更何處，紅塵望斷彩雲飛。

仙子洞中有懷劉阮

雲掩重門不捲簾，離懷無那意懨懨。玉池露冷紅蓮濕，閬苑春深碧草纖。塵慮幾番縈夢裏，黛痕半縷蹙眉尖。青鸞不識人間路，空束珍珠字一縑。

劉阮再到天台不復見諸仙子

岩石當年似可親，再來無復舊時春。仙雲綠樹都成幻，流水桃花別有因。得毋今番全是夢，轉疑前度也非真。如何曾向天台過，又作山邊問路人。

東村夜歸

出門一二里，夜色已蒼茫。樹密村烟合，月斜人影長。一行妨路①滑，幾陣喜風涼。不忍便歸去，徘徊步石梁。

獨　坐

獨坐閑庭晚，庭陰下短墻。笛飄雲外曲，花放夜來香。何處一蟬早，有時雙燕忙。清風偶然至，夏月似秋涼。

---

① “路”刻本作“露”。

急　雨

急雨濺屋瓦，迴風作亂烟。電飛千丈紫，雷墮一聲圓。濕鳥投檐重，欹花倚檻偏。須臾乍開霽，雲斷夕陽邊。

新　秋

昨日梧桐樹，纔飄一葉輕。今宵河漢影，似較舊時明。露坐衣初薄，長吟氣自清。樓西有新月，已覺動秋情。

雨後早起

雨聲入夢夢魂香，好睡初醒見曙光。曉起乍憐衣漸薄，夜來却憶枕尤凉。數聲啼鳥清依水，一片蒼苔緑上墻。階下瓶罌看盡滿，新茶還共阿誰嘗。

秋　夜

秋雨清多響，秋花冷更香。關心無個事，一枕夢魂凉。

小院幽懷

曉起秋光冷碧梧，夜來風雨記模糊。小庭一徑花欹倒，獨向蒼苔手自扶。

閑　情

涼影落庭樹，飄然夜氣浮。露濃疑作雨，花嫩不禁秋。吹笛誰家月，懷人何處樓。閑情正無限，河漢已西流。

夢 中 作

夢隨明月度雲屏，玉宇瓊樓冷不扃。飛入廣寒宮闕裏，新詩吟與素娥聽。

水仙次韵

淡無言處劇堪憐，不染塵埃便是仙。欲借微波托情愫，夜深相對未成眠。

燈前清供紙窗虛，落影珊珊畫不如。自是冰肌能耐冷，玉盆水淺雪晴初。

冷若無情恰有神，瀟湘何處問前身。不知帳底眠香客，可有江皋解佩人。

和蕭柳舲述懷

知君翹首望慈幃，久別能教不憶歸。桑梓雲山情稍慰，門墻桃李雨初肥。有方何慮他鄉遠，欲報休歌寸草微。正是清和好時節，還須排遣莫歔欷。

遥憶深閨數客期，嬌兒弱女賴攜持。陌頭折柳羞眉黛，樓上看花妒口脂。歸興也知濃似酒，離愁且莫亂如絲。誤人最是還家夢，珍重羅幃欲下時。

雨後同人集古桐書屋夜話

一雨洗炎暑，新凉入夜生。群賢多雅興，小集話閑情。露重羅衣濕，宵深玉笛清。語來忘坐久，街鼓已三更。

題紈扇（畫半身美人，拈紅豆一粒）

一握冰紈妙寫真，消魂何必現全身。最憐月落懷中影，錯認花開鏡裏春。紅豆拈來應入夢，翠眉低處恰傳神。與卿且作團圞想，遮莫桃源隔斷人。

七　夕

一年一渡玉河秋，甚日天孫得自由。知道雙星①應笑説，關他何事替人愁。

---

① “雙星”刻本作“仙家”。

花　朝

南園芳信尚迢遥[1]，春半餘寒未肯消。獨坐小樓情緒懶，可憐今日是花朝。

白丁香

不將顔色媚東風，細蕊幽香自一叢。幾度懷人拈結子，花陰春月透玲瓏。

和人詩四首

明妃怨

紫臺不用吊紅妝，贏得千秋姓字芳。若使埋香玉門裏，冢生青草亦尋常。

征婦吟

别路長條幾日攀，瓜期定擬唱刀環。年來塞上無征戰，未要紅閨盼玉關。

---

① “迢遥”刻本作“迢迢”。

并 頭 蓮

十三好女尚垂髫，偷向花間弄畫橈。豆蔻梢頭春乍動，攀來無語自魂消。

采 蓮 曲

蘭舟一棹入芳池，欲折芙蓉有所思。不采蓮花采蓮葯，個中情味要郎知。

夢 回

蝴蝶飛何處，朦朧曉夢回。昨宵應有雨，凉到枕邊來。被冷情猶戀，窗明眼乍開。關心樓畔柳，含露拂蒼苔。

贈 毓 梅

江北江南各一天，素心歡結定前緣。新知半載真投契，舊約三生欲證禪。談笑每教忘主客，送迎那更有周旋。疏狂似我偏能諒，風調如君亦可憐。

驟 雨

砰然雷墮黑雲頭，驟雨翻盆瀉不休。懸溜挂檐聲訝瀑，平波繞屋坐如舟。洗清大地囂塵净，藏住驕陽溽暑收。胸臆頓開幽興發，軒渠狂笑一登樓。

蕉　扇

綠葉剪芭蕉，剪作團團扇。紈素憑入懷，紅妝誰障面。秋雨已聽多，秋風更經慣。縱令篋笥捐，不學班姬怨。

七月初六夜作

待得團圞後，歡情轉易消。相逢纔一夕，相別又明朝。惟盼銀河上，凌波早駕橋。微雲預相望，最好是今宵。

七　夕（是歲閏六月）

相見經年已恨遲，無端置閏又愆期。平添一月愁多少，雲錦機邊有亂絲。

題　枕

化蝶笑莊生，夢魂終未絕。伏枕萬緣空，個裏光瑩澈。

雨後聞笛

凉雨洗秋月，破雲一鏡明。月中照殘滴，滴碎月光瑩。對此發清興，誰家玉笛聲。滿庭梧影濕，吹冷倚樓情。

送毓梅赴清源

年年旅況已深嘗，却向青齊又趣裝。故里別來同是客，全家住處即爲鄉。久勞遠夢吴江冷①，聊慰歸心濟水長。合唱刀環送君去，無須揮泪各沾裳。

慈幃三載缺晨昏，計日喧傳客到門。但有歡情難盡説，翻教離緒不遑論。令開明鏡拭塵迹，代解征衣認綫痕。羡煞北堂萱草茂，三春暉裏笑言温。

未了青山望眼遮，令原遥阻客途賒。漫言雪印飛鴻爪，伫見枝連玉樹花。草乍生時尋夢蝶，雨同聽處隔窗紗。聯床好話三年別，想得宵深尚煮茶。

已向藍橋定夙因，鸞膠重續及良辰。風傳蘭麝摇仙佩，月伴笙歌簇畫輪。翡翠簾垂消永夜，鴛鴦帳暖護濃春。紅閨倘有聯吟句，莫忘瑶箋寄故人。

忽忽行色已難留，一曲驪歌唱晚秋。歸去緣君多至樂，別來令我忘離愁。良言金玉勞相贈，夙志雲霄願共酬。他日重逢話疇昔，凌風九萬快同游。（枉詩留別，慰勉勤勤，感而發此。）

---

① “冷”刻本作“泠”。

落　　葉

一種疏黄變緑雲，愛尋秋影立斜曛。隨風莫入朱門去，花柳情懷怕見君。

拾來一片認秋聲，偶觸閑心恨又生。欲寄相思托題句，可憐流水太無情。

消寒四咏 (社題)

圍　　爐

不愁凉夜共青氈，爲爇熏爐好接歡。一室晤言忘凜冽，四圍合坐愛團圞。頻添活火原知暖，偶撥餘灰也未寒。莫道精神澡冰雪，熱腸相向世應難。

酌　　酒

雪壓簾櫳夜氣凉，小樓促坐共傾觴。一杯緑泛瓊漿影，雙頰紅生暖玉香。春色長留真樂國，寒威不到是吾鄉。但憑助興歡詩友，未要澆愁學酒狂。

炙　　硯

冰炭論交亦復佳，紫瓊一角養雲華。春生斑管時垂露，水泛松烟欲變霞。儘我拂箋題錦字，是誰呵凍寫梅花。石因氣暖温如玉，不待晴暉上碧紗。

披　裘

樓頭曉起減輕寒，新著羊裘特地寬。喚取隨身過歲晚，别來回首憶春殘。有時攏袖閑看弈，尚覺尋梅怯倚欄①。何事富春江上客，孤舟風雪一漁竿。

竹外一枝斜更好（社題）

玉妃獨立香魂冷，斜倚湘娥情不整。好持鳳帚掃天花，更覺亭亭助清影。還將清影説人間，人間風格亦珊珊。壽陽公主嬌無力，倦壓瑶階翠裏②寒。

冬　閨　詞（社題）

綉衾香冷夢初回，曉起臨妝玉鏡開。剩得殘脂新艷好，消寒圖上點紅梅。

隔簾寒意透金鈎，雪壓欄杆③映畫樓。呼婢收來試新茗，一杯香嫩乳花浮。

---

① “欄”刻本作“闌”。

② “裏”刻本作“袖”。

③ “欄杆”刻本作“闌干”。

個儂生小愛天真，懶著濃妝逗笑嚬。好折寒梅伴清夢，玉瓶香影認前身。

銀燭光摇綉幕深，圍爐姊妹話同心。侍兒解得思眠意，雙爇香篝展夜衾。

憶梅一首寄毓梅

我愛梅花清，日日巡檐步。早春忽閉關，花竟隔良晤。一日不見花，相思渺誰訴。掩卷自沉吟，擬作賞心遇。人雖與花違，花或將人顧。香雪供[①]一枝，寒窗静相護。相對理舊書，相對吟新句。想像壽陽妝，低徊廣平賦。幽意忽欣然，此計良不誤。誰料惜花心，又被花風妒。有客款蓬門，閑言久相絮。待至送客歸，客歸日已暮。梅花期不來，相違復中路。凉夜不成眠，欲寐旋又寤。入夢少幽香，春宵嘆虚度。輾轉念不忘，挑燈拂縑素。聊作憶梅詩，寄與池邊樹。

花朝微雨見新柳有作

細雨如絲罥柳枝，柳枝低亞惹相思。二分春色憐今日，三叠陽關憶去時。夢冷西樓人起早，烟迷南陌客歸遲。風光一半愁辜負，怕咏燕臺懊惱詞。

---

① “供”刻本作“共”。

問花詞

盈盈十五如花女，小立花陰對花語。花可憐儂儂羡花，與花願結同心侶。此意問花花不言，含情一笑如相許。惜花不忍折花還，争奈①離花又惘然。待儂化作花間蝶，長抱花枝一處眠。

偶然作

我有大妙法，世人皆不知。凡我意所寄，一一能遂之。有時色然喜，如吹竹彈絲。有時渺然愁，如月落花飛。有時涉遐想，如春草露滋。有時發逸情，如秋水雲移。有時色軒軒，醉興頗淋漓。有時態栩栩，夢影殊葳蕤。有時學游仙，脉脉靈何思。有時聽虚籟，泠泠天風吹。念所不能忘，惜所不自持。無可奈何處，聊復爾耳時。明珠發其采，美玉呈其姿。空行亦何礙，俗見安足窺。拈花有真諦，神悟乃在痴。借問法何若，含笑吟吾詩。

贈别王穀庵

一見始如故，吾曾笑古人。與君未相見，兩意已相親。良覿欣初獲，詩情欲共陳。那堪纔一夕，又早動歸輪。

---

① “奈”刻本作“愛”。

題畫帶雪桃花

誰將一幅薛濤箋，畫出三月輕①寒天。雪花清冷桃花妍，畫工此意誰能傳。疑是天台仙洞裏，千樹桃花傍溪水。四時風景總如春，玉樓銀海紅雲起。惆悵仙山路已迷，仙花未見難描似。露井風開雪尚堆，人間安有春如此。不然或是悟紅塵，聊借花枝指向人。幾日紅顏終白首，令人見畫惜青春。既作紅顏甘命薄，桃花原不悲榮落。美人從古無白頭，此理還須更斟酌。斟酌難求染翰心，披圖隱几自沉吟。安得畫中花解語，與儂細話綠窗陰。迷離惝恍尋思久，神情默向華胥走。果然痴想竟生因，夢見花魂開笑口。不是仙山別有春，不是紅顏能白首。美人風格异凡流，不與尋常脂粉儔。縞袂仙人原耐冷，素妝越女每含愁。艷似桃花清似雪，花自嬌紅情自潔。濃芳倩影迴離塵，借花寫照無差別。感君輾轉有痴情，不憚殷勤細陳説。蘧然而覺色然喜，彷佛花言猶在耳。摩挲倦眼欲相留，白雪桃花壓腕底。急將夢語綴成詩，題向花邊花可知？

寄懷翟端卿

兩回相見即相知，小住情形足繫思。啜茗窗前評舊印，挑燈樓上讀新詩。深宵暢叙眠何晚，侵曉堅留起不遲。惆悵素心人乍別，楊花滿路獨歸時。

---

① “輕”刻本作“清”。

東風無賴又殘春，正是相思隔樹雲。八韵率成聊代簡，一樽獨對漫論文。愁將離緒懷芳草，諒有同情悵夕曛。爲問連宵見儂否，夢魂夜夜要尋君。

送 毓 梅

欲説從何處，臨歧萬種情。相携轉無語，痴立看君行。

雲 屏

雲屏隔夢秋蟾冷，琉璃光瀉紅墻影。露濕瓊花渺渺香，銀蠶絲弱棼難整。雁柱匀排想翠弦，錦囊斜抱又經年。懷中碧玉暖生未，何人泪滴紅珠圓。舊時條脱殷勤護，芙蓉密字藏縑素。白玉花開絳節歸，彤雲遠挂相思樹。香入清簫頰暈融，低鬟欲咽含桃紅。仙夢分明記仙語，軟塵下視何朦朧。

見 新 月

夜夜關心盼玉鈎，今宵喜見挂西樓。倚欄[1]笑向嫦娥問，也有同情憶我不？

---

① “欄”刻本作“闌”。

代人作四首（社題）

蕉　雨

此君彈草莫輕修，留得蕭蕭寫素秋。底事一緘書乍拆，恰令千點泪難收。夢尋苔逕分羅扇，響到筠簾答玉鈎。裁作長箋記新句，吟情凉入濕雲頭。

竹　風

蕭然竹玉弄秋聲，一檻風來小院清。隔牖忽看凉影動，開簾錯當故人迎。青鸞有信疑懷約，綠鳳留音若寄情。好是泠泠添爽籟，此君瀟灑自平生。

梧　月

雙梧醉倚小庭幽，凉月殷勤爲客留。幾片濃陰三徑濕，半輪清影一欄①秋。碧雲吹墮誰家笛，紅袖吟看何處樓。回憶昨宵金井畔，斜風疏雨使人愁。

荷　露

瘦影亭亭照碧塘，冷添清露點秋光。月分仙掌銅盤影，夢入峰頭玉井香。翠扇曾搴江路遠，明珠欲寄隴雲凉。荷衣好共芳蘭佩，柏下何人系彩囊。

---

① “欄”刻本作“闌”。

擬古二首送金心丹返槜李

青青山上竹，猗猗山下蘭。亭亭古梅花（謂毓梅），置身于其間。以彼梅花香，結此清冷緣。從此成三友，相引爲古歡。何來閬苑書，緘札附青鸞。聘梅渡江去，二友空長嘆。相期保歲晚，無爲復弃捐。一朝修竹心，悠然念故園。家住雲水鄉，胡爲久不還。化作緑鳳凰，隨雲竟南旋。颯颯秋風來，泠泠秋露寒。幽蘭倚空谷，清泪不能乾。

西風撼庭樹，君子乍言歸。輕舟系河干，舟人若相催。憶昔初見君，郎朗明月輝。感君有真意，許君相倚依。一日不相見，便如三秋期。今日與君别，安得不傷悲。送君至河上，臨别牽君衣。一路歷風波，秋色感人思。况君猶抱疾，易爲風露欺。不能隨君去，珍重當自知。叮嚀復叮嚀，泣下不可揮。明年南風發，盼君復北回。無忘此時約，使妾啼空幃。

聞　雁

竟夜不肯宿，飛鳴何太忙。影迷雲路遠，聲助月痕凉。虚閣夢千里，美人各一方。相思書欲寄，君可過瀟湘。

對　菊

五柳先生去，黄花無故人。孤標甘冷落，佳色辱風塵。我亦未離俗，君當不厭貧。淡然相對處，慨想葛天民。

九日秋塘程丈招詣獻陵，晚歸呈此

有客有客何蕭騷，生平結想高山高。況當九月之九日，意氣更較平時豪。安得孤峰直上一千尺，洪崖浮丘拍手而相招。我乃攝衣陟其頂，泠泠如借天風飄。頭插淵明菊，手題劉郎糕。狂歌擊節衆山應，千岩落木争蕭蕭。白眼上看青天泬寥，俯見世界紅塵囂囂。大笑爲傾酒一斗，人間俗濁一齊澆。乃覺胸懷蕩滌而軒豁，方信神仙豪杰皆吾曹。可怪青山苦避樂壽不肯到，令我半生神游夢遇空煩勞。遐想不稱意，嗒焉獨無聊。雖然難尋者勝地，易過者良朝。俗吏不撓阻，風雨不漂摇。佳如此節竟虚度，衹恐紅萸黄菊相譏嘲。果然伊川夫子興不淺，飛來一紙書相邀。座有廣寒斫桂之仙客（吴琴逸），更有翩翩公子尤風標（令嗣用年）。携手同車發城闕，駕言東向循平皋。行行十里，望古匪遥。遺陵久著獻王迹，千秋高冢猶嶢嶢。拾級同登古殿址，卧鐘斷碣何蕭條。四周短垣半缺裂，冢旁孔穴紛周遭。村童言之尚凛凛，夜深時有狐狸嗥。吁嗟乎！宋主臺登舊戲馬，齊王館啓新商飆。曾爲重陽展公宴，觥籌交錯歡賓僚。一時風景亦云盛，至今何處尋蓬蒿。何如賢王獨力扶，大雅漢京令聞常昭昭。縱然廊廡頗荒落，千年俎豆終不祧。慨然懷古話未已，斜日已挂疏林梢。還車言邁，餘興未消。叩村徑，款蓬茅。啜苦茗，代香醪。歸來蓮幕復叨惠，粉糍棗餌工刻雕。謝君寵召得游騁，使人古意胸全包。斯游差不負斯日，賦詩記事争敢辭腹枵。快哉勝地，何必高山高！

對　花

秋花不及春花紅，春花不若秋花久。我視春花當美人，我待秋花如良友。于今日日對秋花，風雨簾櫳長聚首。美人渺渺空相思，相思遠寄能知否？

蘭玉行爲宋烈女作（李邑侯有啓徵詩）

紅蘭香，白玉潔。蘭可摧，玉可折，潔終不污香不滅。不見宋氏媛，皎然凌冰雪。（一解）

女樂城人，生長貧家。賢聲藉藉，素爲鄰里誇。其心不滓，其色自華。皎皎兮秋月，亭亭兮春花。（二解）

有父有母，無兄無弟。菽水承歡，誰盡其禮。父母則喜，女子如子。粹然待嫁深閨裏。（三解）

何來鵂鶹惡且迷，女貞木側公然啼。有無賴子覘女室，幸無人在横相欺。磨刀霍霍，向女而立。弱質輕盈，拒之無力。斯時也，但見紙窗茅屋，白日黯黯風凄凄。（四解）

女自念：勢惟死耳何畏縮，更不驚心反張目。正言侃侃詈且呼，貞心卓立無踟躕。鼠子何爲者？我是淤泥不染之芳軀！匪人不寤，轉增其怒。（五解）

言未止，刀已起。荑手纖纖斷其指。白刃濺血插，紅顔含笑死。（六解）

賢侯宰是邦，化行俗美，除惡明良。急爲請旌，表章煌煌。急爲置法，枷鎖鋃鋃。人心既快，公猶深自傷。彰善無已心傍①徨。（七解）

口傳懼訛，碑鎸懼磨，且爲奈何？公乃徵詩，被諸弦歌。（八解）

有　所　答

自是蕭骚慣，非關有意爲。怕逢拘束客，愛讀性靈詩。風趣得由我，疏狂笑任伊。多情知未免，不敢諱言痴。

曉起驟寒

凍醒蝴蝶魂，布衾僵似鐵。隔窗聞小童，詫向老嫗説。今朝雖放晴，一夜北風烈。公然瓮中水，竟有層冰結。披衣試開門，粟起色不悦。咄哉此寒威，驟來何奇絶。我欲與之抗，撿出敝裘褻。著來反覆看，與汝半年别。恰如逢故人，情懷劇親切。更暖酒一壺，捧盞急狂啜。纔傾兩斗餘，肝腸一齊熱。陡覺體生春，軒軒忘凛冽。乃知助精神，不在澡冰雪。

---

① “傍”刻本作“徬”。

寫前詩與吴琴逸，承惠和，有“君欲驅之去，予獨思之切。冷淡是生涯，不學熱中熱”等句，殆矯俗之言也。叠韵再呈一首

讀君愛寒詩，筆勁可屈鐵。朗朗净聰明，妙法現身説。恍對古梅花，噴出寒芳烈。賤子如夏蟲，不覺舌爲結。知君挺孤標，不苟求世悦。趨彼而守此，寄志何清絶。乃又發妄言，幸勿怪鄙褻。冷暖與炎凉，本來有區别。矯首世俗中，無爲太激切。漁父固有言，其醨亦可啜。莫學冰之寒，莫學炭之熱。論交互調劑，不燥亦不冽。君盍訪故人，一棹山陰雪。

又蒙枉和，再叠前韵，奉答兼以寄懷

君真招凉珠，我非知時鐵。竟把野狐禪，亂向詩佛説。敢云樹兩幟，心兵互揚烈。乃更賜新篇，一串牟尼結。投瓦引瓊來，私心大歡悦。但形温蠖懷，俗情終未絶。謹貯古錦囊，什襲不敢褻。獨念室匪遥，乃令常闊别。側身東望勞，脉脉相思切。有酒不共斟，有茗但獨啜。幸屢獲德音，稍慰此心熱。如飲醇醪淳[1]，如占洌井洌。何當趨絳帷，拱立程門雪（君設帷程丈家）。

---

① “淳”刻本作“醇”。

卷　下

早春野步

一點春消息，招人過短亭。草痕籠淺碧，柳意動遥青。拂袖朝烟惹，關心夜雨零。杏花曾有約，去去問前汀。

囑　鶯

絮語殷勤说向君，绿楊烟裹好藏身。金衣漫自誇公子，青眼難常遇故人。子細多言過南陌，堤防驚夢惱東鄰。個儂不是輕饒舌，斗酒雙柑念舊因。

問　蝶

爲愛翩翩太瘦生，欲將春色記分明。花間長住誰爲主，夢裏曾來想是卿。绿影留雲應惹恨，紅香怯雨可關情。南園女伴都相識，若個前身有舊盟。

病

茂陵善病每因秋，秋雨秋風易動愁。偏是三生狂杜牧，绿陰時節怕登樓。

詩　情

游仙枕上夢初回，簾影沉沉靜不開。正是詩情無著處，推窗一片落花來。

秋夜醉吟（并小序）

落葉西風攪人難寐，酒後耳熱，輒發狂吟，亦知涵養未深，不免少年負氣，顧詩以達情，莫能遏也，知我者倘諒之與！

挑盡一燈影，其如秋夜何。酒添愁海瘴，詩伏睡鄉魔。痴想書堪煮，狂抽劍欲磨。廿三年裏事，太息幾蹉跎。

蹉跎猶未已，棋局總難平。不信成仙佛，惟知認性情。蕭騷憐我輩，聚散感浮生。究竟何歸著，驚心冷月明。

參　破

參破元關一听然，梅花香裏自尋緣。靈山豈有忘情佛，閬苑應無不死仙。但使襟期真灑落，何妨言語致纏綿。幾回痴想生歡喜，我在人間尚少年。

春寒寄遠

東風太瘦雪偏肥，亂送相思入薄幃。獨倚碧窗聊對酒，遥憐紅袖可添衣。绿楊夢冷鶯無語，芳草情深蝶懶飛。屈指百花生日近，想應緩緩趁花歸。

古　　意

向夕坐花陰，無言領花意。花外小金鈴，亂向春星吠。

城　　南

城南門巷昔曾經，紅倚桃花竹更青。響屧廊開期月到，移春檻好悵雲停。銀瓶玉虎心同轉，石鼓桐魚氣不靈。慚愧瑶臺舊相識，尚招飛夢度仙扃。

寄懷周菊人

五葺三泖别南雲，獨立燕臺迥不群。金盡漫愁蘇季子，酒忙深羡杜司勛。買來窗外芭蕉雨，典到閨中蛺蝶裙。（賣花人有蕉盈丈，君見之愛甚，顧無從得錢，急語細君質嫁衣購得，招余吟賞其下，極自得也）世慮塵緣兩無著，幾人風調似夫君。

泥雪留痕記去年，京華傾蓋意纏綿。悠悠斯世誰同調，落落如君竟結緣。舊雨有情尋夢榻，西風無力送吟鞭。不堪回首思前度，瑶瑟聲凉月滿天。

秋　詞

想到雙星見，翻成一段愁。無言背銀燭，懶去上針樓。

手種海棠花，小朵開如舊。應怪看花人，何故今年瘦。

惻惻齊紈扇，西風別恨多。寸心争忍絶，無計奈秋何。

冷壓合歡衾，新愁一何重。移却鷓鴣屏，怕隔相思夢。

消魂思往事，紅泪濕羅襟。欲折芙蓉贈，空憐寄遠心。

兩情但不忘，離别亦歡喜。相見不相親，對面成千里。

久不得毓梅消息

自與故人别，琴聲長寂寥。每開書一紙，暫解恨千條。赤鯉多時去，青鸞不可招。小樓空佇立，吹斷碧雲簫。

轉徙知無定，想思可奈何。雪泥①留印淺，風雨助愁多。匹

① “泥”刻本作“痕”。

馬厭征路，小舟驚亂波。猜詳客邊事，萬里悵雲羅。

说　夢

我夢忽見我，是我竟有二。一我既醒時，一我何處去。去者未必假，住者未必真。我以我而化，即此現在身。莊生夢蝴蝶，未免添枝葉。

雨夜書懷

雨雨風風夜寂寥，小樓冷坐可憐宵。難尋詩夢虛吟榻，不負燈情仗酒瓢。幽怨何深移蟋蟀，芳心未展泣芭蕉。清寒已足供惆悵，又是誰家玉笛飄。

瓦冷鴛鴦小院空，空階碎玉自丁東。凉雲不放横窗月，病葉争禁撼樹風。燭泪留痕落襟袖，藥烟分影上簾櫳。而今識得愁滋味，衹在秋陰一片中。

行　路　難

行路難，難自古。古人之難非今難，今人之難良更苦。其苦我能知，聽我從頭數。天梯石棧自横絶，不見征人避險阻。河大水深風浪多，不見歸舟競摇櫓。黄金雖盡舌尚存，彈鋏長歌亦軒舉。行路難，難莫難于咫尺間。艾葉绿花不可觸，坳堂杯水生波瀾。含沙短狐慣射影，挾技憑城肆狂逞。紛紛醜扇適何來，鑽窗不怕秋風冷。牽機藥何毒，捉搦難自持。枳棘滿庭階，斧柯安所施。鵾鵬苦束縛，鷃雀争喔咿。瓦釜雷鳴蟬翼重，靈均幽怨占神龜。請君無惝恍，爲君發遐想。大兒孔文舉，招邀共清賞。四明狂客謫仙人，翩然入座曳屐裙。花光倒落頗黎盞，興酣一口吸紅雲。座上之客復某某，舊曾相識皆吾友。絶調重聞叔夜琴，風生秦宓談天口。忽然令我慷慨而激昂，正平提鼓撾漁陽。忽然令我颯爽而蕭騷，祖生劍拂霜花飄。更有阮籍痛哭陸雲笑，天懷落落皆同調。可憐同調不同時，獨立蒼茫空兀傲。噫吁嚱！天自旋，地自游。雲自出，水自流。日月四時相代謝，自晝夜，自春秋。大化本無滯，胡爲乎縶之維之拘促如纍囚？行路難，長悲愁。

春　陰

擬向花神奏緑章，莫教風雨殢春光。痴情空自吟芳草，酣夢憑誰喚海棠。半榻雲香禁酒病，一簾風影減詩狂。遥憐蝶會無消息，幾日紅閨倦曉妝。

俠　客

掉首出門去，茫茫不問途。乾坤雙眼白，風雪一身孤。吊古懷空熱，論心泪欲枯。九州騰踏遍，曾見有人無？

美　人

三五妙年華，芳才出謝家。靈心寄香草，小影幻梨花。月瘦顰眉淺，雲鬆睡髻斜。夢情無處著，冷翠撲窗紗。

七夕感懷

蓮更若爲此宵長，天上人間思渺茫。月榭誰家低翠袖，雲軒有路度紅墻。初飛烏鵲波應淺，欲折芙蓉露正涼。六扇畫屏全不掩，曝衣樓上看銀潢。

西南月畫一痕秋，冷接微雲片影浮。絳節未來知悵望，銖衣同曳願遲留。寄情錦字經時隔，貰聘金錢甚日酬。便是仙家猶惜别，塵寰争不使人愁。

不向天孫乞鳳梭，盈盈方寸起星河。病中禁得秋如許，花外分來泪更多。綺户鈎簾懷月扇，玉璫緘札盼雲羅。滿庭風露饒清絶，涼透輕衫奈怨何。

一片風懷轉自憐，横塘望斷水如烟。玉笙譜恨天將曉，銀燭摇情客未眠。留枕奇緣疑郭翰，乘槎舊事記張騫。心期約略雙星解，碧落紅塵共悄然。

秋　信

細雨如絲織曉烟，新凉陡覺到愁邊。自憐病骨如桐葉，秋信來時得最先。

病中秋曉懷毓梅

夜來風雨鏁窗幽，凉葉聲多曉未休。愁外空尋千里夢，病中獨得十分秋。經年消息沉瑶瑟，幾日簾櫳下玉鈎。半怯新寒半傷別，不堪望遠一登樓。

中秋夜雨有懷毓梅

良宵誰勸掌中杯，遮莫層陰冷①未開。不與故人携酒共，何須明月破雲來。窗前雨碎和愁積，河上風寒想夢迴（時毓梅客東河）。恰意嫦娥解離恨，替揮清泪滿蒼苔。

不　道

不道囊空病轉侵，西風何處寄秋心。酒妨藥餌難賒醉，詩避牢騷久廢吟。明月樓頭一枝笛，夕陽村裏數聲砧。拾來都是添愁料，瘦盡東陽更可禁。

---

① “冷”刻本作“令”。

秋夜懷遠

別日飛花點绿苔，青鸞消息至今猜。獨開虛幌和愁倚，不下湘簾待夢來。慧性何當明似月，吟身隔是瘦于梅。可堪離恨隨時積，秋滿窗前落葉堆。

身　世

此心何處著，身世想全非。病久詩情少，愁深酒力微。壯懷還撫劍，瘦骨儘添衣。風雪誰相問，長關白板扉。

送吉用之先生歸里

辰之年，子之月，春風歸去絳帷收，冷落門前一尺雪。瀛洲①夫子醇乎醇，華林元圃探其真。指揮談笑盡如意，襟懷灑落無古人。少年愧我情迂散，坌胸塵土何由浣。對酒人疑阮籍狂，揮弦自笑稽康懶。十年有恨乏津梁，學海驚心嘆望洋。懷裏②何當握鉛槧，英華空説綜綈緗。先生緣結文章力，兩度吾宗開講席。五載論交爾汝間，風雨過從镇朝夕。今年桃李舊陰交，阿連獲奉瓣香燒。我亦踵門策疲蹇，公然來問九方皋。快意當前得師表，太息清言聞不早。一點元燈暗室開，幾重敗葉秋風掃。

---

① “洲”刻本作“州”。

② “裏”刻本作“袖”。

興酣爲我度金針，抉破元關見古今。捉麈風流自驚座，捋鬚咳唾霏瑶琳。我聞清論沁肝鬲，豪情拂拂凌冲襟。抽毫便欲泛珍駕，抛擲筝笛看青琴。餘事時還及詞賦，火分丹竈龍芽鑄。頑石無言剩點頭，笑參迦葉拈花悟。所嗟世鞅苦難鬆，仰首屋梁嘆惱儂。病骨支離入秋劇，筆床花落硯塵封。方期明歲春來後，指迷還借兜羅手。更將北面半生心，重話西窗一杯酒。朔風吹曉促雙輪，無那驪駒已在門。見説仙雲竟移島，蒼茫獨立斷離魂。吁嗟乎！架箭何遲著鞭速，歌徹陽關不成曲。先生從此賦歸與，沅芷湘蘭愁宋玉。

庚辰除夜

如許頭顱亦自憐，今宵無夢到愁邊。床頭病婦難謀酒，篋底寒衣半質錢。漫送春來一日後（開歲二日立春），且留歲住五更前。計從插脚人間世，屈指明朝廿六年。

初春閑況

不問東風信，頽然一枕横。病多疏酒伴，閑極悟茶聲。芳草幾時緑，小樓連日晴。春愁預相避，低壓舊簾旌。

水　仙

紛紛桃李凍難醒，獨抱春寒倚畫屏。江上峰青人未遠，一痕香裏夢湘靈。

無言冷對小窗陰，隔水盈盈寄素心。便欲凌波載花去，移情一奏海天琴。

題秋塘程丈詩草

粲花妙語本無多，幾頁雲籤足細哦。吏隱從教談宦徑，神仙原不懺詩魔。梧桐鄉裏人敲月（世居桐鄉縣之梧桐鄉），蒼蔔林邊象渡河。我向詞壇笑黃九，苦將氣力費烟螺。

曉　晴

曙色横窗放曉晴，夜來殘夢未分明。東風消盡茅檐雪，滴向階頭誤雨聲。

劍花龕感興

話到前游一惘然，夢回三十六重天。酒空吟盞惟存藥，詩滿羞囊不問錢。無可奈何翻得悟，未能免俗也隨緣。同龕剩有芙蓉劍，冷枕霜花且熟眠。

春夜用年招飲即席醉吟

醉倚東風一放顛，飛觴春夜閉花關。酒籌分我過金谷，燈影照人推玉山。軟飽不妨辭半臂，酣歌何用倩雙鬟。憑君莫笑疏狂態，襟上香痕濕舊斑。

春日雜詩

抹月批風亦自佳，個儂于此悟曇華。年來識得春情味，苦勸他人莫種花。

素琴懶向綺窗彈，同病文君亦可憐。漫倚春風看鬢影，藥烟愁裊绿雲邊。

曉寒無力著衣裳，亂疊重衾壓象床。借問誰家春正好，早開明鏡試晨妝。

多情燕子若憐儂，舊夢依稀話晚風。惆悵雲軒誤消息，海棠開到十分紅。

花前底事又顔酡，曾向蓮臺懺酒魔。不是敢忘菩薩戒，春來無奈亂愁何。

芳時誰念苦吟身，慚愧詩囊不救貧。滿地榆錢自狼藉，痴魂消盡看花人。

三生魔劫怕重論，取次風光過幾分。舊識桃花相憶否，緑陰常怨杜司勛。

譜成金縷惜華年，回首流光去似烟。二十六回春過也，幾多愁寄有情天。

題扇頭畫菊

一枝占斷古烟霞，寫出西風得意花。不怕人間有三伏，個儂懷袖滿霜華。

對　雨

開軒對凉雨，六月暑全無。積溜飛鴛瓦，懸漚躍蚌珠。苔錢文半蝕，蝸篆迹重摹。茅屋懷清賞，沽春洗玉壺。

屋漏戲成

聽雨静疏簾，蘭缸一花凝。何來叠鼓聲，隔窗互相應。茅屋不堅牢，難補蒼苔空。積陰成漏巵，濕壓承塵重。折竹索穿之，居然如决甕。承以洗頭盆，清響一時迸。如行雲竇旁，微泉瀉蘿磴。又如熟春醪，珠落葡萄瓮。既而點滴疏，斷續餘音剩。更如松竹陰，冷傳一聲磬。因思華屋人，巨麗營榱棟。鴛瓦碧鱗鱗，精嵌緻無縫。何緣獲好音，入室持相贈。翻教愛敝廬，悠然伫虚聽。仰首對屋梁，助我清吟興。苦雨伊何人，坐嘆不成夢。

遣　情

遣情聊覓句，對此極茫茫。枕上夢魂遠，窗前風雨涼。孤懷秋預抱，清漏夏能長。病婦剛成睡，微吟不忍狂。

雨後見月

衹覺今宵月，相依倍有情。人間新雨過，天上薄凉生。消息知秋近，風懷入夜清。閑愁如許説，我欲寄瑶京。

個　中

與誰彈劍醉花龕，擲却殘杯酒不酣。阮籍情深惟合哭，衛郎病劇可因談。新篁有韵枝偏弱，舊燕無心語太憨。一片苔痕數聲雨，個中風味幾人堪。

病　去

未要乞靈草木，何勞問術巫醫。痛飲至清之酒，狂吟至快之詩。夜衾兩幅睡穩，曉日三竿起遲。嗒焉我且忘我，病曰不如去之。

京邸喜晤菊人話舊，兼承惠種種海東物，瀕行賦謝，即志別懷

忽漫三年別，相携一笑呼。鷄林詩價重，燕市酒懷孤。踪迹詢今雨，疏狂認故吾。談深眠不得，城上起晨烏。

客舍小于斗，何來光陸離。月中歌得寶，海外物分奇。贈藥爲祛病，裁筒教貯詩。更憐雙管筆，留待寫相思。

辛巳秋八月出都歸途感興

客邸此涼夜，京華多故人。挑燈懷昨夢，畫壁付前塵。風鷁争飛倦，霜鷄唤起頻。别情雜鄉思，叠恨逐雙輪。

九日程用年招同宋梓山、胡禹卿偕游近郭間，即事漫成，兼憶京闈舍弟（是歲秋闈改期，此月時方入試）

忽復重陽矣，連朝風雨無。敢期人送酒，幸免吏催租。竹榻尋詩卧，柴門有客呼。爲言秋色好，虚擲愧髯蘇。

登臨清興發，偕過樂城東。藉草衣黏緑，穿林葉拂紅。數聲傳野笛，一曲餞西風。（禹卿携長笛坐樹下吹之，聲情蕭曠，不羡紫髯翁也）歸路村園憩，茶烟出菊叢。（過家宛齋叔小園茶話）

角逐名場地，乘機忽遁逃。（試期改後，余遂歸，不復與）棘闈人戰蟻，菊徑我持螯①。倦羽應甘退，孤懷敢市高。銜杯倚斜日，醉影頗蕭騷。

阿戎京邸別，近得數行書。行李知無恙，長安怕獨居。（予歸後，弟暫移寓通州）紅萸曾插否，白雁乍來初。取次秋寒重，風檐最憶渠。

夜　吟

紅挑一盞燈，碧傾一壺酒。一卷古人詩，攤之短檠右。酒盡遂解衣，詩猶難放手。引被不掩肩，伏枕每露肘。都忘夜氣涼，佳句記某某。枯吻沫不流，澀眼花紛糾。欲睡未肯睡，狂歌榻還叩。街柝故相催，不覺三更後。倦極書自墮，酣眠失卯酉。亭午客外來，出迎旋結鈕。怪我起何遲，我道睡未久。告以昨夜情，諷余開笑口。人身精氣神，三寶須知守。燒燭卧看書，目力損八九。狂藥亂性靈，夜飲尤滋咎。二者一以耽，養生若雕朽。知君有心疾，病原所由受。余時聞客言，曰唯唯否否。我生無多嗜，不靈一木偶。大而富貴場，未能紆紫綬。小即弈摴蒱，亦不辨好醜。舞裙歌扇中，自覺顏有忸。争食讓鷄鶩，能言輸鸚鵡。惟此詩酒緣，結好自童幼（叶）。迄今廿餘年，不斷絲牽藕。共引如針芥，相依若牝牡。襄陽眉毛脱，摩詰醋瓮走。心空常荷鍤，耳熱自拊缶。望古渺予懷，且復享敝帚。

① “螯”刻本作“鼇”。

年來困塵鞅，白日難斗藪。清夜聊自怡，百篇下一斗。判耐半宵寒，暫解寸心紐。領略苦中甜，餘甘或容剖。倘再屏絶之，生趣復何有。情性乃不適，養生亦奚取。如卿言自佳，感子意良厚。奈此癖難除，徒爲呼負負。客去又黄昏，夕陰下疏柳。金荷燈復然，分光動窗牖。重披古錦囊，酣然醉紅友。高卧一榻間，依舊精神陡。蝴蝶且遲來，微吟正搔首。

無　　端

秋影同人瘦，秋聲爲我凉。草痕餘晚翠，蝶粉尚輕黄。倚怨彈瑶瑟，緘情寄玉璫。無端愁脉脉，一笑亦清狂。

程用年花燭詞（有引）

醉里城邊，朱門舊啓；樂陵臺畔，青鳥新來。伫雲影于簫樓，移佩聲于鏡水（聘于山陰鮑氏，就迎我邑）。夷光村近，應知國色無雙；叔寶神清，恰是玉人有兩。艷兹佳遇，托彼馨談，難添撒帳之錢，代賦催妝之句。從此深閨韵友，待聯翠帳雙聲；且將措大人情，先博紅妝一笑。

芳信纔傳嶺上梅，香風穩送翠軿來。誰言十月春猶小，玉樹花看并蒂開。

地衣軟接錦成行，匳贈應薰翰墨香。香茗一編留樣好，紅閨我要乞瑶章。

玉鏡臺前笑老奴，仙郎風貌特清腴。惹他多少瑶臺伴，争向人間羡鮑姑。

漫勞錦字賦鴛鴦，不用重歌燕子梁。正好一雙栖綵鳳，郎家原自住桐鄉。

此　人

九片茫茫著此人，隨緣悟却去來因。必求夢好應難睡，但得心閑亦任貧。死後定成羅漢果，生前或是女兒身。情場佛海都何處，廿六年華祇負春。

生　事

生事益蕭摵，蹉跎更幾時。狂奴惟解醉，病婦久成痴。障簏原無癖，看囊剩有詩。年華未三十，此况可相宜。

忽　然

不睡不醒時，情懷獨自知。解酲分菜甲，驅夢試茶旗。齒冷風前事，心忙月底詩。忽然仰天笑，人道發狂痴。

即　境

不堪即境説當前，一喝難除縛著緣。詩苦求工安得富，語常倚醉漸成顛。自憐入世腸偏熱，人怪逢場面未圓。情到無聊翻得笑，最多魔劫是神仙。

不　寐

昨宵不能寐，聽雪打窗聲。今夜見明月，依然夢不成。心事渺何許，無人说此情。恰憐風味好，所得總孤清。

楊　花

绿楊生小自依依，絮果圓來定是非。色相全空憑月照，風情無礙逐花飛。梨雲約夢魂應怯，蝶粉添香影漸肥。縈曳春痕奈何許，玉鈎難下紫綃幃。

對月有所得

月姊隨人共不眠，痴狂心迹解相憐。未輸謝客先成佛，自許裴郎早遇仙。酒話風懷深淺夜，夢留雲影綺羅年。微吟倚遍欄杆①曲，一笑分明結冷緣。

巫　山　高

巫山高，陽臺曉，紅心小結相思草。暮暮復朝朝，數遍珍

① “欄杆”刻本作“闌干”。

珠少。兩重簾，六扇窗，金蟲深護頗黎釭，乃開雲笈酌月漿。夢避紅塵同不睡，坐聽雙玉敲懸璫。不曳藕絲裙，欲試凌波步。消瘦合相憐，五銖衣怯芙蓉露。瓊葉分蛾，含意橫波。丁香空結，隴禽奈何。香蘭解笑人，依約思靈語。飛瓊小字肯教呼，吟魂痴入江天雨。難得梔子花，纈將綬帶斜。願乘雙飛鸞，翩然拂青霞。珊瑚鞭響兩龍起，俗緣催上青油車。回頭泪濕春冰冷，可憐立盡湘雲影。留恨人天共渺茫，月華滿樹啼烏哽。

塘 上 行

太息復太息，蓮花不并頭。各抱千縷絲，分著東西流。憶昔嬌小時，相聯本舊姻。嬉戲無嫌猜，依依弱柳新。分錢同鬥草，敲冰或鏤花。窗下捉迷藏，笑持雙髻丫。有時坐苔砌，賭記詩誰多。偶然争一字，絮絮相譏呵。荏苒歲月换，與君各長成。歡合曾幾時，忽生離别情。别來見庭花，開落自年年。君心若爲解，妾意復誰憐。舊日芙蓉帳，玉鈎閑至今。四角結朱絲，結結盡同心。織成一端綺，持作雙翠衾。上有綉連環，石華相間深。其一携君裝，一留覆妾身。覆之不能捨，歷夏復經春。時豈無凉暖，此意難具陳。以此思君意，知君心不殊。在遠自相親，相守定何如。况復情意堅，斷無長别離。上天與下地，且有相見時。更説有三生，當非河漢辭。

偶 觸

拍案酒杯翻，開門月在天。無聊人一個，有限界三千。艾網憑誰解，蘭膏坐自煎。低頭看醉影，相對兩茫然。

寄　禹　卿 (時客保陽)

緑陰時節唱驪歌，爲憶風懷近若何。池問蓮花憑笑傲，寺開靈雨幾經過。三年快聚歡猶少，兩月離情積已多。有約重來待梅信，嶺頭春早盼横柯。

寄懷用年

河干送君處，風景極難忘。未肯迴車速，争教解纜忙。夕陽愁獨立，春水渺相望。忽復經時别，相思與日長。

君向欒城住，六年歡意多。琴樽常與共，風雨或相過。一自輕帆去，其如落月何。不堪懷舊夢，搔首倚庭柯。

詩　　餘（附）

十六字令　愁

愁。寄與青天替我收。天風下，依舊落心頭。

長　相　思

本[①]　　意

爲春悲，爲花痴，多少閑愁已不支，更禁長别離。　　長别離，苦相思，思到君邊君可知，無言有泪垂。

春　　愁

雨絲絲，柳絲絲，織片春愁不用機，欄杆獨倚時。　　瞋黄鸝，問黄鸝，眼見紅香去故枝，如何忍得啼。

菩薩蠻　瓶花

小樓自有藏春地，不教輕嫁東風去。含笑問東風，東風可

---

① “本”刻本作“木”。

奈儂。　　香泉親手注，更把羅幃護。留住欲開花，朝朝飽看他。

訴衷情　寄毓梅

總將萬紙訴衷情，寫煞也難清。不如盼得君到，兩地事，一時聽。　　楊柳陌，短長亭，又清明。幾回屈指，無限關心，何日登程。

憶　秦　娥

閨　　曉

心兒惱，夢魂忽破紗窗曉。紗窗曉，夢還不遠，重尋纔好。
起來悶倚簾櫳悄，關心花事愁難掃。愁難掃，一聲杜宇，驚人不小。

清　　明

鶯兒説，今朝又是清明節。清明節，連雲芳草，驚心春别。
丁香細綴閑愁結，桃花紅映離情熱。離情熱，柳枝無力，可憐攀折。

踏莎行　題畫（鶯坐海棠枝上）

春困濃添，春陰低護夢魂，幾被楊花誤。梨雲一片喚將歸，翩翩公子來何暮。　　舊曲重翻，新愁如訴，玲瓏珠串輕相付。捲簾人縱是周郎，知他不敢回眸顧。

滿江紅　次答王穀庵見寄，即用來詞起二句

同到人間，廿六載，風花雪月。輸一著，青雲先路，忽然飛越。化羽經秋探月窟，攀花計日凌仙闕。恰教人，抬眼望層霄，思量切。　　情深也，紅泪竭，歌苦也，青萍缺。羡君真換骨，我空存舌。太瘦生惟吟興好，孔方兄已交情絶。問何時，彼此把歡愁，從頭説。

金縷曲　醉歌

咄咄何堪此，儘當前風光，入眼總教愁死。月地花天都幻杳，詩亦蕪城而已。舊面目，更添憔悴。扯碎《離騷》和酒咽，化傷心泪墮深杯底。竟醉也，悲歌起。　　欲彈錦瑟歌難倚。算華年，一弦一柱從頭屈指。二十五弦清怨，少添出兩條弦矣。問何苦現身浮世，著向家園多罣礙。便天涯是處堪容爾。看足下，拖泥水。

沁園春

早春感興

似水流光，如夢東風，又早驚春計。小樓剪[①]燭，杏花待雨；小橋響屐，芳草連雲。未老年華，正堪跌宕，誰使相如直恁貧？還無奈，奈床頭善病，有個文君。　蕭然四壁徒存，更鬢影頻年藥氣薰。算百愁百恨，三生早種；一貧一病，兩字平分。卿病忘貧，我貧非病，且自相寬拭泪痕。無聊極，把兩人心事，訴與花神。

寫　懷

生幸非頑，幾度回頭，恍記前因。奈情天佛海，徒尋幻夢；業緣魔障，苦嚇痴魂。過去泥痕，未來風影，摹擬虛空總不真。愁難謝，剩廿餘年裏，現在吟身。　綠章伏上天門，但許我心閑我願貧。向紙窗竹屋，歡來舊雨；説詩彈劍，快倒芳樽。萬丈銅山，十圍金帶，讓與人間有福人。些兒願，問何時遂也，闊煞乾坤。

---

① “剪”刻本作“剪”。

補　　遺（附）

跋①

蓮浦爲余及門士，天才警敏，瀟麗不羈。詩學温李，纏綿幽艷，間闖長吉之室。嗜酒，醉則悲歌慷慨，四座皆驚。喜填小詞，書畫、篆刻俱工秀絶倫。以通才沈滯冷官，非其志也。年未四十，病酒，一夕卒。瀏覽遺集，不勝毀璧摧柯之痛。

紅豆樹館主人識

自題畫蘭②

卸却銀泥裙，月墮秋烟冷。江皋不見人，立盡湘雲影。

① 此跋語稿本無，刻本有。

② 《國朝畿輔詩傳》卷五十八之二十八頁選入此詩。

李爲章詩集

瀛南迂叟詩集

瀛南迂叟李子倬卿詩集序

能詩而後可言詩，未有不能而强言者也；言詩而後可序詩，未有不言而妄序者也。或曰：不然。序詩之學始于子夏，言詩之傳啓于毛、鄭，兹三公者，皆無傳詩，亦未聞以能詩名。而言者，自言；序者，自序也。雖然，有辯。子夏爲聖門文學高弟，詩乃文學之一，安見其不能者？毛、鄭爲漢大儒，學業在韋玄成、韋賢之上。玄成、賢之所能者，而謂毛、鄭之不能哉？三子者各本其所能而言之、而序之，亦固其所。鼎彝向不能詩，故不敢言，亦不輕爲人序。今年六月，祁子鳳文持其集以相示，且强以弁數言，不得已而姑妄言之，祁子亦姑妄聽之。不數月而李子倬卿又以兹事相諈諉。

夫不能是事者必諱言是事，爲其事之甘苦曲折非盲言之所能悉也。不言是事亦必難序是事，爲其事之甘苦曲折非强序之所能盡也。以不能詩之人，一言之不足而長言之，一序之不足而屢序之，可乎哉？李子曰：否，否。不能詩、不言詩而固無害于知詩，知之斯可序之矣！東坡曰：我雖不善書，曉書莫如我。詩與書豈二道哉！蓋自其狹者言之。詩以比樂，不知樂律即不可以言詩。古三百篇及漢魏樂府無論已，唐之詩人凡有所作，教坊輒以被之管弦，故旗亭之畫以不見歌爲耻，而摩詰且以《鬱輪袍》曲爲進身之階，韓公亦有琴操樂府之作。降及有宋，此道微矣。然東坡排比《歸去來辭》以爲《歸去來引》而譜入琴曲，則其詩亦能比于樂律可知。故唐宋人詩往往鏗鏘頓挫、抑揚高下，有如天籟之自然，而非人力强爲者，以其源本樂律也。元明以降，詩與樂截然兩途，必字字叶以宫商、調其律吕，謂爲不知可也。若自其廣者言之，詩以言志，志之所發而聲起，聲之所至而韵生，韵生而詩成。其在上者，有喜起明良之唱；其在下者，有耕田鑿井之謳；其失意者，嘆不逝之騅；其得意者，歌大風之起。稱心而出，達意而止，詞不華，藻不耀，而千秋仰絶唱焉。韓昌黎序東野詩，而先以鳥之鳴春，雷之鳴夏，蟲之鳴秋，風之鳴冬，自然應時而音節和雅。蓋天地之志如此，即視爲天地之詩亦無不可。王新城取神韵，袁隨園重性靈，其皆此志也。夫故人而無志則已，倘不能無志，即不能無言。言之韵者即詩也，而委爲不知可乎？彝于李子，以地則共里閭，以誼則爲母黨，以情則總角之交也，雖不能詩而特深知李子之爲人，既知其人則亦不難知其志，知其志而其志之所發亦不難相連而及之也。古者因言以知人，余則因人以知言。其爲人也可敬，則其爲詩也可傳。倘以序之，故而附祁、李二子以并傳，則後世安知不以視子夏、毛、鄭者視余也，于是乎書！

時在丁卯重陽前三日，愚表弟張鼎彝撰

瀛南迂叟詩集序 (序二)

古今來文人學士挾其平日之抱負，欲出而見用于世，而半生潦倒，孤憤滿腔，遇合維艱，莫拔抑塞，當夫搔首問天，徒喚奈何之時，往往假詩詞以抒胸臆，如楚之靈均、唐之杜陵、宋之東坡，因遇得題，因題生感，嬉笑怒駡，慷慨悲歌，大抵類是。甲子夏季，寂坐無聊，披閱各報用以消遣。見報載瀛南迂叟之詩，指不勝屈。初而滑口讀過，謂不過剪紅刻翠、賞月吟風一種游戲之筆而已。況值競尚新學之日，國粹漸即淪胥，詩教亦將隨之而俱廢，而我輩猶日事推敲，弗恤譏誚，撫衷自問，應笑太痴，此所以不遽以詩爲重者也。及觀《咏古》《讀〈易〉》兩作，其存心養氣之功，悲天憫人之懷，流露于字裏行間，有裨于世道人心，殊匪淺鮮。且其氣韵風格直逼魏晋，蓋處而既熔經鑄史鍛煉功深，又出而歷名山大川吸取靈秀之氣以醞釀之，是以所爲之詩爲晚近所罕覯。欽之佩之，雖勉爲效顰，至于作者之姓名、籍貫，茫然未知。徒思以巴人下里之曲，上登陽春白雪之堂，終以爲歉。迨承詢我里居、惠我好音，知叟爲李君倬卿，現在山東大汶口車站充警務文牘，有子三人，曰俊民，曰英民，曰秀民，皆隨侍來東。其別號瀛南迂叟者，以河間舊曰瀛海，有取于斯以名。諸生爲家計迫，橐筆遠方，長才短馭，備嘗艱苦，志氣消磨，正不知其愁如何也。乃愁而善自釋愁若無愁者，是其愁愈深，愁來把酒痛飲，一纍十觴，酒酣耳熱，詩興浡然，叉手拈筆，一揮立就，有太白斗酒百篇之風。每一詩成，語多驚人，無不擊節稱賞，群以附驥騷壇爲幸。

百千里外恒尺素飛來，請結爲友。繆東麟先生乃翰苑中之最卓著者，且大加賞識，樂與聯吟。他如諸名下士，凡讀大稿者咸傾服而極口贊，詩名鵲起，較香山之價重鷄林無多讓。人第見其詩之工，而不知以愁而工，以飲而工，以愈愁愈飲而愈工。我仰詩才，我慕飲量，我亦愁人，欲往觀縱酒賦詩，一同消愁。而遠瞻泰岱，道阻且長，謹撮[1]影寄上，以代識荆。荷寫照之下頒，倚慚玉樹；聆由衷之摯語，願訂金蘭，遂通譜焉。于是魚雁往還，唱酬不絶，雖關山遥隔而無异連床。昔者陵、武交稱知心，嘗以詩相贈，其詩爲千古絶唱，固難比擬。然今者之陵、武，似比諸昔而尤篤。弟性樸厚，兄已即詩窺之，兄性愚戇，亦邀默察。當前之賞奇析疑者，此後將勸善而規過，是交在性真，不拘拘乎詩。然實由詩而發端，不能置詩而弗論。兄疇昔擁被尋章，閉門索句，觀摩無自，孤陋空傷。非特莫能探驪，抑且有類刻鵠。久欲得二三耽于詩者，餉以膏馥，分以光焰，俾茅塞頓開，而夙願未償。自與弟締盟以來，屢讀雄奇之作，若夢以西江之水滌我腸胃。倘將來竊附詩廡，奚能忘他山之攻玉？弟幼而嗜咏，追步祖瑩，老而弗衰，殫心杜律。近更召家人説詩，舉所謂詩聖、詩王、詩史、詩豪、詩鬼、詩仙者，均一一而樂道之，津津不倦。回憶歷有年所夙抱此癖，計藏諸錦囊，堪爲法程，足以膾炙人口者，不下千餘首。弟自壬子秋客游山左，迄今十有七年。汶陽岳君汶溪、艾君學川，一爲弟之金石交，一則門墻高足也。前二君與兄均未謀面，嗣經我弟介紹，遂與遠訂心交，郵筒往還者已數載。民國戊辰春間，二君

---

① 撮：疑當作“攝”。

擬以大稿付梓，不遠千里來函，囑爲撰序。以我弟詩筆之汪洋浩瀚，詩格之冲淡高古，豈學淺才疏者所能測其涯涘、摹其形神？惟既約爲棠棣，金石同盟，兼承二君之囑托，兄雖笨伯，又何敢以譾陋辭。矧乎序在一心，文字爲末，似不必計及于序之可否，謹弁數言，以副雅意而志深契，欲使後之閱者知膠漆之誼云爾。

附咏律詩一則，步我弟題自序後七律原韵

詩句清于釘座梨，曾尋景物錦囊携。苦吟積歲千篇在，留待他年八字題。盥露快觀知語妙，下風甘拜愧聲嘶。宵來想像思成夢，怕聽鄰家報曉鷄。

戊辰又二月如胞兄葛沽星橋蘇之鑾序（時年六十有八）

瀛南迂叟詩集序（序三）

諸子爲經籍之鼓吹，五經爲道義之淵海，皆所以模範斯世、陶鑄後人者，而爲法彰顯，爲戒著名，則莫如詩。自周室東遷，王者之迹熄而詩亡。自清宫西狩，試帖之制廢，而今詩亦亡。然風雖亡，猶有列國謳謡遠相傳播者；雅雖亡，猶有賢人君子思古念亂者；館閣之詩雖亡，猶有碩人奇士咏古傷時者。今值世風丕變、新舊過渡之時，而有學問淵博吐囑風雅者，其戛玉鏗金之作，豈可使之淹没弗彰乎？瀛南李君倬卿，余之同心友也。少負才名，讀書過目輒不忘，爲文風發泉涌，辟易千人。采芹後，旋以冠軍食餼，學使常以國士目之。乃學益進，名益高，數亦愈奇。家徒四壁立，惟以筆耕，以舌種。民國元年，來汶陽就津浦警務書記職，鬱鬱不得志。性坦蕩，喜交游，尤好爲詩。于短長歌行、五七律絶，無體不工。其詞多忠愛，若少陵之真摯；語多諷喻，若義山之凄婉；裁密思靡，若孟堅之雅懿；理侈辭溢，若長卿之傲誕。所爲詩雖多變體，而發乎情止乎禮義，變之中有不變者存，猶得三百篇之遺意，則在野之詩不尚未亡哉！丁卯春，余過訪，見秀民抄録詩集，觀其隨意抒寫，秀韵天成，知必盛行于當時而傳諸後世，因不辭固陋而爲之序。

附跋诗四首

瀛南迂叟筆如杠，百斛龍文鼎可扛。知我莫嗤阿所好，逢人便説士無雙。

瀛南迂叟杜陵翁，詩句均推一代雄。漫説今人不古若，豪歌异曲却同工。

瀛南迂叟數何奇，生不逢辰但咏詩。詩品直起中晚格，當時體似盛唐時。

瀛南迂叟久羈栖，佳作今番付棗梨。天馬行空誰駕馭，待逢伯樂始長嘶。

民國十六年歲次丁卯冬至日
如弟汶溪岳逵鴻序于汶陰草廬
（時年五十有八）

瀛南迂叟詩集序（序四）

古者輶軒采詩，凡政治之得失，風俗之純雜，人心之邪正，皆于是乎見，詩之所關甚大，此春秋所以繼詩亡而作也。後世之詩，皆有心人借時物以抒懷抱，詞雖异而意則同。倬卿先生，直隸獻陵人，素負詩名，久客汶陽，與五弟景嶸善常以片紙相往來。小子承武嘗讀先生詩，余因得窺其津涯，益信名下無虚士。每惜其詩之藏于家，未能公諸世。今幸艾君學川以付梓自任，堂弟景壇并擔負抄録。猶之有美玉于斯，昔則韞櫝而藏，今則待價而沽矣。議既成，諸君子倩余作序。余觀先生詩集，約計九百餘篇。五風律絶，無體不工。其思遠憂深，皆得國風之遺意。試觀秋感諸詩，欲覺世也；咏懷諸詩，欲牖民也；有感諸詩，藹然仁人之心；思親諸詩，慨乎孝子之行。至所咏一事一物，莫不有深意寓乎其中。雖久居閑秩而關心家國，謂非封人晨門之流亞歟。使第求諸聲韵之間，猶未深識先生之詩者也。序既成，諸君頗不疵，因附之篇首，行見先生之詩，庶可繼國風而永傳矣！

民國戊辰，汶陽鎮西趙景華序（時年六十有六）

倬卿夫子詩序 (序五)

詩莫盛于唐。唐以後，代有詩人，然媲美于唐者，則寥寥無幾。甚矣，詩之難也。吾師倬卿李公，爲畿南名宿，少負詩名，曾以冠軍食餼，惜長于才而厄于命，中年家益落，饔飧不繼，環堵蕭然。其悼亡詩有云："家中近況卿知否，不是清明亦禁烟。"其苦況已可想見。昔人謂窮乃工詩，先生之詩其以窮而工耶，抑以工詩而益窮耶？固未可知。竊謂公于詩，古風律絶，無體不工，雄渾如杜陵，俊逸如太白，描寫情景、詩中有畫似輞川，箴砭末俗、言近旨遠似少傅。繆太史東麟謂公詩氣蒼格老、饒有唐音。王公魯生謂公詩葩以正，舒以諧，其贈聯云：今世已無李長吉，人間又見白樂天。二公所稱，均非虛語。民國甲子、乙丑，公曾投稿《益世報》館，署曰瀛南迂叟，一時海内詩人莫不争先快睹，其不脛而走者，已非一朝。海才識短淺，從學久，未能窺其涯涘，曷敢序先生之詩？今先生循海等所請，稿已付梓，謹抒管見，附數言以志景慕。知海者，幸勿謂阿其所好也。

附跋七律一首

滿懷悲憫以詩鳴，一代風騷集大成。椽筆落時山岳動，佳章賦就鬼神驚。獨抒藻思空前輩，更把金針度後生。愧我才疏難學步，幸因附驥博微名。

民國十七年戊辰春受業艾廣海謹序

迂叟自序（初編序）

昔人詩有云：容易醉人紅袖酒，最難傳世白衣詩。余乃瀛南下士，前清僅得食餼，未脱青衿。至民國益復無聊，依人作嫁，碌碌無可言者。自念有生以來，顛沛流離，艱難萬狀，每籍詩以鳴其不平。然旋作旋弃，存稿者十無二三。甲子、乙丑間，曾投之《益世報》館，署曰瀛南迂叟，幸皆刊登。邇來馬齒漸增，墓木已拱，因檢舊稿得數百首，彙集成編，欲以傳之子孫，藉存手澤。余自壬子秋客游山左，迄今十有六年。與汶陽士大夫游，謬荷諸君推譽。昨譜弟岳君汶溪，及老友艾君學川、運川昆仲等來舍，晤談及此，僉謂藏于家不若公諸世，擬以付梓。既承諸君雅意，却之不恭，遂勉如所請。嗟乎！世間白衣之士能詩者不知凡幾，率皆湮没不彰。矧余詩之鄙俚，幾如下里巴人，不堪入聽，而欲傳諸永久，愚孰甚焉。雖然，諸君請刊余詩，誠愛我矣。茫茫塵海，安知不更有阿其所好，亦如諸君之愛我者哉。果有其人，則余雖白衣，余之詩或不至補窗糊壁亦未可知。噫！璞豈荆山，冀見珍于卞氏；馬非騏驥，求一顧于孫陽。真令人可發一噱矣！

自題序後，藉謝撰序諸公

拙草無端付棗梨，問天寧有句堪携。生前尚且遭譏笑，身後憑誰賜品題。豕本遼東休遠獻，馬非冀北漫長嘶。多慚知己相推譽，見愛真同楚客鷄。

戊辰又二月，獻陵倬卿李爲章自序于汶陽寓所（時年六十有二）

迂叟自序（續編序）

余素有詩癖，學吟未工。戊辰春，因徇同人之請，稿曾付刊。嗣又續咏若干首，不肯投之水火，又擬續刊。有客告余曰："先生休矣。前者先生刊詩，人已竊笑，今復爾爾，恐前之笑先生者，今且詈先生矣，又奚爲者？"余曰："不然，人生如白駒過隙，所患腐同草木，不值一笑一詈耳。果笑我詈我，是猶有可笑可詈之值，較之無可笑可詈不猶愈乎？況笑我詈我者，又安知非我之知己也，災刊又奚不可？"客唯唯而退。拙草今付手民，因弁以數言，藉博方家一粲。

丁丑又二月，獻陵倬卿李爲章自序于汶陽寓所

（時年七十有一）

卷一　五言古風

有　感

我欲師古人，古人不可見。我欲友今人，今人只謀面。墜緒嘆茫茫，不絶僅如綫。吾亦斯人徒，寧弗憂世變。苦心知者誰，仰天空扼腕。竊聞造化理，消長相遞嬗。濟溺并起衰，昌黎吾所羡。剥極碩果留，庶慰平生願。

謁和聖墓

文仲昔當道，柳下終厄窮。知賢不與立，亦與不知同。臧氏無足責，和聖原不恭。事人不枉道，豈爲世所容。尼溪既見阻，書社亦不封。宣尼稱至聖，猶以栖皇終。士師雖三黜，百代仰高風。迄今數千載，遺冢尚崇嶐。歲時致祭享，佝僂走村翁。我來薦脯酒，亦以表微衷。盤桓不忍去，依依撫孤松。臧氏亦有壟，蕪没已無踪。乃知不朽三，惟曰言德功。舜跖各有徒，吾果誰適從。

讀　《易》

游魚潜水底，高鳥翔天空。潜者或吞餌，翔者或驚弓。嗟哉魚與鳥，尚難遂其生。况人生世間，日在塵網中。高明鬼所瞰，主人盜所憎。禍常積忽微，談笑亦伏戎。苟非明且哲，孰能保其躬。膏蘭惜龔勝，湘沅吊屈平。腐刑悲司馬，投閣嘆楊雄。竹林有七賢，幾人得令終。君子防未然，臨淵履薄冰。括囊庶無咎，含章自可貞。學易無大過，聖言吾所宗。

贈居野先生

君以野自稱，我以迂爲號。顧名一思義，真如自寫照。迂則近于拙，野則鄰于傲。傲豈世所歡，拙亦人所笑。詬病渾不知，吾自從所好。折腰事權貴，脅肩嫺禮貌。以順爲正者，是乃妾婦道。倘與吾輩較，果誰賢不肖。堂堂七尺軀，寧肯尤而效。君野我自迂，始終歌同調。

讀《道德經》

舌久存以柔，齒速折以剛。嗟嗟老氏語，其意猶未詳。髮柔較舌甚，骨剛同齒强。如何髮先落，如何骨不傷。一因柔太過，一因剛内藏。過柔故難久，含剛故免殃。君子依中庸，智圓行欲方。剛中而柔外，庶可壽而康。

咏　史

賢哉陶靖節，鄙哉楊子雲。靖節不仕宋，子雲甘仕新。挂冠行其志，苟禄全其身。是非定千載，史筆自有真。一曰晋處士，一曰莽大夫。此卒彼書死，褒貶何懸殊。每讀五柳傳，願學愧弗如。投閣何人斯，嗟嗟非吾徒。

同時兩曾參，聖狂不同途。同時兩韓信，此智而彼愚。無忌列四君，長孫名亦符。藺氏返趙璧，漢亦有相如。古人凡幾輩，名一實則殊。杜氏兩子夏，砥德樹令譽。同時號賢達，乃爲世所無。

讀王雪樵先生遺稿

懷才孰如君，竟以窮愁老。君歿已有年，詩尚留遺稿。大筆五岳摇，豈止千軍掃。妙語步香山，婦孺亦能曉。長歌仿謫仙，奇思殊矯矯。抉漢分天章，睥睨乾坤小。造物終忌才，一生乃潦倒。我病與君同，依人謀粱稻。吟詩詩未工，亦欲傳遺草。但恐覆醬瓶，枉自灾梨棗。詩人命多窮，愈窮詩愈好。古今類如斯，無從問蒼昊。

自　遣

有客號迂叟，行年五十九。老尚未息肩，碌碌牛馬走。謂我不自由，委懷詩與酒。謂我果自由，唯唯亦否否。我無奈命何，蹉跎成白首。命無奈我何，達觀亦已久。人生至樂三，二者我已有。九原如可作，啓期乃吾友。

鶴脛與鳧脛，長短各异形。倘或斷續之，皆不良于行。鵬翼奮天上，龜尾曳泥中。各自適其適，高下兩無憎。竊謂人亦然，豈能强使同。混沌如見鑿，反以戕其生。我性本樸拙，不希軒冕榮。況年已衰朽，益復無宦情。案上詩成帙，樽中酒不空。人生宜自量，如我復何營。

對　酒

我年未六十，老病已若斯。待過數年後，衰朽更不支。蒲柳望秋零，在生復幾時。恨不多飲酒，恨不多賦詩。詩成酒已醉，此外非所知。人皆笑我狂，我還笑人痴。人痴不自覺，老大尚奔馳。一旦溘然逝，有金將誰遺。神龜雖云壽，亦復有盡期。人生駒過隙，何獨未之思。

嘆　老

我目雖非盲，待鏡然後明。我足雖非跛，待杖然後行。官骸皆已廢，只有耳未聾。偶然思及此，悲喜念交縈。悲我志未就，悲我事未成。頹然壯年去，老大復何營。君子所疾者，没世名不稱。衰朽已如此，此身乃虛生。自悲還自喜，喜亦不自勝。杜陵五九歿，子安二九終。六十稱下壽，我止缺二冬。勝王已遠甚，遜杜僅一齡。少年同學者，今已半凋零。生存便是福，健否豈關情。兩念一時起，交戰于吾衷。吾亦不了了，對酒還自傾。醉來忽自笑，所見何愚蒙。徒悲固多事，即喜亦無庸。二者皆妄念，適以摇吾精。夭壽終歸盡，奚論殤與彭。修身以俟命，庶與古人同。

醉　吟

子美有詩癖，伯倫乃酒狂。癖既有同病，狂亦吾所望。日傾酒數杯，日咏詩數章。飲則少輒醉，詩亦非所長。欲步古人後，終未登其堂。舉杯邀明月，搔首問上蒼。吾自從所好，私淑亦何妨。嗟余生苦晚，先哲已云亡。兩賢如并世，應許列門墻。

盼孫如我

我盼孫如我，老妻啞然笑。謂孫果如我，亦復何足道。文章不濟貧，風塵終潦倒。百事一無成，老尚身無着。我聞亦太息，愁焉傷懷抱。既而反自思，所見無乃痴。貧也原非病，富貴非所期。詩書綿世澤，終勝紈絝兒。有孫果如我，門户尚可支。但恐予德薄，安得孫謀貽。

贈葉肖齋先生

兩地締心交，未遂識荆願。相違咫尺間，尚難謀一面。那知君北旋，分飛悲勞燕。遥遥千里餘，益復難相見。君今近里門，我仍他鄉縣。風燭惜殘年，江湖萍梗泛。惟君知我深，夙蒙青眼看。我詩窮未工，君才老尤健。居各天一方，悵望意無限。屢欲候起居，執筆輒困倦。我懶君勿然，朝朝盼魚雁。

述　夢

有弟在遠方，相思無由見。忽于睡夢中，彼此得一面。喜極悲轉生，執手相嗚咽。一別十餘年，天竟遂人願。我言夢非真，彼言真非夢。各自述所遭，問答未及竟。枕上瞿然覺，笑言無與共。東西飛勞燕，依然各鄉縣。乃知世間事，何者非虛幻。人生若大夢，朝聚而夕散。是夢與非夢，吾亦無從辨。

自　笑

我欲笑人痴，我已早病狂。我欲笑人短，我生奚所長。近世才雖乏，如我亦斗量。駑馬負鹽車，敢謂無孫陽。莫言充記室，碌碌爲人忙。不耕復不織，衣錦饜膏粱。即此亦云幸，他更何所望。况年將周甲，久增遲暮傷。南郭竽仍濫，欲去猶徬徨。倘或一一吹，能無逃且藏。鷄肋本無肉，大嚼快非常。可笑孰如我，笑人又奚遑。

戲　吟

肥因食言多，瘦爲作詩苦。肥者爲季孫，瘦者乃杜甫。果使肥如堯，其肥亦糞土。果能瘦如杜，其瘦自千古。食言吾未曾，詩則吾不能。雖瘦亦奚爲，安得學杜陵。

贈譜兄蘇君星橋

君心如我心，君面如我面。各在天一隅，相思不相見。拍像相投贈，兩慰生平願。君像殊可欽，我像殊可厭。白眼望青天，疏狂故態現。願君什襲藏，勿令他人看。

咏　病

昨午不思食，傍晚始少餐。那知下咽後，胸膈即作酸。踟躕不敢寢，强咏詩數篇。夜深始就枕，竟爾不成眠。拂晨猶未愈，披衣起盤旋。嘔之不得出，惟吐痰與涎。移時或少減，再食恐復然。此病已數載，不知何日痊。人生最要者，惟以食爲天。努力加餐飯，百體始健全。我今遘斯疾，安得祈永年。掀髯忽一笑，曳杖步庭前。三樂榮啓期，吾已有二焉。况年將周甲，猶勝顔子淵。修身以俟命，夭壽人無權。何須因病苦，遂爾自憂煎。

咏　懷

我不見古人，後人不我見。俯仰天地間，踽踽良可嘆。偉哉濟南生，傳經老猶健。文起八代衰，昌黎尤所羡。似我誠弗如，虚生殊可憾。委懷在吟咏，寄托意無限。惟將數卷詩，留與後人看。

甲子除夕

今年惟今日，明日即明年。莫待明年醉，且開今日筵。老妻坐我側，痴兒侍我前。舉杯相酬勸，一室皆歡然。兩子均未返，北望眼欲穿。昨各有書至，慰我意纏綿。并言孫無恙，無復心懸懸。因此心倍適，毫無俗累牽。放懷拼一醉，飲如鯨吸川。況年已周甲，齒脱雪滿顛。死生原有命，富貴亦在天。人生行樂耳，何事自憂煎。

乙丑元旦

去冬運殊蹇，歲杪猶迍邅。債既如山積，室復似磬懸。仰屋苦無計，終日愁眉攢。倏忽舊年去，遂覺心脱然。有如籠中鳥，隨風忽高騫。又如涸轍魚，移放清冷泉。取我新醅酒，檢我舊詩篇。自吟復自酌，酣歌眼望天。乃知世間事，猶之寒暑遷。禍爲福所伏，否即泰之緣。下士自齷齪，徒爲俗慮牽。詩成酒已醉，嘯傲夜燈前。

長子俊民續娶

長男今續娶，笙歌樂未央。不期次子來，亦復自遠方。新婦陳棗栗，次媳羅酒漿。三子皆侍側，依依自成行。老妻抱幼孫，歡然坐我旁。全家幸完聚，他更何所望。放懷拼一醉，連傾十數觴。臨觴忽太息，不覺涕泗滂。奔波四十載，辛苦我備嘗。垂垂身將老，近境幸稍康。痛定轉思痛，此意烏敢忘。

去冬喪長媳，今春娶新婦。一様侍晨昏，人豈分新故。子舍亦歡然，重調琴瑟弦。夫唱婦自隨，奚論後與先。有孫纔數月，失恃殊堪憐。孫今雖有母，我心終懸懸。抱孫付伊母，滂滂泪如雨。莫言非所生，相去復幾許。絮語致叮嚀，應識余心苦。恩斯復勤斯，是所望于汝。

信　口　吟

徘徊復徘徊，百憂從中來。憂來時看劍，種種悲髮短。髮短可奈何，去日已苦多。去日不可追，進取心早灰。心灰游亦倦，依然壓金綫。壓綫薪苦微，欲歸不得歸。歸來無一椽，飄泊殊可憐。自憐還自笑，笑我骨猶傲。骨傲不猶人，奚怪老風塵。

自　　嘆

兔尚營三窟，鳥猶栖一枝。彼物皆有托，吾生安所之。冉冉身將老，垂垂鬢若絲。泥塗困駑馬，戀棧亦何痴。早思拂衣去，慰我首丘思。田園半荒廢，松菊亦無遺。菟裘安所營，北望空涕洟。

狂　言

俯仰天地窄，睥睨河山小。十有二萬年，曾經幾昏曉。放眼觀古今，富貴都草草。舜徒與跖徒，賢愚終歸了。夭壽争幾何，咄嗟骨皆槁。人生忽如寄，爲歡須及早。世事不要論，一杯且醉倒。

醉後偶吟

生平不期老，老病已若斯。生平不期貧，貧苦亦不支。冉冉歲云暮，蕭蕭鬢已絲。自顧貧且老，此叟殊支離。數首吟成後，一杯醉倒時。陶然意自適，此樂復誰知。

贈横河詩丐蘇菊樵先生

君自稱詩丐，我亦號迂叟。横河及瀛南，精神遥爲偶。君負蓋世才，文筆推大手。風塵眼孰青，仰天每搔首。我病與君同，依人謀升斗。郎署老馮唐，忽忽五十九。傳家甑有塵，度歲樽無酒。骨傲不諧俗，又復增多口。梁鴻廡下舂，杜老荒山走。詩人命多窮，理果信然否。賦此持贈君，請君爲我剖。

答蘇星橋先生（前詩蘇君見和，因仍步前韵）

君誠矍鑠翁，我乃支離叟。蒲柳較松筠，自知難與偶。况君負詩名，探驪推妙手。奇語每驚人，問天時搔首。似我誠弗如，碌碌等筲斗。雖窮詩未工，徒然遘陽九。何當登君堂，論文共杯酒。放眼觀古今，縱談河懸口。恨天不假緣，荒山徒飢走。我今和君詩，寧暇計工否。君乃老斫輪，瑕疵煩代剖。

自　嘲

生平不嗜酒，每飲亦一斗。生平不解詩，每吟亦數首。謂我酒無緣，酒杯常在手。謂我詩無癖，詩囊常繫肘。所愧飲未豪，并愧詩亦醜。伯倫李謫仙，千載無與偶。抗心希古人，二者我何有。念茲釋在茲，迂哉瀛南叟。

續咏答許筱珊先生（仍步前韵）

我材等樗櫟，君望同山斗。相思不相見，望雲時翹首。覓醉酒盈卮，耽吟詩信手。所好悉從吾，豈羡印繫肘。衣錦與負薪，畢竟誰妍醜。鄙見每若斯，想君與吾偶。仰視浮雲飛，富貴我何有。賦此持贈君，是否笑迂叟。

我質本樗庸，量亦等筲斗。壯猶不如人，況今已白首。世事安可論，雲雨翻覆手。老悖不諧俗，所遇皆掣肘。集菀非所期，效颦彌增醜。我生本不辰，我數亦不偶。君獨青眼看，譽我我何有。詩狂更酒狂，誰似支離叟。

續咏答葉肖齋先生

無筆大如椽，有室小于斗。此翁殊齷齪，下心更低首。既無資身策，謀生每束手。兼無應世方，遇事輒掣肘。嫫母自負薪，幸猶掩其醜。高足據要津，疏才敢與偶？我迂我自知，一長非所有。只合山水間，混迹漁樵叟。

陶令懶折腰，豈羡米五斗。貧賤自驕人，揚眉不低首。運蹇總違心，時乖難措手。近世孰量才，布指更運肘。早知黑白淆，無人辨妍醜。我輩皆樸拙，不與時賢偶。從事詩酒間，名利非所有。但願老林泉，同作烟霞叟。

續咏答星橋、居野兩先生

我家本寒素，内顧儲無斗（古詩：外望無寸禄，内顧無斗儲）。文章憎命達，蹉跎成白首。思彈貢禹冠，孰曾援以手。貧也雖非病，捉襟時見肘。于思復于思，面貌老且醜。骨傲俗不諧，疏狂更無偶。兩君相推譽，片長我何有。再拜謝故人，歉哉瀛南叟。

甲子冬所咏已四百餘首，因賦此

行年五十九，成詩四百首。吾自酬吾勞，聊傾一杯酒。反復自吟咏，蹈舞足與手。大呼李青蓮，抗心思尚友。爾詩本不工，敢與古人偶。東施亦效颦，竟爾忘其醜。縱然灾棗梨，能無增多口。雖多亦奚爲，負負瀛南叟。

乙丑春加薪四元

去春加二元，今者數尤倍。似此薪屢加，鷄肋殊有味。爲數縱無多，也足杖頭費。呼兒取酒來，聊復謀一醉。

寄子陽堂弟

一别十餘年，未曾謀一面。流離道路中，東勞而西燕。兄年甲已周，弟年百有半。老態各龍鍾，悵望意無限。早知會面難，天不遂人願。兄今詩癖深，推敲髭拈斷。報館曾刊登，層出而迭見。匿名號迂叟，恐爲人所訕。弟如讀兄詩，請向報章看。

知　足　歌（丙寅秋作）

八口更增一，百畝無其半。别無資身策，年年壓金綫。壓綫薪苦微，鷄肋殊可嘆。兩兒薪較優，不足補以羡。以此免飢寒，尚無貧可患。三子兩授室，近復孫重見。幼子侍晨昏，老妻供炊爨。行年已六旬，差幸身猶健。有時賈餘勇，竹城仍作戰。覓醉飲常酣，貪眠起恒宴。賦性本疏狂，邇來彌懶散。人生貴知足，自問奚所憾。達哉榮啓期，曠世如覿面。

題 畫 扇

猛虎不在山，潛伏青松底。畫工獨何心，位置乃如此。動搖始生風，時時借人力。會當一飛騰，孰爲縛其翼？

憂 旱

其雨復其雨，日出乃杲杲。久已憂旱乾，禾苗皆枯槁。天道本好生，爲霖胡不早。自從近年來，干戈日紛擾。人事或干和，安得怨蒼昊。吾聞德動天，此語豈荒渺。七事誰自責，速作桑林禱。

答甯君樸園（仍步原韵）

我乃支離叟，運蹇遘陽九。齒脱雪滿顛，荒山尚飢走。羡君風雅士，恨未供杯酒。人皆同流俗，惟君與我否。風雨坐寒氈，相看兩白首。書叢老蠹魚，我輩已僅有。除却松竹梅，别無歲寒友。

和星橋譜兄

我未曾見君，君亦未我見。胡爲夢寐中，屢與君晤面。料知相思苦，彼此同一念。魂夢相往還，原不隔鄉縣。覺來思顔色，撫枕每常嘆。莫言夢非真，難慰生平願。即便真相逢，時過亦成幻。老境各頹唐，悵望意無限。知君愛我深，誨之應不倦。朝朝盼好音，望斷寥天雁。

擬古四首

獸中有豺虎，鳥中有鷹鸇。天道果好生，生彼胡爲然？物類因如是，人事尤可嘆。舜徒與蹠徒，并生天地間。衰世不足論，唐虞際升平。如何有元愷，又復生四凶。古今皆若斯，此理殊難明。搔首欲問天，蒼蒼終不言。

男欲婚富室，女欲嫁高門。嗟嗟父母心，所思何不倫。烏鵲與鳳凰，畢竟非同群。即令遂所願，强附爲婚姻。男貴欺女賤，妻富嫌夫貧。中道遭弃捐，奚以終其身。齊大非吾偶，此語豈無因。

魚自適于水，鳥自適于林。嗟嗟魚與鳥，亦各有本心。取鳥飼于籠，取魚養于盆。雖然得飽食，拘束殊可嗔。士生于鄙野，亦自甘隱淪。一朝縻好爵，非不誇鼎裀。名利爲韁鎖，膏蘭每自焚。何如守貧賤，耕釣終其身。

不肯栖惡木，不肯飲盜泉。惡木非無陰，盜泉非不甘。守身防磨涅，勿自詡白堅。與其悔于後，孰若慎于先。夷見冠不正，去之若浼焉。由由不自失，非惠孰能然。簠簋矜細行，瓜李遠小嫌。學夷勿學惠，庶幾免厥愆。

送三子秀民赴浦口

丈夫憐少子，所思何顛倒。昔無啖飯所，心事殊不了。今遣伊遠行，又復心如搗。扶杖送之去，零涕沾野草。歸來視老妻，亦復掩袖啼。勉强相慰勸，不覺泪如霰。

乙丑夏聞滬案交涉决裂

我國重邦交，對外無失禮。軒然大波興，釁開乃自彼。惨殺我學工，聞者皆切齒。滬案甫發生，漢案又繼起。事後仍逞蠻，調停遂中止。一再相憑凌，誰復能忍此。彼惟恃强權，我則恃公理。公理靡不勝，强權萬矢的。但願我同胞，壹意貫終始。鬩墙泯小嫻，禦侮持大體。富者不惜財，貧者不惜死。有志事竟成，終當雪國耻。

自　咏

嗟我瀛南叟，耽吟更嗜酒。朝斯復夕斯，此外復何有。我生胡不辰，碌碌風塵走。百事無一成，忽忽五十九。敢謂天假年，望秋如蒲柳。已矣吾何營，嗟哉瀛南叟。

感　舊（葉君肖齋、李君筱珊、沈君石青與予年相若，未及一年，先後皆病歿，故人零落，實愴于懷，因賦此）

昨日故人死，今日故人死。死者不復生，故人曾有幾。人生奚所歡，歡在存知己。故舊漸凋零，誰復能遣此。俯仰内傷心，泪下不可止。安得肉白骨，大聲呼之起。

本支譜系歌

原籍住范縣（舊屬山東曹州），翟莊舊田園。明初徙大姓，我家乃北遷。遷居獻陵旁，有村曰梅莊（獻縣有獻王陵，亦名獻陵）。卜居約三世，復遷馬頰鄉（遷尹屯村，舊屬馬頰鄉）。未遷以前祖，因亂失舊譜。始遷馬頰者，遠祖諱曰誠。公生明中葉，墓在村之東。粵考二世祖，厥爲達與庭。達爲本支祖，庭裔乃東行（次支東徙葛沽）。三世諱仲學，仲文乃其兄。四世諱九思，伯祖曰九經。五世祖諱聘，叔祖以仕稱。六世諱茂方，叔祖勝方名。以上五世祖，均葬于舊塋。七世祖諱斌，乃弟名曰焕。公生清初年，勇力人争羡。弱冠登武科，解紛更排難（公康熙壬子科武舉人）。墓在村西北，附近河北岸。八世諱良材，伯祖良棟公。九世諱文光，耕讀繼家聲。公墓在村北，松柏掩佳城。叔祖諱文耀，伯祖諱文雄。迨我十世祖，鹿鳴字燕賓。鶴鳴及玉鳴，兄弟凡三人。及我曾大父，展圖字允成。伯祖諱應春，兄弟緒共承。我係出三支，出嗣伯氏宗（鹿鳴公無嗣，應春公係二支，允成公係三支，同嗣長支）。傳至先大父，諱琳字昆圃。公擅文武材，早歲登科舉（公係道光壬辰舉人，兵部差官）。一鄉稱善人，慷慨好施與。故事載邑乘，厚德無與并。先祖妣氏孟，助公襄家政。公壽五八齡，卒于丙寅冬。叔祖凡二公，蔭穀及運衡（二叔祖諱璿字運衡，三叔祖諱璜字蔭穀）。顯考際春公，前清邑庠生。享壽五十八，三月十六終（卒于光緒壬辰三月十六日戌時）。顯妣任太君，享壽至七旬。歿時歲甲辰，二月初四晨。伯父凡二公，式如及式曾（大伯父諱式曾，二伯父諱式如）。叔父字异三，名以式點傳。迨我十四世，爲章字倬卿。讀書曾食餼，百事一無成。別號瀛南叟，僅得以詩鳴（著有《瀛南叟詩集》）。長兄字漢臣（名雲章），次兄字裴卿（名倬章）。成章乃四弟，出嗣旁支繼。我室先聘張（係南皮張氏，徙居獻縣），得年廿八歲。卒于臘九日，是年建乙未。遺子名廉民，殤年十一春。繼娶乃趙氏，三子自成行。俊民及英民，秀民侍我旁。我歌止于此，簡略終未詳。後世後人續，記之切勿忘。

附絶句一首

風燭殘年過六旬，全家蕩析溷風塵。幸余譜系猶强記，韵語編成示後人。

愛 國 吟

魚則游于水，鳥則栖于林。林焚鳥奚托，水涸魚焉存。物類固如此，即物可例人。嗟嗟我中華，立國四千春。聚家而成國，以國庇吾身。謂予言不信，聽我縷縷陳。安南爲法并，印度被英吞。朝鮮及緬甸，亦復步後塵。嗟哉彼四國，民族未沉淪。奴隸復牛馬，呼籲苦無門。譬如俎上肉，譬如釜中鱗。前車後車鑒，言之可痛心。胡爲不覺悟，又將覆轍尋。逼處滋他族，創鉅痛已深。甲午及庚子，往事記猶真。礦山任其據，利權被伊侵。日蹙國百里，奪主任强賓。國幾不爲國，神州將陸沉。是忍孰不忍，奮起莫逡巡。一旅能興夏，三户能亡秦。何况我中華，廣土復衆民。倘與列邦較，當如牛僨豚。自伐人始伐，致寇非無因。一旦内戰息，夫豈畏强鄰。嗟哉五大族，猶之骨肉親。歌斯哭于斯，由來共戚忻。鴒原思急難，孰不抱熱忱。鬩墙外禦侮，捨舊且謀新。我歌止于此，泣下欲沾襟。敬告我同胞，賦此愛國吟。

尊孔歌

孔子稱至聖，願學孔者孟。民貴君爲輕，一言動人聽。斥紂爲一夫，殘賊罪名定。用捨由國人，首説民權重。言人不敢言，卓識無與并。實宗孔氏説，非自開奚[①]徑。謂孔重君權，竊以爲不然。謂予言不信，試讀《禮運》篇。孔之謂大道，天下盡爲公。三代僅小康，不足言治功。孟氏繼其後，微言代發明。乃知孔氏學，實爲萬世宗。英雄造時勢，世運今大同。孔歿二千載，其道乃盛行。我今賦此歌，因流溯其原。倘若先哲起，或不易吾言。

① 奚：疑當作"蹊"。

贈李君屏甫

知己本難逢，得一可無憾。風塵擾攘中，相交衹謀面。鮑叔識夷吾，于今誠罕見。愧我才本疏，悲我命尤舛。少年曾食饘，空向棘闈戰。老大苦傭書，傷心磨鐵硯。念自有生來，食貧更居賤。志每嘐嘐然，大言常不慚。温飽非所懷，立達乃所願。莫我知也夫，仰天時扼腕。一旦乃遇君，獨蒙青眼看。同病苦相憐，往復情不厭。近又贈我詩，長篇言纍萬。賦詩敘生平，并惜我運蹇。燕石藏濁泥，忽被卞和獻。駑馬負鹽車，也邀孫陽盼。愧我非夷吾，叔牙誠所羡。葵藿生澗中，流光幸垂鑒。賦此持贈君，哀哀泪如霰。

贈楊君績仙

賦詩相持贈，草草吟數篇。稿脱已就寢，餘意猶纏綿。披衣復濡筆，詩思如涌泉。既而反自思，欲咏還遷延。君如不知我，多咏亦徒然。君果能知我，我又何必言。叨係葭莩誼，復結文字緣。兩心盟金石，同病久相憐。愧非伯牙曲，幸遇子期賢。高山與流水，何勞再撫弦。

四　尚　吟

我目尚能視，我耳尚能聽。我手尚能持，我足尚能行。較之廢疾者，亦自大不同。衰也幸未甚，聊復怡吾情。昂首看山色，俯首聽泉聲。携壺策竹杖，動作亦從容。年開第七秩，齒脱鬓星星。及時不行樂，過此恐未能。《四雖》香山咏，《四尚》我續賡。古人如可作，或許相過從。

四不吟

目昏不能視，耳聾不能聽。手不適于用，足不良于行。自念老且病，雖與廢疾同。官骸等廬舍，未足攖吾情。物既不交物，庶屏色與聲。體既不勤動，偃息反從容。二三舊知己，零落若晨星。我幸存一息，觴咏今尚能。我尚咏《四尚》，《四不》又繼賡。不知啓期外，我更誰適從。

咏古

伯夷柳下惠，皆爲古聖人。奮乎百世上，偉哉誠絶倫。頑廉懦夫立，鄙寬薄夫敦。後世聞風者，興起不逡巡。學夷一于清，豈爲世所容。學惠一于和，將與流俗同。孟氏于二聖，非不極推崇。然謂夷曰隘，謂惠曰不恭。所願則學之，惟孔能持中。

咏史

一飯報千金，高誼誰能更。不負一婦人，何況君恩重。相面與相背，兩言實動聽。只爲感推解，蒯通謀不用。竟以謀反誅，罪名從何定。謂與豨通謀，并未相呼應。謂因僮告變，亦當窮究竟。緣何鐘室中，倉促畢其命。漢庭忌有功，淮陰殊夢夢。兔死狗自烹，欲免豈能幸。果有不軌謀，奚怪典刑正。高帝喜且憐，即此可爲証。

生　死

何必苦貪生，在生曾幾時。何必苦畏死，一死無盡期。骨肉歸于土，魂魄無不之。既無家室累，更無飢寒悲。夜月恣游眺，秋墳每唱詩。新鬼與故鬼，相見也依依。較之在生日，苦樂終差池。恨難將此意，遍告世人知。

觀楊君績仙玉照

昔者識君面，眉目殊清揚。今者見君像，鬚已如許長。鬚長白于雪，體質君尚强。頤頰既豐碩，意氣尤軒昂。攬鏡還自照，不覺增惋傷。我少君七歲，老境早頽唐。松柏冬不凋，蒲柳秋已望。一榮一先瘁，安得相頡頏。嘆我老且病，羨君壽而康。雲山悲闊別，風雨近重陽。恨難酌大斗，祝嘏登君堂。

對　鏡

吾不識吾面，忽從鏡中見。一見愕然驚，驚定復長嘆。吾顔渥然丹，今胡形色變。吾髪黟然黑，今胡白過半。今吾非故吾，流光奔如電。乃知陰陽移，消長相遞嬗。彭聃享大年，隨化終歸幻。置鏡且開樽，自酌還自勸。

對　酒

一日復一日，轉瞬即百歲。一杯復一杯，頃刻便成醉。天不假我年，與我杯中味。朋輩凡幾人，泉下皆潛寐。有酒不盡歡，以死將誰懟。劉伶酒爲名，達哉洵稱最。

自　慰

五十曰始衰，我今過六旬。七十古來稀，我只欠六春。悲我桑榆景，嘆我衰病身。歲月不我與，倏忽又新春。繼復設一想，老亦何可嗔。不老即早夭，已作北邙塵。天既假我年，能無白髮新。彭聃享遐齡，自知難與倫。賦詩且飲酒，行樂莫逡巡。

加　薪

去春曾晋級，此次又加薪。爲數雖無幾，已有卅六金。當年充西席，終歲數十緡。前後相比較，豐嗇殊不倫。今者樽有酒，昔者甑生塵。暮年免凍餓，壯歲反艱屯。命途雖顛倒，細思亦有因。禍福每相倚，否泰亦相循。少壯倘得志，老大或苦辛。撫今一追昔，造物非不仁。

寄白君彦卿

我志終未逮，我生數本奇。委懷在吟咏，風塵孰見知。君獨阿所好，竟弗我瑕疵。逢人輒説項，近又索我詩。女爲悦己容，馬逢伯樂嘶。知音曾有幾，感極涕交頤。將詩持贈君，聊復進一詞。我詩本不工，醬瓿覆亦宜。否則什襲藏，勿令他人嗤。

寄蘇君星橋

締交已七載，未曾謀一面。屢欲登君堂，天不遂人願。前與劉君談，欣知君尚健。凌晨必親汲，擔筒赴河畔。并自掃門户，雖勞不知倦。七秩猶習勤，康健良可羡。似我誠弗如，奚啻天淵判。自斷芙蓉癖，雖曾加餐飯。閑居足輒麻，睡起頭常眩。早知蒲柳質，難與松筠伴。恐先隨物化，終不獲相見。賦此遠贈君，詩成一長嘆。

寄楊君績仙

兩地苦相憶，音問久未通。我懶君亦爾，彼此病乃同。行年各老大，奚怪皆疏慵。眠食近何似，時常縈我衷。入夜倍思君，輾轉夢不成。披衣起作書，書成漏未終。凌晨付郵使，日日盼來鴻。

謝星橋兄贈鬢梳

去冬惠佳釀，今又贈鬢梳。佳釀潤我腸，鬢梳梳我鬢。連番承厚贈，借備不時需。若論愛我深，情真逾骨肉。愧無瓊玖報，臨風空踟躕。感極泪潜墮，滂滂沾我裾。藹人吾知己，亦曾贈衣襦。與兄成三友，歲寒可與俱。一則客下邳，一則居海隅。輾轉不相見，距各千里餘。藹人曾有言，春暮當過余。兄若同惠肯，此樂感何如。但恐緣難假，引望復欷歔。良朋各索處，景况迫桑榆。賦此以志感，還望惠雙魚。

答徐君藹人

締交已數載，雲樹悵離居。過汶曾投刺，匆匆未下車。知我患眩暈，并且贈方書。良方療痼疾，宿恙可立除。若論愛我深，情真逾骨肉。拜受泪潜墮，臨風空踟躕。吟此聊鳴謝，吟成拈斷鬚。知音曾有幾，各在天一隅。得便幸辱臨，勿令我久須。

卷二　七言古風

我　歌

天困我，人笑我，我無奈我何，惟有我知我。痴莫如我，狂莫如我，昔者固我今亦我，又奚怪天之困我、人之笑我。已往者無我，未來者無我，十二萬年惟一我。四端有于我，萬物備于我。天既生我，寧終困我；人即笑我，亦且譽我。我外别無我，我何敢負我。不忮者我，不求者我，我不欺我我反我。欲立者我，欲達者我，我不私我我推我。我自省我，我豈恕我，我并忘我，我且無我。我言我，我歌我，天或知我，人或諒我，戴高履厚皆一我，何者爲我何非我。我如是觀我、行我、困我、笑我，我自我。不怨者我，不尤者我，安得舉世皆如我。

放　歌　行（陳君達夫，皖南名宿也。壬子秋旅于滕，與余結爲文字交，對飲酒酣，因賦此）

掀髯一笑天地空，放言今古開心胸。立德立言各有道，草木同腐非英雄。鄙人所見類如是，先生與我將毋同。君言生平坎坷多，我生與君豈殊科。壯不如人老將至，行年五十尚奔波。老驥伏櫪志千里，拔劍斫地空吟哦。世事蹉跎成白首，相歡惟有一杯酒。醉後詩魂欲上天，胸中憤惋復何有。君不見，秦皇漢武無抔土，班馬文章自千古。又不見，前清時代雍乾年，羅織文字獄，海内名士悉株連。邇來英雄造時勢，推翻世局乾坤旋。從此言論自由無拘束，我輩幸福豈偶然。先生大筆軼韓柳，驚世文章不脛走。餘子瑣瑣不足數，文舉德祖相比偶。即此所得亦已多，又何必駟馬高足印纍肘。世人競言作好官，好官不過多得錢。銅臭熏天腹無物，以彼較此孰媸妍。

寄王君星垣

我想君兮君不知，想君思我亦若斯。遥遥相距千餘里，他日會面安可期。壬戌之春得把晤，臨歧作别涕交頤。倏忽又經兩寒暑，翹首北望空泪垂。我今行年將周甲，兄年六十尚有奇。兄年雖長身猶健，我今衰病已不支。乃知松柏與蒲柳，賦質强弱終差池。邇來作嫁十三載，兩目昏昏手欲胝。駑馬年年戀舊棧，勞肩欲息猶遲遲。兩子雖能謀衣食，所嗟少子頑且疲。私心猶復冀成立，作如此想亦何痴。束裝欲歸歸不得，惟將詩酒娱心脾。有時醉倒頹然卧，亦或吟成拈斷髭。否則説詩并講易，時從燈下授痴兒。日來此外更無事，念兹在兹釋在兹。但不知兄之近况果何似，風瀟雨晦繫我思。噫吁嘻！人生知己曾有幾，胡爲乎一在地角一天涯。頻年輾轉不相見，苦莫苦于生别離。恨無長房縮地術，俾得朝夕相追隨。謹賦長歌代書翰，請君屬和且莫辭。采目劉君吾所契，一别十載隔山陂。得便更勞一慰問，近中曾否有新詩。

贈譜兄蘇君星橋

我思君兮君不見，金石盟心未謀面。兩情脉脉阻關河，終朝企望腸空斷。年來老境各頹唐，非獨思兄亦自傷。兄年雖長身猶健，天錫純嘏壽而康。我已望秋如蒲柳，目昏齒脱髪蒼蒼。但恐奄忽蒙霧露，不獲一登君之堂。嘆復嘆兮涕縱横，雨晦風瀟無限情。遥遥相距千餘里，一居山左一津東。兄不能來我難往，相思惟有夢魂縈。安得長房縮地術，俾得朝夕相過從。既而翻然忽一笑，畢竟神交不在貌。抗心尚思友古人，茫茫千載歌同調。我既與君生同時，氣求聲應如故知。君負詩名我好咏，從來臭味不差池。未曾識面已通譜，此事猶可謂大奇。既爾金蘭結弟昆，自是天涯若比鄰。况曾拍像相投贈，彼此已將面貌親。即便東西分勞燕，又何必歔欷感嘆徒爲兒女泪沾巾。吁嗟乎！我賦長歌訴胸臆，言雖有盡情無極。但願時時惠好音，勿令花晨月夕空相憶。

述夢贈蘇君星橋

我思君兮君不見，道途梗塞音書斷。形骸雖隔性靈通，忽于夢中得一面。夢中相見亦何奇，執手殷勤慰我思。呼兒烹茶妻煮酒，燈前對語話新詩。我言君前惠數章，陸離滿紙皆琳琅。元日一咏饒天趣，文言道俗尤擅長。（君咏《元日》詩，叙家庭樂事，殊有趣味。）并言懷君賦二篇，擬將拙草與君看。搜索未得瞿然覺，覺來撫枕空長嘆。嘆復嘆兮涕縱横，落月屋梁無限情。

鄰鷄四唱天將曙，欲尋斷夢夢難成。嗟嗟知己本無多，歲月催人壽幾何。胡爲乎一在天涯一地角，僅從夢裏一相過。今賦長歌持贈君，料知君心如我心。近中曾否夢見我，幸亦賦詩贈故人。

狂歌行

我不見古人，誦詩恍與古人見。後人不見我，作詩留與後人看。今之視昔後視今，曠世相感如覿面。嘆我平生詩癖深，推敲終日髭拈斷。後世謂我爲何如，我今思之已過半。不謂我狂即謂痴，補壁糊窗笑且訕。誰復搔首問青天，携驚人句相稱羡。吁嗟乎！駟馬高車印纍肘，生前富貴死何有。千載無人知姓名，纍纍荒冢牛羊走。莫謂詩人命多窮，古今歷歷在人口。縱我學吟吟未工，擬以古人誠非偶。長吉不惜嘔心肝，錦囊貯詩千百首。倘然身後遇賞音，也應大呼瀛南叟。

蘇孝子行（孝子名士進，葛沽譜兄星橋長君也。年十一，父病危，孝子禱天代父，父瘳，孝子旋殤）

嗟哉嗟哉蘇孝子，士進其名、葛沽其里。年十有一父遘疾，孝子禱天代父死。禱天代父父果瘳，父瘳孝子病不起。天不憐其孝，乃父之病何以已？天果憐其孝，孝子命促胡若此？問天天茫茫，究莫明所以。反復思之猶有説，勿求之數求之理。夭壽只爭旦暮間，死何悲兮生何喜。一死成名名永垂，但不虛生斯足矣。孤墳屹立東海濱，載之邑乘傳之史。魯人不殤童汪踦，吾謂孝子亦應爾。謹賦此歌發幽光，嗟哉嗟哉蘇孝子。

夜飲放行歌

争名争利徒擾擾，樽中有酒且醉倒。微論生年不滿百，即便百年亦草草。幾多富貴埒王侯，朝榮夕瘁不自保。東海波濤南山石，有時枯爛終歸了。纍纍荒冢鎖愁烟，麥飯何人奠墓前。劉伯倫、李謫仙，古來飲者凡幾輩，終日酩酊非徒然。我有一言孰能曉，人生爲歡須及早。世事滄桑不要論，十二萬年天亦老。

放　言

昔者吾未老，貧不能自保。今者雖不貧，老病又相尋。嗟嗟貧與老，一生苦相擾。吾無奈之何，憂心徒草草。翻然一笑天地空，别有真詮誰能曉。脱然無累莫如貧，得盡天年斯爲老。假使吾不貧，富貴反累身。假使吾不老，夭亡想已早。貧亦何所苦，老亦殊可欣。兼斯二者樂其樂，啓期以外别無人。

知　足　歌（甲子夏作）

我齡雖未修，花甲亦將周。我家雖未豐，饘粥亦可供。我雖未成名，食餼一諸生。我雖未抱孫，三子已兩婚。吁嗟乎！人生惟有知足好，得隴望蜀徒煩惱。時時作一退步想，眼前之樂已不少。有酒且盡歡，無方可却老。今者不樂逝其亡，哪有閑愁愁不了。

步和蘇君星橋

君才萬斛我筲斗，忽忽行年五十九。飢走荒山眼孰青，君乃寄詩賀迂叟。一老猶健一早衰，君如松柏我蒲柳。除却縱酒與耽吟，此外寧復一長有。謹賦短歌謝故人，北望津門時翹首。

祝鄭公筠榮壽

不動者地，不息者天。千古此天共此地，滄海幾度成桑田。往過來續無終極，惟有德者斯永年。三多華封祝，九如《天保》篇。積善之家有餘慶，人生得此非偶然。公居津沽食舊德，亦讀亦耕世澤綿。乙丑二月念四日，爲公八秩開壽筵。群賢畢至少長集，門迎朱履客三千。躋堂稱兕祈黄耇，衆賓雜遝户限穿。吾祝公之壽，吾嘆公之賢。千里尋叔體父心，童年不辭跋涉艱。殖貨養親代負米，并曾服賈車牛牽。三置千金連阡陌，家風惟守粥與饘。薄己豐人好施與，衣食所安弗敢專。敬教勸學獎後進，掩骼埋胔置義阡。睦婣任恤本天性，急公不惜巨款捐。家庭融洩篤内行，孝友尤爲衆口傳。公之善行難枚舉，宜其康强逢吉百禄是荷五福全。况復貽謀昌厥後，叢蘭丹桂生階前。琪樹三枝能競爽，鳳尾麟趾相後先。有孫七人露頭角，妙年風度各翩翩。觀此益信公之德，人文蔚起非無緣。敬獻祝詞爲公壽，疏才安得筆如椽。自古吉人天所相，但祝公壽同山岳眼見曾玄。

抱孫嘆

日日盼抱孫，有孫孫無母。孫無母，呱呱在抱哭聲苦。哭聲苦兮可奈何，乃祖聞之泣如雨。死者已無知，遺此繈褓兒。兒生未彌月，命苦胡若斯。不惜重價覓乳媼，是否成人未可期。即邀天福幸長大，履霜又恐泣伯奇。人生常懷千歲憂，言念及此愁更愁。風燭殘年曾有幾，此心牽挂無時休。

哭友

（李君筱珊，名溥芳，號憂時子，著有《宗經室詩文集》，灤縣人，前清舉人，卒于乙丑春，年五十有四。葉君肖齋，名毓文，號聽翁，前清舉人，京兆人，卒于丙寅秋，年六十有九。徐君蔭榍，前清優貢，曾任津浦路警務書記長，卒于戊辰春，年五十。三君皆余老友，書翰往還，以詩歌相唱和。未及數年，相繼去世，故人零落，實愴于懷，因賦此。）

李年五四葉六九，一卒丙寅一乙丑。徐君蔭榍纔五旬，戊辰春又做古人。我乃支離一病叟（時余六十有二），早已望秋如蒲柳。化鶴騎鯨不相待，二三老友今安在？空餘唱和舊詩篇，一回展讀一潸然。李葉大筆摇五岳，徐君雄才同卓犖。而今相繼去人間，更與何人共往還。嗟嗟知音曾有幾，胡皆長眠不復起。故鬼新鬼唱秋墳，哭聲聲兮均不聞。我哭諸君轉自悲，將來哭我更有誰。

幻　想

生後人前前人後，尺寸無長鄙且陋。苦吟不惜嘔心肝，將詩留與後人看。知交爲我録詩草，一旦居然灾梨棗。死死生生若轉輪，佛氏所言或有因。千百年後再來時，安知我不讀我詩。我嗤我詩等兒戲，行且補窗更糊壁。言念及此忽自笑，如斯設想殊顛倒。我死倘有再生年，此身不知幾變遷。前生不知我是誰，或曾與古之詩人相追隨。

烏 燕 歌

喃喃梁上燕，啞啞林間烏。春來皆孳尾，各自將其雛。比及卵而翼，音嘵口瘁瘏。若論鬻子憫，烏燕亦何殊。孰知羽毛既差别，性質亦復不相如。一則雛成哺其母，一則飛去不斯須。嗟嗟二者皆羽族，此何賢兮彼何愚。物不齊，人亦爾，我賦此歌一長吁。

念　子

我有三兒愚且魯，長者在濟少在浦。次兒近在咫尺間，朝夕亦難承我歡。應門更無五尺童，惟一老婦一老翁。日昨長媳抱孫至，孫纔五歲學識字。此孫嬌痴殊可憐，隨我游行伴我眠。但恐稍長能自立，又覓枝栖捨我去。去復去兮可奈何，見時常少别時多。吁嗟乎！男兒壯志游四方，安能晨昏侍我旁。子孫均非紈絝比，奔走衣食豈獲已。獨不見乳燕翼成學高飛，一朝飛去皆不歸。

狂　　吟

瀛南叟，瀛南叟，生平所好惟詩酒。掀髯一笑天地空，口不停吟杯在手。詩助酒興酒倍豪，酒入詩腸詩百首。酒醉詩成壯思飛，有時狂呼更急走。朋輩笑我胡爲然，我有一言曾知否。死生由命人無權，我已望秋如蒲柳。所好且從吾，此外復何有？吟一篇，飲一斗，騷壇爲我安樂窩，醉鄉爲我逋逃藪。若與劉伶太白并世生，也應呼我爲老友。

詩　　酒

不可不飲酒，不可不賦詩。酒勿至過醉，詩勿求太奇。酒過醉，反無味。詩求奇，反支離。酒以暢心志，飲到微酣饒興趣。詩以寫性情，無意得之乃天成。君不見，終日酩酊晋劉伶，終不如飲少輒醉陶淵明。賈島一吟雙泪流，終不如對客揮毫秦少游。

贈蘇君星橋

君如我，我如君。君即是我，我即是君。君外僅有我，我外僅有君。君思我不見我，我思君不見君。君見我詩如見我，我見君詩如見君。君知我，我知君。君不笑我，我不笑君。微君孰愛我，微我孰愛君。君賦新詩持贈我，我賦此歌還贈君。

棉 花 歌

棉有花，棉有花，較之他花殊有差。他花香艷成何用，此花衣被千萬家。粗者可絮衣，精者可紡紗。絮衣以禦冬，輕暖倍有加。紡紗以織布，其用尤無涯。麻可作布絲織錦，紋亦細膩色亦華。衣棉之人遍天下，未見人人衣絲麻。吁嗟乎！棉之用廣種亦難，農家辛苦自年年。服棉人勿忘所自來，種棉人亦莫憚其煩。一日不再食則飢，終歲不製衣則寒。若欲普天免凍餓，別無他術惟力田。顧安得中華外藩及內部，除種粟外盡種棉。

贈李君屏甫

吾家世系出庭堅，族姓繁衍瓜瓞綿。乃賡載歌誰嗣響，後來繼起有謫仙。謫仙才調總不群，長吉義山亦其倫。自唐以下千餘載，流風遺韵今尚存。吾宗岱下有屏甫，大筆能將造化補。詩成笑傲壯思飛，雄才直與青蓮伍。我乃風塵淪落人，羈游汶上十餘春。苦吟不知老將至，同病相憐乃遇君。能識夷吾惟鮑叔，感深知己銘寸心。因將拙集相持贈，運斤成風求郢政。自慚鄙俚不成章，才疏難免人詬病。苦心縱把朽木雕，拳曲豈能繩墨中。君乃爲我賦一歌，擬不于倫獎飾多。并言我生終蠖曲，有志難揮返日戈。聲動江關悲庾信，桑榆景迫可奈何。長言咏嘆爲我惜，讀不終篇涕滂沱。吁嗟乎！塵海茫茫音孰知，我非伯牙君子期。嗚謝恨無瓊玖報，搜索枯腸且賦詩。漢儒杜氏兩名賢，競爽争傳大小冠。我亦與君同宗姓，望塵莫及學步難。既不能倚馬賦萬言，又不能斗酒詩百篇。惟有携君驚人句，高登太華搔首問青天。

題江蘇灌雲瑞圖侍公静樂園

晋有淵明宋和靖，千載高風難與并。近人孰與古人同，怡志林泉惟侍公。公之先世廣野君，秦漢之間曾著勛。傳至公已數十代，高標亮節今猶在。避地隱居東海濱，静樂園成更徵文。我欲爲公賦一歌，文通才盡可奈何。搜索枯腸聊應命，歌成敬求公斧正。公于富貴如浮雲，亦讀亦耕裕後昆。載篤其慶錫之光，年登八秩壽而康。素以淡泊明其志，有園新築涉成趣。此園附近黄海隈，南枕板浦北雲臺。桃李松竹次第栽，流觴曲水并瀠洄。碧荷池上虹橋横，留月臺倚枕雲亭，層樓高閣峥嶸起，更有怡怡草堂明，窗明几净羅書史。堂西别有數椽屋，公每于此課孫讀。長歌一曲飲一斗，個中佳趣人知否。静觀自得别有天，樂與人同更暢然。有時扶杖恣游觀，鳶魚飛躍悟真詮。有時舊朋共盤桓，坐花醉月開瓊筵。無怪園以静樂名，名實相符信有徵。况公有筆推大手，詩如元白文韓柳。莫言爲曾困棘闈，當今碩果更有誰。考槃在澗碩人邁，杖履優游樂事多。公居此園度春秋，俯仰自足何所求。我乃瀛南一迂叟，高山仰止時翹首。歸隱丘園志果酬，也願枕流漱石從公游。

嗟哉行

嗟哉嗟哉李倬卿，爾乃燕趙一諸生。學書學劍兩無成，老猶糊口走西東。好酒酒無名，安能荷插[①]擬劉伶。吟詩詩未工，安得江關動有聲。全家蕩析類飄蓬，兼無一椽蔽雨風。羈游汶上十餘冬，濫竽有客客無能。生無所見死無稱，嗟哉嗟哉李倬卿。

贈岳君汶溪

揚之水不流東楚，終鮮兄弟予與汝。我因寄食來汶陽，聲應氣求遂通譜。通譜適當丁卯春，君年五八我六旬。一號迂叟一愚叟，形骸雖隔肺腑親。君家世系出湯陰，門閥千年承舊勛。隱居求志留碩果，畢生事業付苦吟。吟苦誰知心更苦，滿懷悲憫以詩吐。胸羅星宿氣如虹，後無今兮前無古。如君才調誠不群，似我殊難步後塵。如何謂我詩無敵，擬人竟不于其倫。吁嗟乎！昔人謂詩窮乃工，兩人坎坷將毋同。一遁丘園一作嫁，立功立德兩無成。老困北朝悲庾信，飢走荒山惜杜陵。在生所志皆不遂，安用身後有詩名。我爲君悲亦自悲，古調獨彈知者誰。此唱彼和無朝夕，我本狂夫君亦痴。似此痴狂世間少，言之真令人笑倒。既然舉世無賞音，自當投筆焚詩草。胡爲我詩曾付刊，君詩亦將灾梨棗。但恐前後覆醬瓶，誰復携句問蒼昊。

---

① 插：疑當作“鍤”。

且勿論詩只論交，臭味相投如漆膠。所恨相逢苦不早，我鬢垂雪君二毛。爲君奮筆賦長歌，未及成篇涕滂沱。惟我愛君君愛我，茫茫塵海更誰何。

和楊君績仙

返日無戈揮魯陽，于今老矣空彷徨。斫地每揮三尺劍，懷人時轉九回腸。我年六三君六九，君如松柏我蒲柳。年年竽濫苦傭書，筆墨磨人似枷紐。微君知我誰知我，承惠佳章感心脾。君詩珠玉我糠秕，竟阿所好賜品題。大稿捧讀見天性，後塵欲步愧難更。我非少陵君謫仙，落月屋梁空入夢。互從兩地遞詩章，滹沱南岸汶水旁。亟願論文共杯酒，難隨歸雁同北翔。吁嗟乎！暮雲春樹情無極，權和君詩訴胸臆。茫茫塵海幾知音，除却憶君復誰憶。

附楊君原作

我所思兮汶之陽，故人千里空彷徨。把君詩卷如相見，不能相見翻斷腸。我今行年六十九，早已秋風衰蒲柳。兵災匪禍復荒年，近又幾被枷鎖紐。願將所歷訴所知，又恐聞之傷心脾。只可就詩言詩耳，今事往事且勿題。讀君詩，見君性，如此天真誰能更。香山倉山已古人，此外同床皆异夢。我亦有作不成章，恨不親炙君之旁。敢乞郢斤大删削，竊附南飛鴻雁翔。鴻雁南飛去無極，望君不見泪沾臆。何時樽酒共論詩，免得風瀟雨晦空相憶。

和鄒君鴻三

惠我詩，醉我酒，高歌一曲飲一斗。以生爲寄死爲歸，似君曠達真吾友。如何愛我哭友詩，反復吟誦涎流口。我死有客倚門歌，彼時歌者是君否？

寄蘇君星橋

金石盟心兩白叟，一住津東一汶口。地北天南路阻長，相思不見空相望。貧交投報無瓊玖，番佛一尊詩一首。番佛代作杖頭錢，將詩侑酒樂陶然。請君且飲且嘯歌，手舞足蹈醉顏酡。更將小照置君旁，雖隔千里如一堂。不能相見亦相見，長房縮地豈足羡。我詩不及君工速，也自拋磚思引玉。還請乘醉賦一章，幸勿擱筆惜琳琅。

蜂　蝶

百花香，百花香，蜂蝶采花各自忙。蝶采果其腹，蜂采納于房。果腹寧管他蝶飢，納房爲備衆蜂嘗。蜂蝶往來任取求，花有香兮難自秘。花雖不能言，吾揣知花意。蜂采花，花不惜；蝶采花，花飲泣。

題蘇君星橋詩集

蘇君星橋吾老友，金石論交兩白首。前因報館各投詩，聲應氣求遂相知。一居汶上一海濱，十載盟心面未親。我非伯牙君子期，拙集曾煩賜品題。方期杯酒共論文，不料君先作古人。一旦溘逝不相待，篋中剩有遺詩在。君詩飄然思不群，慘淡經營妙入神。唐宋以來多詩翁，或重聲律或性靈。君于二者兼所長，并于各體無不工。古風豪邁類太白，律詩鍛煉似長卿。文言道俗如太傅，淡冶更與蘇州同。集中不乏驚人句，搔首問天天亦驚。君之高足徐鏡波，前將遺迹苦搜羅。曾經選印三百首，版出早已不脛走。君友藹人抱熱腸，續選遺稿四百章。選成捐資付剞劂，前後兩集相輝光。吁嗟乎！蘇君之詩洵千古，二君高誼亦罕睹。莫爲之後盛弗傳，君詩長留天地間。我與蘇君交最深，未效棉薄愧知音。長歌賦就增惋傷，不覺涔涔泣數行。

息　戰　行（爲民國十至十四年奉直孫張諸役作）

此則陳師彼鞠旅，不修玉帛操弓弩。晝夜鼛鼛鳴戰鼓，骨肉相殘血流杵。枉自燃萁將豆煮，不勝爲笑勝不武。君不見，列强環境實逼處，侵我利權據我土，其欲逐逐視如虎。又不見，庚子之敗及甲午，近中滬案尤慘苦，堂堂中國若無主。獨不思叔季相忍能存魯，鬩墻小嫌何足數。亡羊猶可將牢補，安得向戍成晋楚。期進和平各力努，留將餘勇禦外侮。

題某將軍甲子之役負傷玉照

才兼文武稱名將，方叔召虎猷克壯。連戰皆捷勇莫當，飛彈洞胸終無恙。東醫妙手未足奇，畢竟吉人天所相。邇來節鉞鎮東陲，表海雄風欽保障。况復流照及寒微，澗中葵藿皆傾向。我欲買絲綉平原，恨未見公見公像。但願一識韓荆州，俾得生平慰渴望。

送別曲

清秋送别臨江岸，俯看流水仰觀雁。水東去，不西歸。雁南征，還北飛。不恨君隨流水遠，但願君隨歸雁返。

院中杏

杏花紅，杏花紅，年年閉置深院中。花開花落無人知，緑蔭滿地子滿枝。路旁桃李豈不好，行人攀折將枯槁。

燕子石

雙飛燕，雙飛燕，是真是幻無從辨。不從梁上栖，却從石上見。雕梁難久依，片石終不爛。

泰山陽，汶水畔。燕化石兮石化燕，兩兩三三，或隱或現。

闕盼樓，烏衣巷，舊夢于今空想像。縱然有翼難奮飛，形影常留頑石上。

詩中八仙歌

繆公（吾師東麟太史公現年七十有八，瀋陽人）詩格雄且奇，儒雅風流信我師。鴻三（鄒君年七十一，寧陽人，秀才）彩筆老尤健，每賦長歌言纍萬，層出不窮多益善。績仙（楊君名籙之，獻縣人，舉人，年七十）才調仙乎仙，字字精工句句妍，王楊盧駱相後先。星橋（蘇君年六十九，天津葛沽人，秀才）樹幟東海濱，慘淡經營妙入神，鮑家俊逸庾清新。韞璽（張君年六十，新泰人，秀才）耽吟老不知，既精醫術復工詩。興來落筆走蛟螭，霹靂一聲翻天池。汶溪（岳君泰安人，年六十，秀才）藻思總不群，胸羅星宿氣凌雲。吾宗岱下有屏甫（李君慶藩，年五十八，泰安人，秀才），大筆淋漓造化補，雄才直欲青蓮伍。樂軒（劉君名善鳴，年五十七，昌樂人，秀才）拈髭耐苦吟，詩成擲地聲如金。

題八仙歌後

詩中仙客皆矯矯，已得八人不爲少。就中若容我濫竽，充數便能成九老。有時九老聚一堂，繪圖應如香山好。安得再有九詩翁，十八人共登瀛島。

狂 言

前身不知我是誰，或與古人相追陪。後身若知誰似我，應與今生同坎坷。嘆我曾留詩數卷，料想後人亦流覽。或覆醬瓿或糊窗，自我視之原無傷。彼時我若再生天，應將舊詩削且删。削之删之重易稿，稿成仍舊登梨棗。問天果有句堪携，安知無人賜品題。倘有人道我詩好，我便生生世世心事了。

吾 何 言（民國十四年作）

已矣哉，吾何言。欲言古人言，或爲今人所不歡。欲言今人言，又不知此後潮流幾變遷。已矣哉，吾何言。

祝楊君績仙七秩榮慶

君住故鄉我他鄉，地北天南路阻長。蒲柳望秋每自傷，羡君七秩壽而臧。匆匆佳節近重陽（重陽後二日爲君初度），恨難躋堂晋壽觴。敬製錦帳遠寄將，但祝君起居納福身康强。

績仙以對菊見懷詩相贈，因步和

浮生若夢行將了，黄花猶是去年好。把酒看花懷故人，所嗟彼此年皆老。君如桑者尚閑閑，我乃勞人徒草草。回憶吾鄉舊同游，邇來多半人琴杳。駑馬戀棧年復年，恨我拂衣苦不早。

感君愛我惠我詩，花前再拜誦佳稿。誦餘醉卧東籬邊，花若有知應笑倒。

附原詩

一年花事今又了，東籬惟有黄華好。望斷青山君不來，不爲思君今已老。當年朋舊晨星稀，纍纍荒冢埋宿草。長夜如今眠不成，山陽痛煞笛聲杳。我已日薄崦嵫山，君亦挂冠應及早。飄飄落葉零秋風，是我當年真畫稿。曷不歸來杯酒對黄華，笑依東籬同醉倒。

跋王君鐵民手著《鐵窗自由泪》

吾友鐵民殊倜儻，文章氣節莫能尚。孰知天道總茫茫，縲絏無端困冶長。雖在縲絏非其罪，一入囹圄四經歲。下獄方知獄史尊，顛連痛苦那堪論。吁嗟乎！素患難，行患難，内省不疚復無憾。所恨在堂有慈母，徒報烏私難反哺。前者未承捧檄歡，此日返增倚閭嘆。輾轉思親没奈何，朝朝南望涕滂沱。方期出獄母還在，那知欲養親不待。一旦萱堂忽溘逝，噩耗飛來空搶地。母歿不得親含殮，痛極錐心腸寸斷。嘔血斗餘旋骨立，天地爲愁鬼神泣。比及訟解常自愧，乃著《鐵窗自由泪》。此編不與他編同，皆言孝子真性情。孝子情真語自摯，人人讀之泪沾臆。三百篇中有《蓼莪》，惟此可續《蓼莪》歌。

自　强

食魚者獺，食鳥者鸇。魚自潛淵鳥搏天，彼何辜兮被摧殘。弱肉强食殊可憐，物固如斯人亦然。吾華物博土袤延，外人虎視久垂涎。爲甚萁豆苦相煎，我先自伐元氣熸。獨不見印度緬甸及朝鮮，亡也忽焉踵不旋。國社爲墟民倒懸，明明覆車鑒在前。

和楊君績仙

夜漏滴殘晨鐘吼，苦吟不寐猶叉手。披衣起飲催詩酒，飲不成歡懷老友。廿載離鄉荒山走，依人作嫁且糊口。忽忽殘年過七九，昔日黄童今白叟。茅塞誰開疑誰剖，少年未學况已耇。縱是掃愁猶有帚，抵談無人毡空守。安得在斯有某某，手無弃材木雕朽。我亦炊粱并剪韭，對酒言歡酌大斗。畢竟索居難聚首，空嗟老耋自擊缶。兩地相思久復久，情絲不絶如斷藕。知君逢源左右取，懷人又有新詩否。

贈王君鐵民

水流濕，火就燥，同氣自來相感召。物理如斯人亦然，無端邂逅天假緣。我與王君未識面，日昨來游始相見。衹緣臭味不差池，一見歡然如故知。君之標格雄且奇，虎眉大顙仍豐頤。才調卓然尤不群，詩如參軍字右軍。惜哉有志無時命，坎壈纏身終蹭蹬。同病相憐感慨多，我與先生豈殊科。我乃燕趙一諸生，少壯讀書志未成。空負昂藏七尺軀，東隅已失況桑榆。桑榆景迫殊可憐，依人作嫁未息肩。吁嗟乎！有志難揮返日戈，吾衰甚矣可奈何。君年五秩未爲老，漫道勞人常草草。破浪乘風會有時，大器晚成其庶幾。白眼望天成一笑，微君更有誰同調。謹賦長歌贈知音，去堊還求運郢斤。

寄徐君藹人

茫茫塵海誰知己，壯不如人今老矣。終日拈髭但苦吟，結習未忘聊復爾。所嗟有筆不生花，鄙俚豈能成一家。那知君乃阿所好，劉邕有癖偏嗜痂。不遺在遠惠瑶函，往復情深千尺潭。竟以謫仙相比擬，讀不終篇感且慚。吁嗟乎！高山流水賞音難，古調于今誰復彈。我輩尚然嗜吟咏，早被流俗白眼看。微論我詩不逮古，即逮古人又何補。若非覆瓿即糊窗，不值一錢如糞土。言念及此再三嘆，恨不即時焚筆硯。君抱此慨與我同，豈以斯言爲河漢。君才較我十倍過，壯懷思握魯陽戈。自解戎衣遂市隱，拔劍斫地空吟哦。狂夫有幸遇鍾期，敢披肝膽訴所知。生平志願皆不遂，鬢已種種奚能爲。自來敗將難言勇，請勿逢人説項斯。拙集還請藴諸櫝，無令見者笑且譏。謹賦長歌搜枯腸，低迴身世增惋傷。歌成寄君請君讀，讀之應亦泣數行。

與鄒君鴻三對飲

讀君詩，飲君酒，讀一章，飲一斗。君飲較我飲倍豪，酒杯以外皆鴻毛。君詩飄然思不群，俊逸直逼鮑參軍。愧我苦吟不知老，今日逢君且醉倒。醉來强賦詩一篇，還請大筆削且删。

謝徐君藹人

高秋九月露爲霜，客中情况殊凄凉。藹人老友憐我寒，代製衣襦裝湖綿。湖綿細膩蘇綢軟，衰年服之殊温暖。次第製成還相投，長短適體輕且柔。昔人艶稱綈袍惠，今較綈袍價十倍。况我未曾投桃李，竟荷先施愧知己。二人同心利斷金，感君情比潭水深。輕裘樂與友朋共，感君誼似丘山重。却之却又恐不恭，惟將厚意銘五中。閨中裝置殊辛勤，并煩代謝嫂夫人。

祝張公硯農八秩壽

有大德者必得壽，天錫純嘏昌厥後。觀于吾鄉張硯翁，益知其言信非謬。張公籍住汶水陽，亦耕亦讀世澤長。積功纍仁數十代，傳至公乃發其祥。公之福壽人争羨，公之盛德又難忘。天性自幼篤孝友，州里鄉黨争揄揚。薄己豐人好施與，解衣推食日爲常。有時里黨起鬥争，咸來就公質厥成。得公一言紛立解，鄉人奉公若神明。公之善行難枚舉，宜荷天庥百禄增。燕翼有謀嗣緒昌，兩株琪樹争芬芳。長君服疇勤稼穡，次君名望馳膠庠。慶衍萁疇各邀福，孫曾秀起自成行。公以厚德迓百福，行年八秩猶昂藏。民國壬申八月朔，爲公初度開壽觴。高瞻南極星輝煌，賀客踵接背相望。門楣溢喜壽筵張，親族羅拜争趨蹌。戲彩含飴樂未央，杖履優游福禄長。敬獻祝詞躋華堂，但祝公子孫逢吉身康强。

卷三　五言絶句

對　酒

有酒便思醉，醉便昏昏睡。一笑天地空，更有誰知味。

冬　夜

天寒夜飛雪，衾枕凉如鐵。白屋寂無人，愁對燈明滅。

蘭

空谷揚其香，經秋已憔悴。即逢屈大夫，寧復紉爲佩。

梅

不共桃李妍，偏居百花首。除却竹與松，别無歲寒友。

竹

月來時弄影，風定不聞聲。伴我山窗下，依依劇有情。

松

澗底久沉埋，深山孰取材。劇憐風雨夕，猶有鶴歸來。

菊

頻年籬下寄，風雨不勝寒。世已無陶令，憑誰把酒看。

與陳君敬生對飲

多少不平事，逢君興倍豪。牢愁何處遣，拼共一杯澆。

看　花

作嫁人將老，逢春花自紅。假如花解語，應笑白頭翁。

觀　戲

世事無非戲，何分假與真。試看觀戲者，亦是戲中人。

偶　吟

一灣流水外，三五野人家。寂寞籬邊菊，秋來尚著花。

贈　友

莫以侏儒飽，東方暗自傷。知無郎署内，猶有老馮唐。

咏　史

盡信豈如無，雖焚奚不可。讀書爲書愚，反賈清流禍。

有　感

比户嘆流離，萑蒲禍已滋。近村無寇警，猶是太平時。

即　事

覓醉快呼兒，村醪貰一卮。苦無肴下酒，勉强咽瓜皮。

舟行有感

駭浪打船頭，舟人相對愁。脱非風作惡，何處不安流。

以杖贈譜弟岳君汶溪

其　一

敬以杖相投，權將雅意酬。别來如念我，扶此好來游。

其　二

此杖隨身久，今番贈故知。應如添健僕，顛危好扶持。

其　三

有杖非邛竹，緣何持贈君。所期常把握，還似未離群。

其　四

藉此伴閑游，扶行也自由。堤防化龍去，莫向葛陂投。

赴泰有感

昔曾來此地，今日復重游。不盡滄桑感，涔涔泪暗流。

小　石

其　一

片石不盈握，日與瓦礫伍。有時遇媧皇，還能將天補。

其　二

白珩非不貴，結綠亦足珍。豈知美在中，惟君有赤心。

其　三

烈士爲玉碎，鄙夫圖瓦全。惟君完體質，終古硜硜然。

其　四

不爲端溪硯，不爲岐陽鼓。廣厦千萬間，憑君作基礎。

贈譜兄蘇君星橋

其　一

雲樹繫離思，微君孰我知。近中忙碌甚，莫怪覆書遲。

其　二

肢體嘆衰殘，離群更寡歡。邇來憔悴甚，一日一回餐。

其　三

南北隔音塵，遥遥東海濱。料君風雨夕，應憶白頭人。

其　四

老友數行書，殷勤問起居。北風如有便，莫忘惠雙魚。

叠韵二首贈徐君蔭楣

其　一

涸轍久窮居，遥頒一紙書。梁園舊賓客，剩有病相如。

其　二

雲樹悵離居，殷勤遠寄書。秋高風露冷，眠食近何如。

閑　咏

其　一

酣飲無朝夕，時還發浩歌。妻孥渾不解，數問我如何。

其　二

盡日飲醇醪，難將塊壘澆。中山有佳釀，醉亦止千朝。

其　三

狂吟口不停，吟罷酒方醒。投筆呼痴子，將詩付丙丁。

其　四

不飲心如醉，多愁病有魔。如何黄壤下，終古寐無吪。

夜　吟

欲眠眠不得，苦吟吟不成。老妻兼聒耳，獅吼一聲聲。

寄　友

其　一

伯牙善鼓琴，鍾期今已渺。和寡曲乃高，莫恨知音少。

其　二

百歲幾昏曉，庸人每自擾。世事不須論，一杯且醉倒。

咏　杖

老病携筇慣，從無片刻離。只緣艱步履，諸賴爾扶持。

夜　吟

不知老將至，慷慨夜談兵。匣劍埋塵久，驚人時一鳴。

艾君學川惠桃李數十枚，賦此以謝

桃李今投我，分甘志感深。愧無瓊玖報，籍表故人心。

醉　吟

酒興因詩動，詩情藉酒豪。飲如鯨吸海，乘醉一揮毫。

寄　友

玉美須防玷，珠明豈染塵。三餐惟屬饜，幸謝梗陽人。

自　慰

六旬餘二歲，齒脫雪盈顛。果有彭聃壽，今還是少年。

訪友不遇

急欲求君教，遲君君不來。高齋良坐久，將去復徘徊。

書　感

其　一

既有金丸懼，兼防矰繳施。思還憐倦鳥，不羨最高枝。

其　二

在藻魚雖樂，寧無溉釜憂。非關人設餌，笑爾自吞鈎。

其　三

東郭雖云狡，躍躍計已疏。果能三窟鑿，夫豈畏韓廬。

寄　友

其　一

珠明莫投暗，玉美肯輕沽。真贋誰能辨，瓊玖亦碱砆。

其　二

終日鹽車負，長途馬已瘏。不逢孫伯樂，老矣肯爲駒。

贈　友

愧少瓊瑶報，惟投一紙書。到時君記取，仍望惠雙魚。

哭　友

敬賦挽君詩，并下哭君泪。詩成和泪吟，故人也知未?

和鄒君鴻三

其　一

友以文常會，交因老倍深。微君深識我，更有孰同心。

其　二

誼本丘山重，情同潭水深。佳章權奉和，籍表故人心。

附原作

勢利交都淺，金蘭契最深。不知君以外，更有孰談心。

自嘲和鄒君鴻三

施有東西别，妍媸豈一家。效顰殊可笑，醜女也簪花。

寄劉君樂軒

其　一

日前讀佳作，今又和君詩。九曲腸搜盡，終無絶妙詞。

其　二

步和苦無才，難將妙句裁。公餘如得暇，仍盼寄詩來。

自　咏

其　一

久病生無幾，耽吟老不知。真如蠶作繭，到死苦抽絲。

其　二

莫嘆頭如雪，今猶一息延。倘如顔命短，已死卅餘年。

其　三

齒脱餘無幾，時還病不支。每餐兼味少，有味亦難知。

其　四

有樂隨時樂，得休且便休。啓期如可作，或許我同游。

念　友

我往殊難往，君臨不果臨。摩挲雙泪眼，兩地故人心。

訪　友

老境頹唐甚，知交剩幾多。恐隨朝露盡，扶病一相過。

感　　時（乙丑年作）

同室偏相鬥，年年苦用兵。無人披髮救，只解請長纓。

寄楊君績仙

其　　一

日昨方修禊，書成寄故知。雙魚如見惠，莫待夏初時。

其　　二

郵借輪飛遠，馳書千里遙。料知投到日，時不過三朝。

重　　九

登高偕老友，歸路遇童孫。鷄黍邀知己，時還醉一樽。

雜　　感

其　　一

漂泊三春絮，隨風不暫停。沾泥猶自可，最惜化浮萍。

其　二

習習籠中鳥，冥冥天外鴻。彼何甘屈伏，此獨任西東。

其　三

泥尾龜常曳，梧崗鳳自翔。四靈原并列，夫豈判低昂。

其　四

豹變文雖煒，含章乃素期。南山甘隱霧，寧復願留皮。

其　五

蜕化便爲蟬，蜣螂亦可憐。蠹魚無賴甚，惟解蝕殘編。

其　六

金勒漫驕嘶，追風未足奇。識途無老馬，駿足復何之。

寄　友

東望首空翹，馳書百里遥。雙魚如見惠，幸勿付洪喬。

唁孔君昭烈喪妻

其　一

相敬舊如賓，離鸞定愴神。還望無過戚，我亦過來人。

其　二

在御已多年，傷心琴瑟弦。須知膠再續，静好亦如前。

自　咏

其　一

久客家無壁，衰年鬢有絲。自憐非越鳥，老死傍南枝。

其　二

吐絲蠶作繭，隱霧豹留皮。似我真無賴，拈髭苦賦詩。

寄楊君績仙

千里遞雙魚，殷勤問起居。可憐君與我，兩個病相如。

寄蘇君星橋

剛把還雲讀，今番又寄詩。束薪揚水感，只有兩心知。

日　月

日月雙輪轉，朝朝没復升。流光如可繫，願借兩長繩。

三子返蚌

汝來無幾時，今翻又南去。不願汝歸來，願常寄書至。

小孫祖同隨伊母赴黃臺橋

有子皆遠游，賴孫博歡趣。前亟盼汝來，今又隨母去。

書　感

其　一

四愁平子賦，五噫伯鸞歌。憫亂詩千首，殷憂果孰多。

其　二

河水清難俟，人生壽幾何。始知千日醉，不及寐無訛。

山　行

其　一

犖確羊腸路，山行萬苦辛。恨難將此意，遍告未來人。

其　二

舉足防顛仆，崎嶇不易行。未從山下過，只說路平平。

舟　行

其　一

大海泛輕舟，驚濤萬丈浮。霎時登彼岸，只爲順潮流。

其　二

掉舟行淺瀨，風定水無聲。費盡推移力，終朝不一程。

幻　想

過天星似箭，吐魄月如弓。幻影憑誰借，彎弧射太空。

睡　起

酣睡不知曙，醒時日已午。老妻勸加餐，殷勤進酒脯。

送　友

留君君不住，今向何處去。昔日武陵源，再游寧識路？

寄温石琴老友

轉盼又新春，年皆近七旬。起居近何似，煩告遠游人。

喜　生　孫

元月剛三日，六旬晋四年。生孫殊有幸，昨晚又弧懸。

喜汶溪來舍

鎮日無聊賴，新詩久未裁。吟情忽勃發，只爲故人來。

寄楊君績仙

兩地音常梗，明朝歲又除。殷勤寄雙鯉，佳況近何如。

送老友石潤璋

行止任天公，分襟一旦中。行踪均莫定，一樣轉秋蓬。

附原作

莅汶得瞻公，春風一月中。今朝忽言別，踪迹感飛蓬。

唁繆東麟喪子

其 一

隱痛抱西河，知公涕泪多。彭殤都是命，人果奈天何。

其 二

垂老見飄零，晨昏吊影形。須知孫繼武，也似鯉趨庭。

晚 歸

吾自從吾好，閑游每忘飢。山妻炊飯熟，常怪我來遲。

志 感

含光貴無名，無太分涇渭。每笑屈大夫，不同衆人醉。

燕 子 石

燕燕羽差池，遺蜕汶水滸。倘若石能言，雙雙應對語。

感 亂

何處尋乾土，乾坤盡戰塵。劇憐將就木，猶作亂離人。

與友夜話

其　一

蹈海原多事，憂天亦可憐。戰塵猶未到，且共話燈前。

其　二

不期爲世用，寧肯乞人憐。共作無聊語，高談皇古前。

其　三

世運東流水，滔滔劇可憐。幸生古人後，猶在後人前。

題侍公瑞圖静樂園

其　一

林泉饒逸趣，衡泌是高風。和靖淵明後，于今又見公。

其　二

臺池相掩映，花木自扶疏。利藪名場外，先生此隱居。

其　三

此間無俗韵，以外盡紅塵。除却來漁父，何人敢問津。

其　四

雅慕碩人邁，盤桓澗與阿。爲公成四絕，權當考槃歌。

自　咏

敢作不平鳴，從無一事成。心長悲髮短，負負老諸生。

和謝君樹森見贈原韵

惟公能識我，此外別無人。縱是萍踪友，聯交亦夙因。

懷鄒君鴻三

其　一

昔者共敲詩，微君孰我知。別來憔悴甚，從未撚吟髭。

其　二

草就數行書，遥遥問起居。料君風雨夕，也憶病相如。

和　友

其　一

欲和苦無詩，年衰力已疲。若將髭撚斷，還剩幾莖髭。

其　二

勉强和君詩，推敲興未疲。斷髭何足惜，髭盡又生髭。

其　三

連吟數首詩，才盡不知疲。髭縱莖莖斷，鬑鬑尚有髭。

其　四

强賦四章詩，詩成覺力疲。我髭撚將盡，君撚尚有髭。

和　友

未便久于齊，勞東燕自西。着鞭須努力，愧我絮沾泥。

自　咏

其　一

澆愁難得酒，言志苦無詩。兀坐燈如豆，傷心衹泪垂。

其　二

稚孫時繞膝，有子盡從公。風燭餘殘喘，嗟嗟半死翁。

寄謝君樹森

其　一

令望斗山同，文章仰巨公。何期依宇下，小草被華風。

其　二

臭味孰相同，今番幸遇公。還期雕朽木，容我坐春風。

寄徐君靄人

盼君君不至，南望幾徘徊。果踐明春約，應隨歸雁來。

寄白君彦卿

佳況近何如，音書愧久疏。便中投一刺，權當寄雙魚。

題寄朱君品三

佳咏前承惠，深慚步和遲。雙魚如再遞，仍盼附新詩。

卷四　七言絶句

自　　咏

風塵老我苦吟身，命薄徒傷志未伸。若謂生材終有用，如何只許作詩人。

傷　　春

東君去矣幾時歸，小院凄然静夕暉。蝴蝶不知春是夢，雙雙猶逐落花飛。

早　　游

曉烟漠漠曉雲低，早起游行獨杖藜。林鳥似憐人寂寞，聲聲不住耳邊啼。

嫦　　娥

嫦娥舊是有窮妃，恩愛原來兩不違。未識舊情還念否，自從竊藥不曾歸。

睡　起

手倦抛書倚枕眠，兩三小鳥噪檐前。睡餘扶杖從容立，閑讀南華《秋水》篇。

偶　吟

歡情每自閑中得，詩癖翻因老更深。搔首問天天不語，就無人處且高吟。

石　灰

幾經煅煉出深山，劫火焚燒若等閑。無分補天終恨事，只彌罅漏在人間。

石　炭

爐煨榾柮總勝茅，榾柮何如石炭燒。到底成灰終一樣，漫云氣焰讓君高。

贈艾光臨先生

相違咫尺若山河，我輩于今剩幾多。叨在與君同臭味，便中尚望一相過。

即　事

百尺松猶澗底栽，敢將樗櫟詡長才。漢皇好少馮唐老，居上能無讓後來。

重九與岳君汶溪同游

曳杖同游汶水邊，一聲雁唳九秋天。登臨莫恨無高處，指點雲亭在目前。

漫　感

才疏畢竟奮身難，僕僕長途一劍寒。朱履三千皆食客，可憐馮鋏竟空彈。

赴南村會，歸途遇雨（丙戌夏作）

南村雨濕雲影低，行人擾擾各東西。歸時非復來時路，滑澾新泥没馬蹄。

送　友

老病龍鍾雪滿頭，客中送客倍添愁。吾鄉故舊如相問，爲告于今已倦游。

觀　　榜（庚子科試，余謬居榜首）

不才僥幸冠文場，榜首巍然字有光。自顧頭顱猶是我，一時便覺姓名香。

觀　　戲

東施畢竟效顰難，惹得多人白眼看。也是梨園新子弟，如何絕類沐猴冠。

咏　　史（昭君）

一曲琵琶涕欲零，穹廬夢斷漢宮庭。當時若擅專房寵，安得于今冢尚青？

咏　　史（石碏）

一使能將兩逆誅，滅親大義古今無。舉朝卿相皆軒冕，討亂功還屬老夫。

咏　　史（四皓）

佯狂箕子曾蒙難，槁餓夷齊不事周。畢竟商山能達節，前逃秦亂後安劉。

咏　史（岳飛）

五國蒙塵歲幾經，犁庭難慰在天靈。大仇未復元戎死，二帝游魂也涕零。

咏　史（漢高祖）

其　一

款客時聞轢釜聲，婦人如是亦常情。那知骨肉生嫌隙，乃子因加羹頡名。

其　二

收容季布斬丁公，磊落居然英主風。羹頡遲封緣嫂氏，終留芥蒂在胸中。

咏　史（雍姬）

其　一

閨中原不識人倫，夫父猶勞問孰親。既已身爲雍氏婦，如何甘作未亡人？

其　　二

夫父二者果誰親，論以公私自有真。一語夫亡君出走，雍姬總算負心人。

謝汶陽子玉趙公留飲

齒德惟公稱達尊，今番有幸得登門。飫聆教益殊多感，醉我還開北海樽。

謝趙鎮西先生撰詩序

我號瀛南公鎮西，若論才調洵難齊。那知十倍增聲價，椽筆居然賜品題。

贈趙君杏村（余詩集煩君手録，吟此鳴謝）

我乃瀛南一腐儒，苦吟枉自捻霜鬚。所慚拙草灾梨棗，抄録還煩大筆濡。

咏　　史（秦始皇）

其　　一

漫以坑儒盡罪秦，儒生罹禍豈無因。商山不在桃源裏，四皓緣何獨保身。

其　二

坑儒豈獨是狂秦，禍及清流洵有因。明漢亦曾興大獄，幾多名士不全身。

咏　史

其　一

只聞墨翟曾摩頂，不見楊朱肯拔毛。一則利人一爲我，若論志趣果誰高。

其　二

負羈宫蓺介山焚，一爲求賢一報恩。略迹原心雖可恕，劇憐地下兩游魂。

贈張君樂齋

其　一

興來得句每探驪，才調如君洵足奇。况復金針常度巧，及門高足也能詩。

其　二

妙句吟來得每迟，推敲也自費尋思。君才洵與長江伍，愧我終非韓退之。

自兖州夜歸

其　一

鷄聲亂唱霧濛濛，百里程途若御風。比及歸來天未曙，家人猶在夢魂中。

其　二

惟恐家人睡夢驚，慢敲扉板語輕輕。老妻猛醒猶嗔怪，謂我來迟到五更。

隨車赴兖

其　一

老來無事不從容，日射東窗起尚傭①。飯後登車旋北上，二三知己恰相逢。

① 傭：疑當作“慵”。

其　二

汽車開駛急如飛，叠叠青山橫翠微。一路畫圖看不盡，吟成詩句帶將歸。

偶　吟

其　一

詩人自苦命多窮，樹幟騷壇亦自雄。漫以忌才猜造物，馬當猶助一帆風。

其　二

生負才華恨命窮，夜深起舞劍光紅。他年朽骨埋荒土，應化飛磷燭太空。

戲　吟

其　一

苦將吟咏訓豚兒，更有何人似我痴。老婦也知余有癖，不持針綫誦唐詩。

其　二

一字吟成喜欲狂，沽來佳釀快飛觴。老妻恐我常常醉，室内從無斗酒藏。

示　子

其　一

膝前三子自成行，兩子從公各一方。伴我晨昏惟少子，尚謄詩稿爲余忙。

其　二

痴兒學咏總難工，也自推敲效乃翁。勿怪丈夫憐少子，耽吟竟亦與吾同。

贈許筱珊先生

其　一

畢竟君詩勝我詩，一回展讀一神馳。羡君第一驚人句，凍雪連天馬不嘶。

其　二

君詩字字盡珠璣，塵海茫茫有孰知。若論高山流水曲，也應許我是鍾期。

自　咏

其　一

粥粥無能愧此生，惟期堂構繼家聲。馬牛當作終須作，三卵于今幸兩成。

其　二

早欲歸來一息肩，因憐少子尚耽延。若將心事完全了，屈指應過就木年。

登　岱

其　一

天門携杖偶來游，倚樹看雲豁倦眸。縱步還須登絶頂，好從高處一昂頭。

其　二

游山雖老力猶勝，萬仞雲梯取次登。行到崖頭牢駐足，不須更上最高層。

悼　亡

其　一

典得春衣換紙錢，攜來焚化墓門前。家中近況卿知否，不是清明亦禁烟。

其　二

六十慈親周歲兒，茕茕門户强支持。憐卿一瞑重泉下，家道艱難總不知。

贈李君筱珊

其　一

兩地盟心會面難，拍將小照與君看。風瀟雨晦如相憶，好向窗前仔細觀。

其二疊韵

早知和寡賞音難，何幸君猶青眼看。他日尊容如拍照，還期賜與遠人觀。

步和葉君肖齋見贈詩原韻

其　一

四方奔走口難糊，誰識高陽舊酒徒。承惠佳章勞奬飾，南天翹望片雲孤。

其　二

未從識面早傾心，惠我新詩感倍深。南北各天勞夢想，何當風雨共聯吟。

醉　吟

其　一

我乃詩狂更酒狂，醉來抉漢欲分章。風塵何處尋知己，俯仰乾坤泪數行。

其　二

醉來脱帽笑張顛，我醉詩魂欲上天。斗酒竟無詩百首，果于何處學青蓮。

送三子秀民赴浦口（丙寅春）

其　一

一理行裝一紉衣，夫妻相對泪交揮。劇憐學語巢中燕，羽翼成時各自飛。

其　二

全家蕩析類飄蓬，憔悴誰憐半死翁。伴我晨昏惟少子，奈何今亦走西東。

讀《黃太史公詩集》（公號魯西野人）

其　一

我號瀛南君魯西，抗懷往哲敢思齊。耽吟只恨余生晚，未獲先生賜品題。

其二疊韵

岱宗峙北汶流西，山左詩名孰與齊。最羨先生多妙思，游龍邛竹也留題。

和丁君序九《咏瓶梅》原韵

其　一

胆瓶梅發一枝新，鎮日兩看儼主賓。安得遍搜窮谷裏，折來同作案頭春。

其二疊韵

氣自芬芳色自新，無言相對勝嘉賓。縱然未效和羹用，一着花時滿室春。

贈張子銘先生

其　一

君年五秩還增七，馬齒于今逾六旬。總角同游纔幾日，邇來一樣二毛新。

其　二

雲山悵望愁千叠，片紙書成意萬重。雙鯉到時君記取，季秋二日午前封。

贈盧君蘧臣

其　一

不愧當年君子称，以蘧爲號以瑗名。自來東魯多賢哲，媲美前人合讓兄。

其　二

校舍宏開汶水隈，力培後進育英才。熱心桑梓誰能似，桃李成蔭手自栽。

贈黃君公望

其　一

君寄京華我汶陽，經年闊别恨方長。不期愛我情如許，天外飛來惠數行。

其　二

惠來華札訴離思，慰問殷勤并索詩。只愧我非劉夢得，有何才思復探驪。

寄蘇星橋先生

其　一

天南地北兩衰翁，金石盟心骨肉同。此夜月明千里共，可憐無夢到津東。

其　二

草草修函寄故知，書成已到夜深時。但愁紙短情難盡，比及臨封又賦詩。

僕學吟未工，蒙鄒君鴻三謬加推許，賦此以謝并贈汶溪譜弟

其　一

吟風弄月寄齊南，若論推敲本不諳。知管夷吾惟鮑叔，不期我亦遇鴻三。

其二疊韵

君居魯北我瀛南，兩地盟心心共諳。兼有汶溪同臭味，歲寒良友恰成三。

贈葉君肖齋

其　一

苦吟拈斷霜髭白，覓句挑殘燭影青。除却贈君將孰贈，邇來我輩已晨星。

其　二

前贈君詩載報章，苦吟枉自索枯腸。津門相去無多路，未見先生惠數行。

西　施

其　一

一入吴宫粉黛新，浣紗當日亦猶人。如何羡彼專房寵，姊妹諸姑盡效颦。

其　二

豈必專房即美人，至今猶説浣紗津。可憐同浣江頭女，不入吴宫只負薪。

賀譜弟劉君樂軒得孫

其　一

我輩傭書目已昏，傳家賴有一經存。添丁幸各邀天福，彼此于今兩見孫。

其　二

兩見孫枝喜可知，好將樂趣博含飴。我聞鵲報歡無既，趨賀還當醉一卮。

漫　感

其　一

燕飛西去伯勞東，各自翱翔任好風。嘹唳一聲關月冷，劇憐天外有冥鴻。

其　二

樹頭栖鵲檐栖雀，寄托懸殊果若何。鵲已焚巢雀無恙，始知高處受風多。

醉　吟

其　一

酒酣仰卧豆棚西，絮語無端怪老妻。謂我病多宜戒飲，緣何一醉便如泥。

其　二

衰年無計遣愁魔，滚滚憂來没奈何。不信試從襟上看，泪痕更比酒痕多。

有　感

其　一

九十春光去若馳，不期零落已如斯。漫因墜溷爲花惜，猶見離離子滿枝。

其　二

春來桃李盡含滋，偃蹇喬松剩幾枝。畢竟後凋留勁節，讓他獨耐歲寒時。

其　三

三春如夢鳥空啼，曳杖重游桃李蹊。絮已沾泥花墜溷，可憐芳草自萋萋。

其　四

烏衣門巷冷斜暉，一去王孫竟不歸。回首可憐歌舞地，亭臺猶是主人非。

贈迂叟先生（余投詩自署瀛南迂叟，同時更有登諧詩者亦號迂叟，恐無以別也，因賦此）

其　一

均已迂名區別難，兩人恐作一人看。漢儒子夏雖重見，彼此猶分大小冠。

其　二

一迂猶可兩誠難，兩者何能一例看。料想與君同臭味，兩人均一破儒冠。

潛溪、汶溪兩君余契友也。余詩謬蒙推許，因賦此

其　一

入世既無音可賞，問天寧有句堪攜。過門竟不題凡鳥，幸遇潛溪及汶溪。

其　二

相見恨遲年盡老，不時過我手同携。妄言偶爾成三笑，汶水于今亦虎溪。

慰　友

鸞鳳無端枳棘栖，當年舊事莫重題。可憐游刃庖丁手，縱有牛刀只割鷄。

贈艾君學川

十年風雨汶河邊，慚愧知音屢寄箋。免俗未能君莫笑，濟垣翹望祝新年。

贈艾君運川

數年交契早忘形，抵膝傾談見性靈。舉目遍觀天下士，更無别個眼垂青。

贈丁君序九

相違咫尺若天涯，捧讀佳章感倍加。搜尽枯腸思步和，衰年筆已不生花。

讀柳冠山先生六旬自壽詩有感

記曾弄翰掇高科（先生早登科第），又復匡時建議多（先生充省議員）。我與先生同甲子，一生何事不蹉跎。

贈蘇君星橋

垂雪新添數莖髮，望風空轉九迴腸。將詩代柬情無既，一紙書成泪數行。

和鄒君鴻三

好咏從無絶妙詞，自慚鄙俚不成詩。孰知賈島推敲日，又遇當年韓退之。

丁君序九以籠鳥見示，因叠韵步和

其　一

豈是高飛翼未成，籠中習習羽毛輕。劇憐難展淩雲翮，猶復驚人時一鳴。

其　二

附翼休言志未成，羽毛豐滿一身輕。籠開也自冲霄去，終傍鸞凰飛且鳴。

謝葉君肖齋贈酒

佳釀惠來遥拜賜，邀同朋舊快開樽。舉杯恍與君相見，灌入詩腸别様温。

四月二十五日由濟回汶，車中晤青羊居士何芷舲先生，暢談甚快，贈予以詩，因賦此以答

賞音何幸得逢公，片語投機臭味同。小草華風殊有感，恨難垂翅附冥鴻。

附贈作

大智從來本若愚，先生傲世獨稱迂。談玄我亦悲今俗，且去天津聽鷓鴣。

贈　友

若論臭味不差池，近世誰如吾輩痴。我有一言君記取，不逢知己莫談詩。

口　占

畢竟文章不濟貧，鬢邊贏得二毛新。十年飢走荒山路，石

不能言亦笑人。

偶　吟

今猶是古古猶今，泥古都緣信古深。却笑今人書誤讀，只從糟粕苦追尋。

晚　歸

月黑天昏風怒號，歸來不覺已深宵。老妻酣睡緣何事，一任蓬門再再敲。

加　薪

漫道區區不畀余，兩元加得亦堪娛。增薪縱是無多數，也免他人笑濫竽。

老　馬

年來馭短屈材長，縱負鹽車亦自傷。聲價也思增一顧，果于何處覓孫陽。

贈丁君品三

回天縱有雄心在，入世終嫌傲骨多。彼此病同吾更甚，怎教身命不蹉跎？

懷馮君冠卿

濫竽十載忝同舟，磊落如君孰與儔。南北相違無咫尺，所嗟多日不來游。

贈同事孫君子興

一爲病叟一青年，幸得同舟亦夙緣。壓綫年來資臂助，殷勤并代録詩篇。

寄　　友

八叉吟就飲方酣，詩酒生涯我自諳。除此向來無别好，世人有幾似瀛南。

謝盧君蓮舫留飲

樽開北海酒同斟，灌入詩腸志感深。嗚謝愧無瓊玖報，聊吟俚句表微忱。

觀刈麥

其　一

黄雲割盡麥登場，豈衹千倉與萬箱。穗滯秉遺休過問，好教婦稚療飢腸。

其　二

遍野黄雲入望稠，鐮刀初試及時收。年年苦索長安米，何似農家尚有秋。

念　子（三子秀民充浦口司報，阻兵亂，不得歸）

日倚門閭泪暗流，痴兒何事獨南游。干戈滿地行人絶，縱欲歸來豈自由？

嘲　友

風情老矣尚難休，也自隨人作冶游。無怪如花雙姊妹，一藏半面一低頭。

有　感

只爲春寒花較遲，向陽纔放兩三枝。深宵無奈風和雨，寄語東君好護持。

步和萬君心權《明妃曲》三首

其　一

漢使曾教遠寄音，蕭蕭雲鬢雪霜侵。黄金果把蛾眉贖，也算朝廷恩遇深。

其　二

本是紅顔薄命身，敢將粉黛炫妝新。縱然博得閼氏號（氏，《漢書》音支），老死窮廬氣不春。

其　三

大漠秋深塞草荒，烏孫負固自稱王。朝廷枉作和親計，胡羯依然繞漢疆。

送小孫及乳媪乘車赴濟，夜中寒甚，因賦此

其　一

雲霧沉沉天欲雪，車中枯坐客衣單。炎涼乃祖都經慣，惟恐孫兒不耐寒。

其　二

擁護重衾尚怯單，叮嚀乳母倍心酸。小孫無母殊關念，莫與他兒一様看。

其　三

老來心緒亂如麻，萬慮千愁枉自嗟。猗儺有華常沃沃，始知萇楚本無家。

寄羅寄盦先生

其　一

壓綫年年馬齒增，稷門彈鋏客無能。風塵有幸逢知己，竟把新詩次第登。

其　二

醉捋吟髭把劍看，途窮每覺賞音難。登龍幸慰生平願，敢把瑶琴一再彈。

其　三

拙草無端載報章，微名幸得藉詩揚。吟成俚句聊鳴謝，愧我人情紙半張。

張君淑璞以詩見贈，因步韵奉和

其 一

大好中原盡棘荆，世途何日慶由庚。所欣好我逢良友，示以周行劇有情。

其 二

我乃風塵淪落人，幾經顛沛幾艱辛。不期海内逢知己，縱是天涯亦比鄰。

孝 思

其 一

婚嫁年年煩擾多，老來心事更無他。回思膝下瞻依日，曾把親恩報幾何?

其 二

親恩欲報已無由，風木悲深泪自流。百里那能重負米，始知菽水勝椎牛。

其 三

椎牛難妥在天靈，南北奔馳歲幾經。封墓縱然崇四尺，從無麥飯奠先塋。

其 四

欲奠先塋拜墓前，荒山飢走尚年年。顯揚未遂身先老，拊髀能無涕泫然。

度歲祭先

其 一

愧無麥飯奠先塋，飢走荒山歲幾經。千里倘能來就享，也應憐我久飄零。

其 二

一薦馨香泪涌泉，生兒如我亦徒然。顯揚未遂身先老，度歲猶難拜墓前。

其 三

欲慰先靈敢一言，兒今有子子生孫。縱然家道貧如故，三子于今已兩婚。

其 四

欲歸不得幾經春，四海漂流剩此身。嗟我兩兄先我逝，坟前祭掃更無人。

贈韓鶴汀先生

其　一

君年半百還增五，馬齒于今六一春。聚處汶陽將十載，可憐同是异鄉人。

其　二

殖貨有才君握算，謀生無計我傭書。若論近况懸殊甚，跋浪長鯨涸轍魚。

其　三

興到有時同竹戰，倦來還共吸烟霞。孰知余更耽吟咏，莫笑劉邕獨嗜痂。

其　四

愧無縞紵可承筐，持贈惟餘詩數章。莫笑人情半張紙，我生除此更無長。

贈丁序九先生

客中眠食近何如，愧我從無一致書。在遠不遺殊有幸，居然天外惠雙魚。

情絲一縷總纏綿，勞燕分飛劇可憐。別後無聊君識否，支離今更甚于前。

寥寥天壤幾知音，彼此联交契最深。近更無人相唱和，別來一字不曾吟。

歷下縱羈彈鋏客，闕門猶識弃繻生。前程遠大誰能似，伫看扶摇九萬程。

贈王星垣先生

十年風雨帳離群，目斷瀛南日暮雲。記否樂城歡聚日，紅燈緑酒共論文。

酒壚藥肆憶前塵，曾幾何時迹已陳。訪舊忽驚半爲鬼，除君與我更無人。

憶前携伴入黌宫，三十年來一夢同。舊事重題應笑倒，白頭宫女説玄宗。

齒牙摇落視茫茫，閑坐思君亦自傷。他日相逢應一笑，鬢毛羸得盡如霜。

贈譜弟高君敬之

海内風霜塵世路，天涯憔悴故人心。何期愛我情如許，一紙飛來惠好音。

此日山河隔南北，當年硯席共晨昏。老來懷友心尤切，雨晦風瀟總斷魂。

風燭殘年感不禁，邇來名利兩無心。客中情况君知否，除却傾觴便苦吟。

薄德何能裕後昆，景升豚犬那堪論。添丁稍慰生平願，惟幸于今兩見孫。

贈岳君汶溪

伯牙有幸遇鍾期，塵海微君音孰知。近况無聊曾識否，自從别後更無詩。

相思不見幾踟蹰，俚句吟成拈斷鬚。料想高齋風雨夕，也應垂念到狂夫。

一年容易又中秋，金石盟心兩白頭。開徑幾番勞悵望，如何多日不來游。

我司筆札窮無賴，君話桑麻樂有餘。十畝閑閑真福地，可憐消渴病相如。

步韵和蘇君星橋

何時杯酒共論文，望斷津門日暮雲。醉捋吟髭向天笑，君應思我我思君。

溲溺儒冠孰右文，世情覆雨復翻雲。風塵何處尋知己，地北天南我與君。

詩句何曾值一文，高吟空自遏行雲。此情若與旁人道，笑我應知亦笑君。

剪燭何年共論文，汶陽風月海天雲。遥知兩地心相印，念我當如我念君。

懷　歸

頻年作客走天涯，鬢髮蒼蒼感歲華。只道有家歸不得，那知歸去尚無家。

歸去無家可奈何，壯懷空握魯陽戈。一身梗泛緣何事，故舊凋零已不多。

吾鄉故舊半凋零，泪眼摩挲酒未醒。終日望鄉鄉不見，汶陽城外亂山青。

亂山青處夕陽低，流水無情鳥自啼。知己二三安在也，分飛勞燕各東西。

赴黄臺橋即事

沿途泥濘總難行，夜色昏昏近二更。瞥見燈光明閃閃，痴兒冒雨已來迎。

導我前行到渡頭，蕭蕭風雨冷于秋。河干泥滑防顛仆，猶復扶持上小舟。

入門爲見孫酣睡，不覺遲遲步履輕。猶復殷勤囑伊母，夜深勿使夢魂驚。

屬毛離裏情原重，保抱携持恩亦深。比及臨行猶囑咐，此兒殊繫老人心。

七　夕

含情脉脉水迢迢，共話離情是此宵。聞道神仙能縮地，如何猶待鵲填橋？

幾多怨曠悲離别，兩地相思恨萬重。牛女莫嫌歡會少，一年猶得一相逢。

烏鵲橋成亘玉河，休將此事語嫦娥。自偷靈藥無消息，試問離愁果孰多?

聚惟一夕别經年，此夜橋仍待鵲填。修到神仙猶有恨，人間離别更堪憐。

贈許君筱珊

斗山終日企文雄，椽筆由來奪化工。本擬識荆謀一面，所嗟勞燕各西東。

春間曾記寄郵筒，附録新詩叙别衷。或者洪喬曾誤付，不然豈久梗鱗鴻。

兩目昏昏雲滿顛，似余憔悴劇堪憐。君才萬斛猷方壯，佇望雲程早著鞭。

兩情脉脉阻關河，我輩于今有幾多。南下倘經山左路，還期便道一相過。

贈内兄張君壽符

尺素煩將近況詢，似君關切別無人。我吟俚句遥相贈，盡把衷腸縷縷陳。

曲譜離鸞逾卅年，回思往事泪潸然。知君兄妹情關切，煩向荒墳化紙錢。

代祭墳前并寄詞，煩將近况告伊知。三兒兩娶孫重見，惟我衰殘已不支。

景升豚犬那堪論，惟幸于今兩見孫。也欲含飴博歡趣，恨難啼笑共晨昏（兩孫隨伊父母在他處）。

連朝悵望愁千叠，一紙書成意萬重。郵寄到時君記取，丙寅三月甲申封。

哭老友沈君石青

我住齊南君寄津，匆匆一别兩經春。那知遽作蓉城主，從此天涯無故人。

壯游山左彈長鋏，老寄津門作幕賓。歷殜一生無蔗境，彼蒼何獨厄斯人。

生前淡泊誰能似，歿後蕭條劇可嘆。千里間關津濟路，煢煢弱息自扶棺。

人間天上恨茫茫，非獨悲君亦自傷。駑馬年年猶戀棧，更于何處覓孫陽。

濫竽十載忝同舟，金石盟心兩白頭。我尚偷生君已逝，摩挲老眼泪空流。

一死一生感不禁，將詩代哭志哀忱。丙寅端午前三日，六十衰翁拭泪吟。

哭老友李君筱珊

仰天一哭熱中藏，非獨悲君亦自傷。此後有桐焦灶下，更于何處覓中郎。

若論年歲余差長，邇日誰知我哭君。但願夜臺姑少待，好從泉下共論文。

茫茫塵海幾知音，一死一生感不禁。但願嗣君重繼好，也同兒輩結苔岑。

君負詩名筆有神，玉樓應詔豈無因。宗經自著詩文集，更把金針度後人。

惟公知我我知公，膠漆情深骨肉同。此日幽明雖隔絶，也應垂念白頭翁。

去秋七月聯交誼，曾幾何時館已捐。承惠佳章猶什襲，一回展讀一潸然。

欲將拙草灾梨棗，撰序求君賜品題。力疾未曾濡大筆，北邙風露已凄凄。

生離昔恨隔山河，死别今尤没奈何。老來不曾輕下泪，近爲知己也滂沱。

菊

滿城風雨近重陽（借句），籬菊猶留晚節香。漫與春華相比較，年來老境不頹唐。

問　菊

其　一

秋光冷落兩三枝，已是霜欺雪壓時。除却柴桑陶處士，年來寒暖復誰知。

其　二

瑟瑟西風瘦影斜，疏枝猶自傲霜華。含英胡不先時吐，直到重陽始著花。

菊　答

其　一

我問菊兮菊不宣，擬將心事代伊傳。籬邊風月皆知己，肯向人間更乞憐。

其　二

縱爾開遲漫自嘆，疏枝猶耐九秋寒。堂前木槿雖然好，無奈朝開暮已殘。

思　友

老來名利總無心，了我殘生但苦吟。知己不逢勞夢想，孤燈挑盡夜沉沉。

長夜沉沉有所思，苦吟拈斷數莖髭。夢魂不到關山遠，惆悵鄰鷄唱曉時。

鄰鷄唱曉未成眠，耿耿星河欲曙天。痴子似憐余寂寞，强開睡眼話燈前。

剔開燈焰影摇紅，猶復殷勤告乃翁。戎馬倉皇音信梗，寥天何處寄詩筒。

醉　吟

老來心事總難論，衰朽惟餘皮骨存。早爲病多思戒飲，無端又復醉昏昏。

醉後詩情薄太空，痴兒能否與吾同。生平所好惟吟咏，堂構還期繼乃翁。

能承堂構盼痴兒，我謂兒痴我更痴。我爲耽吟寒至此，有兒如我更堪悲。

有兒如我豈徒然，尚得詩書世澤綿。只是一生慚薄德，承家安望後昆賢。

醉　吟

周甲于今剩一年，齒牙摇落髮蒼然。此身若緩須臾死，老態應知更可憐。

老態堪憐更可嗤，世人有幾似吾痴。一杯醉倒頽然卧，猶復高吟自咏詩。

自咏詩成亦自豪，舉杯翹望片雲高。興酣落筆摇山岳，萬里長風涌怒濤。

怒濤洶涌瀉江河，一事無成恨轉多。附髀有時揮老泪，壯懷畢竟不銷磨。

閑　咏

顔子既貧兼不壽，啓期雖壽又奇貧。糧儲隔宿年周甲，似我猶爲勝古人。

鬢邊垂雪寧非壽，甑底無塵不算貧。漫道他人多勝我，不如我者豈無人？

來世願仍爲酒客，再生恐復作詩人。若爲酒客猶長醉，倘作詩人依舊貧。

前身不識我何人，寧識何人是後身。過去未來都是幻，從知現在亦非真。

現在何須當作真，休論後果與前因。可憐楚楚蜉蝣羽，曾不須臾已化塵。

偶　吟

數十年來詩有魔，近中詩更較前多。傷心恐似春蠶老，吐盡絲時便化蛾。

自笑前詩所見訛，興來走筆瀉江河。蠶絲有盡詩無盡，或比春蠶壽較多。

口　占

或嗟無子或無孫，門户蕭條苦莫論。我有三兒今兩娶，况曾弧矢屢懸門。

自　笑

投筆雖難難操筆，傭書已久久慵書。濫竽竟把竽抛却，南郭先生也笑予。

偶　吟

早知和寡賞音難，縱爾耽吟亦自慚。嘔出心肝渾不惜，但期留與後人看。

仰視蒼蒼首獨搔，苦將詩句寫牢騷。倘然身後逢知己，呼作詩人亦自豪。

贈葉君肖齋

風塵賞識由來少，彼此相看眼獨青。我日思君君不見，怎教白髮不星星。

我日思君君不知，想君思我亦如斯。君如知我相思苦，幸借郵筒寄我詩。

詩酒猖狂數十年，惟將白眼望青天。賞音何幸逢知己，敢爲先生一撫弦。

只爲儒冠誤一生，老來猶作不平鳴。青萍幸遇風胡子，塵匣錚錚夜有聲。

寄蘇君星橋

兄困儒冠近七旬，弟年垂老尚風塵。一生均爲青衿誤，落拓誰如我二人。

終日耽吟拈斷髭，幾多流輩笑吾痴。枯腸搜盡原無恨，身後猶留數卷詩。

寄　　友

栖皇歷盡世途難，彼此終當一例看。深夜錚錚鳴匣劍，想君怒髮亦衡①冠。

依人碌碌奮身難，久別無勞刮目看。十數年來猶故我，依然未脱破儒冠。

寄譜兄星橋

兄患河魚弟依然，天涯同病自相憐。孰知彼此邀天福，舊恙于今各就痊。

老年腹瀉是虚寒，藥物雖多奏效難。遍閲方書尋妙劑，惟應常服理中丸。

自　　述

才疏奚怪困風塵，飢走荒山十四春。長鋏空彈錐未脱，所嗟老大尚依人。

老大依人竟若何，不成一事硯空磨。苦從鷄肋尋滋味，試

---

① 衡：疑當作"衝"。

問微薪有幾何?

薪既無多事更忙，朝朝苦作嫁衣裳。裁縫費盡指尖巧，猶被他人説短長。

妄將長短苦吹求，悔恨傭書筆未投。老去縱無人説項，如何王粲竟依劉?

孫病求醫

風燭殘年倍愛孫，老來心事總難論。尋醫夜走荒山路，冷透重裘體不温。

老去誰知累更多，致令深夜苦奔波。爲孫尚自尋醫藥，試問殘生有幾何?

祭亡子婦

昔者晨昏侍我旁，今番祭汝倍心傷。幼孫在抱啼聲苦，料想游魂亦斷腸。

傷心無奈但長吁，欲哭無聲泪已枯。最是令人難遣處，幼孫晝夜泣呱呱。

自吟答星橋兄元韵

馬裘换酒每呼兒，終日耽吟情更痴。何日與君謀一面，窗前把盞共談詩。

飲如鯨吸老猶狂，一舉何妨罄十觴。除却醉鄉無樂土，漫從詹尹卜行藏。

哭李君筱珊

噩耗飛來忽一驚，傷哉此日掩佳城。關山千里飛難到，北望惟餘痛泪傾。

乘車赴吴村

奮似驚雷急若風，始知人巧奪天工。長房縮地渾無用，百里惟消片刻中。

汽笛一聲天地驚，冷然直若御風行。雷虹電掣龍蛇走，轉瞬經過百里程。

贈李君筱珊

千里心交會以文，汶陽春樹海天雲。料知雨晦風瀟夜，念我應如我念君。

孰賡古調繼斯文，獨激頹波羡子雲（太白詩：揚馬激頹波，開流蕩無垠）。南北各天勞夢想，邇來無日不思君。

咏　史（文姜）

湯湯汶水今猶昔，魯道行人自往回。故館尚然留廢址，文姜何事不重來？

再贈羅君寄盦

弄筆自慚詩有癖，濫竽群笑客無能。何期拙草能登録，聲價足然十倍增。

聲價雖緣一顧增，似余衰朽果何能。所欣御李蒙青睞，竟爾龍門瞬息登。

醉　吟

我乃高陽舊酒徒，醉來拍案一狂呼。風塵敢謂無青眼，南郭居然許濫竽。

集苑無緣獨集枯，年來牛馬任人呼。苦從鷄肋求生活，愧我昂藏七尺軀。

自　咏

春蠶到死尚留絲，已是星星鬢雪垂。話到傷心暗彈泪，枯腸搜盡不成詩。

憔悴閑愁鬢有絲，偶思往事泪空垂。痴兒苦欲相排遣，對我高吟白傅詩。

口　占

幾多富貴付東流，惟有詩文終古留。唐宋王侯安在也，蘇韓李杜自千秋。

搔首來登太華顛，携驚人句問青天。謝公身後殊多幸，知己猶逢李謫仙。

醉　吟

十二萬年天亦老，人生榮瘁總浮塵。樽中有酒須當醉，百歲曾無百歲人。

滄海變田田變海，茫茫世事等飆塵。百年歲月如彈指，眼見今人即古人。

贈鄒君鴻三

君負詩名冠岱南，我思學步總難諳。興來擬把驚人句，也向青天問再三。

十年踪迹走齊南，一代詩人近始諳。所幸相違無咫尺，朝朝開鏡益望三。

餞別丁君序九

泪眼相看酒半醺，匆匆作別悵離群。料知此後相思苦，念我當如我念君。

襲勝膏蘭良可惜，燕泥庭草更堪哀。日昨贈語君須記，亂世多才是禍胎。

臨岐握手語從容，一旦離群意萬重。日昨所言君記否，自來直道戒芒鋒。

儘把牢愁鳴以詩，姓名仍恐世間知。囑君一語君須記，幸勿逢人説項斯。

念　子

膝前三子自成行，兩子從公各一方。伴我晨昏惟少子，奈何今亦走他鄉。

朝朝南望泪雙垂，我獨傷心人豈知。戎馬倉皇音信梗，果從何處覓吾兒。

猿鶴蟲沙劫未休，兩兒北去一南游。衰年犢愛情尤切，日倚門閭泪自流。

夜　吟

憂國常常夜不眠，我雖恤緯亦徒然。但愁逼處滋他族，無復神州瓜瓞綿。

戲贈岳君汶溪、鄒君鴻三

樂天果否是前身，敢以今人擬古人。鄒岳兩君吾所契，一如短李一迂辛（迂辛、短李二人皆樂天詩友，見《香山詩集》）。

戊辰春以詩稿付孔君昭烈

囑君一語泪涔涔，愧我無長但苦吟。詩稿恐遭兵火劫，代爲收拾累知音。

哭徐蔭楣先生

我自慕君如太白，君曾許我是鍾期。可憐此後推敲苦，難遇當年韓退之。

昔賦挽詩兼下泪，今番有泪更無詩。枯腸欲索腸先斷，吟不成篇雙泪垂。

戲　成

周甲于今又二春，可憐憔悴百年身。倘能三醉中山酒，我便昏昏到七旬。

偶　吟

世局愴懷涕自零，大聲難喚世人醒。愁來欲咏中原事，未及成篇筆復停。

戲　成

不愛霜髭只愛詩，苦吟拈斷口邊髭。即成妙句將何用，知否髭獨護我頤。

滴墨全無好咏詩，咏詩終日苦拈髭。未成一字髭先盡，試問何人不解頤。

敢爲憐髭便廢詩，鬑鬑早患我多髭。即都拈斷原無害，省得常常碍朵頤。

三絶吟完又有詩，也知髭斷更生髭。詩成我亦掀髯笑，無怪他人盡解頤。

有　感

恤緯空將老泪零，其如衆醉總難醒。南天處處遭兵燹，况復中州戰未停。

對　酒

風燭殘年逾六旬，世間不死是何人。澆愁但恐樽無酒，休問連朝甑有塵。

八仙才調均卓犖，太白風流尤絶倫。我與諸賢生并世，也應許作飲醠人。

口　占

周甲于今欠二春，樽中有酒甑無塵。子淵短命夷齊餓，自問猶覺勝古人。

贈岳君汶溪

兩人金石早盟心，有幸三生遇賞音。能識夷吾惟鮑子，交情始信古猶今。

兗州吊古

長河西去日升東，惟見浮圖插半空。一代豪華安在也，居人猶説魯王宮。

口　占

流水高山自撫弦，閑將白眼望青天。醉來得句無工拙，草草揮毫近百篇。

懷　歸（辛卯夏作）

渺渺炊烟静夕暉，荒村各自掩柴扉。羡他室家常歡聚，争奈羈人久不歸。

咏　史

稱侄皇帝本昏庸，賊檜偏將君惡逢。所怪舉朝皆木偶，無人一語悟高宗。

偶　吟（丙戌）

從來不慣因人熱，今日因人熱已多。減却鬚眉丈夫氣，縱然孤潔奈貧何。

贈孫君文齋

三生有幸得同群，取號文齋信好文。不露才華甘市隱，若論風格孰如君。

前承惠借餘霞集（黄太史詩集名《餘霞》），朝夕吟哦企慕深。畢竟才疏難學步，空勞往哲度金針。

對　酒

隻鷄斗酒樂陶然，適我幽情醉後天。静對琴書無别事，閉門閑讀養生篇。

甲寅春有感口占

南轅北轍苦奔馳，咄咄書空枉自疑。只道亡羊是歧路，那知歧路更多歧。

讀白香山詩

生平最羡香山叟，今讀遺詩喜欲狂。若與先生生并世，也應許我拜門墻。

自　咏

幾多家事挂心頭，老眼摩挲泪自流。漫説行年未周甲，邇來蒲柳已望秋。

感　舊

險阻艱難我備嘗，未營一窟鬢如霜。邇來回憶當年事，猶復潛然泪數行。

即　事

兩子年終尚未回，家書忽向夜深來。開緘讀悉孫無恙，不覺掀髯笑靨開。

河上有感

浩浩奔流直向東，滄桑變幻古今同。醉來箕踞河干上，世事都歸一笑中。

公文因誤一字赴兖更正

作嫁于今鬢已皤，濫竽南郭竟如何？早知深夜奔馳苦，爲甚當時一字訛。

夜　吟

枯腸搜盡句難成，比及吟成已二更。欲喚痴兒録詩稿，夜深又恐夢魂驚。

譜兄星橋蘇君贈詩以香山、長吉相擬，賦此以謝

香山詩妙原無匹，長吉才奇更出塵。承惠佳章勞獎飾，只慚所擬不于倫。

即　事

再過三日爲初度，兩子從公均未回。不覺掀髯開笑靨，只緣次媳抱孫來。

贈楊伯榮（是年伊方十七歲）

我已衰年汝妙年，殷勤代我録詩篇。苦吟莫笑余成癖，衣鉢還須賴汝傳。

步韵答孔君昭烈

生成笨伯愧文雄，壯不如人况老翁。漫以杜陵相比擬，明珠魚目總難同。

閑　咏

獨行踽踽漫長嘆，對酒高歌且盡歡。無怪邇來憔悴甚，朝朝我與我盤桓。

記　夢

有弟多年遠别離，老來骨肉倍相思。連宵入夢緣何事，比及醒時反自疑。

即　事

文章幾輩誇黄絹，詩句何人罩碧紗。痛哭獨陳治安策，漢庭誰憶賈長沙。

閨　情

征袍欲寄終難寄，深夜挑燈自紡紗。枕上遼西猶有夢，知無伯也已無家。

口　占

家室經營計本疏，繼承安得舊田廬。殷勤授與兒孫讀，腹笥惟餘數卷書。

規　友

信口雌黄訕笑頻，一言敢進且休嗔。他人笑我君知否，笑我應如我笑人。

終朝啞啞笑言頻，敢謂他人莫我嗔。想到他人曾笑我，有何心緒笑他人。

即　事

苦爲兒孫作馬牛，奔波到老尚難休。始知罔極無從報，念昔先人雙泪流。

偶　吟

論世恐干流俗忌，讀書怕被古人欺。更無别事消長夏，終日昏昏酒一卮。

答鄒君鴻三

白髮蕭蕭各暮年，回天無術枉憂天。澆愁願共常常醉，沽酒莫嫌斗十千。

喜三子回汶 (伊充浦口司報，丁卯四月因亂逃歸)

是真是夢總難猜，不料吾兒今又來。喜極反悲緣底事，涔涔不覺泪盈腮。

自　　咏

惟最俗人偏避俗，是真名士自逃名。我因才短銷聲久，入世何須我獨清。

示　　子

昏昏終日醉醇醪，痛飲拼將塊磊澆。不是乃翁思縱酒，邇來心緒太無聊。

度歲偶吟

六旬近復增一歲，七秩于今欠九年。甑内無塵樽有酒，得歡然處且歡然。

有感

天長地久猶彈指，人事終當泡影觀。試向昆明池底看，茫茫千古劫灰寒。

步韵答甯君樸園

君負詩名似劍南，似余碌碌敢同談。何當造謁聆清誨，汩汩文瀾舌底翻。

自咏

月領微薪洋廿八，生涯漫道不如人。終勝當日充西席，館穀終年數十緡。

鄒君鴻三，達士也，日昨贈余一聯云：不老是何人，試看跨鶴騎鯨，無數名流隨物化；返真莫先我，待作鼠肝蟲臂，好留狂客倚門歌。余甚欽佩，因賦此

一語便知君達士，百年曾有幾朝昏。倘然桑户真先返，應有高歌客倚門。

即　事

頭顱老大髮星星，泪眼摩挲酒未醒。有子喪妻孫喪母，那堪垂老見飄零。

平時曾作達觀語，事到傷心泪亦零。一飲縱能千日醉，但愁醉後有時醒。

贈高君澤春

汶陽市上久懸壺，醫術群推高大夫。猶記去春曾病齒，一經妙手痛全無。

贈繆太史東麟（戊辰元旦）

公年七秩還增七，馬齒于今六二春。翹望濟垣遥拜祝，匆匆歲序又更新。

轉盼青陽逼歲除，未知眠食近何如。料公矍鑠今猶昔，謹上華箋問起居。

贈星橋譜兄（丁卯除日）

我兄周甲還增八，馬齒于今六二春。彼此共年百三十，可憐兩個白頭人。

作嫁原來不濟貧，况經數月未開薪。債臺高築猶餘事，度歲依然甑有塵。

景升豚犬那堪論，薄德知難裕後昆。弧矢屢懸殊有幸，季冬望日又生孫。

戊辰春歲饑（唐君彥甫、鄭君壽山捨粥食餓）

目擊流離劇可傷，兩君獨具熱心腸。黔敖故事今重見，食餓朝朝置義漿。

贈藍君鳳翥（君過汶見拙草，謬加推譽并贈以詩，因步謝）

風塵何處覓知音，終日拈髭枉苦吟。聞道周郎今顧曲，未曾識面已傾心。

贈陳君孟文（車中相晤，傾談甚快）

荒山飢走身將老，賞識風塵乃遇君。知管夷吾惟鮑子，傾談不覺到宵分。

寄張君履橋（丁酉秋，余由津赴大名中途乏資，曾叨酒食并惠資斧）

痛哭窮途苦莫論，登門曾得飫盤飧。回頭三十年前事，刻骨難忘一飯恩。

哭譜兄李君静波（君諱濤，獻陵小營村人，距余村數里。前清甲辰、乙巳間，余館君家。其哲嗣文垣、文舫皆從受業，諸蒙優注，并聯盟好。一旦仙逝，實愴于懷。因余游山左，不及吊唁，謹賦二絶并擬一挽聯寄上，藉以志感）

水乳交融舊主賓，况同宗姓倍相親。那知遠别成長别，一旦君先作古人。

二十年前車笠盟，扶持顛危最關情。除兄以外誰知我，北望惟將老泪傾。

附挽聯一則

苔岑結契早盟心，回首憶前塵，若論持危扶顛，世上别無知己；

鬢髮滄浪猶泛梗，臨風揮老泪，枉自傾觴布奠，天涯何處招魂。

哭傅君介眉（君哲嗣伯榮曾從余受業）

忝係通家原夙好，若論甲子更相同。那知予尚荒山走，君已仙歸兜率宫。

朝夕晤談常抵膝，主賓結契早忘形。回頭二十年前事，不覺涔涔老泪零。

冒雨訪譜弟汶溪

勃然吟興敢徘徊，願與知音懷共開。踏濕芒鞋渾不惜，殷勤只爲賦詩來。

次日又過訪諸君

昨朝曾説不重來，今者無端去復回。屢屢相過緣底事，門前踏盡舊苺苔。

懷劉太史仲良（丁酉秋，余飢走四方，抵青縣遇太史，曾蒙賞識，得共杯酒并惠資斧刻，已三十餘年，感不去心，因賦此）

丁酉秋間得識荆，曾叨杯酒并囊傾。邇來回憶當年事，圖報無從愧此生。

汶陽歲飢，學界諸公請上峰發粟

目擊流離援手難，一夫不獲我何安。發棠小惠雖難遍，也濟齊南萬户寒。

贈楊君福林

藏身宛似壺中隱，濟世猶傳肘後方。仲景東垣今不作，人間近復見醫王。

贈汶溪弟

尺寸無長但苦吟，郊寒島瘦費追尋。莫嫌冒雨來相訪，塵世微君孰賞音。

閱運川弟詩

頹唐歲月苦吟身，近見君詩妙絶倫。青勝于藍殊所幸，于今衣鉢有傳人。

記　夢

舉酒澆愁罍十觴，醉來倚枕夢方長。孰知夢亦多顛倒，又引愁魔入睡鄉。

贈袁君卧南

我號瀛南君卧南，若論才調敢同談。不期阿好相推許，愛我情深千尺潭。

一居地北一天南，邂逅欣聆娓娓談。詹尹也應憐屈子，行吟憔悴老江潭。

贈繆東麟先生（公隱居濟南南門外，齋名亦山林）

唐虞箕潁古猶今，我到高齋企慕深。居近囂塵心自遠，始知城市亦山林。

漫　感

薇蕨首陽悲餓殍，膏蘭南國惜清流。箕山若不逢堯舜，未必河干許飲牛。

懷張炳漢先生

居同里閈年相若，况係葭莩誼倍親。地北天南勞夢想，可憐同是白頭人。

懷王耀亭表兄

四十年前同硯席，一千里外阻關河。老來懷舊心殊切，親故于今剩幾多。

懷陳星海賢甥

齒原相若余差長，白髮蕭蕭劇可憐。叨係葭莩關念切，嗟哉一別十餘年。

懷表弟張君慶麟

弟年五秩還增五，甲子餘今六二秋。我已倦游曾識否，邇來齒脱雪盈頭。

懷子陽堂弟

一客遼東一汶陽，别來不覺十餘霜。所嗟彼此年皆老，書劍猶然滯异鄉。

寄廣文大侄（戊辰夏四月）

匆匆作別憶前塵，我調齊門汝漢濱（前與余同充津浦警務書記。甲寅春，余由臨城調濟南，伊由濟南調任川漢警務書記）。十五年來如一夢，嗟余猶作异鄉人。

懷温石琴先生

十年不見阻關河，朋輩于今有幾多。嗟我支離成病叟，未知眠食近如何。賓主歡情未敢忘，記曾兒輩（君任泊頭鎮學校教員，余子俊民、英民、秀民皆從受業）附門墻。當年豚犬今成立，近各從公天一方。

蓋君慶元戊辰春因歲饑施粥

莫言小惠終難遍，我本惟求盡我心。不惜資財蘇餓殍，黔敖高義古猶今。

丁卯三月望日，譜弟岳汶溪過訪，留與共飲，歡甚，因叠韵聯吟絶句四章，以志佳會

聚首言歡杯酒中（倬卿），心交總不與人同（汶溪）。更無別處尋知己（倬卿），汶北瀛南兩老翁（汶溪）。

世慮都歸一笑中（汶溪），形骸雖隔此心同（倬卿）。酒杯以外皆虚幻（汶溪），得失何勞問塞翁（倬卿）。

圣學荒蕪荆棘中（倬卿），欲敦古處調難同（汶溪）。吾儕果有期頤壽（倬卿），也願傳經效伏翁（汶溪）。

投機只在片言中（汶溪），膠漆情深臭味同（倬卿）。若與古人相比擬（汶溪），何如元白兩詩翁（倬卿）。

贈譜弟郝君明齋

雲天高誼總難忘，金石論交已十霜。教誨代余尤所感，兩兒先後附門墻（小兒俊民、英民皆從授業）。兄已衰年弟壯年，論才十倍更無前。鵬圖九萬終須奮，伫望雲程早着鞭。

贈王君星五

未成一事衹耽吟，塵海微君孰賞音。前者所言猶在耳（前寄蟲雜咏，極蒙獎許，謂可傳世），感深知己泪涔涔。

懷倪雲庵夫子

公生己未余丁卯，論齒公原長八春。四十年前曾立雪，邇來我亦白頭人。

憶戴春陽夫子

屈指公年近八旬（公生辛亥，時年七十有八），春風化雨憶前塵。邇來康健應如昔，嗟我東游十六春。

懷張蓉坡先生（丁未，公任本縣勸學所長，余充勸學員兼高等教員。蒙縣長吕公燮甫褒獎五品。公爲加“品端學粹，才具優長”考語，刻已二十餘年，感不去心）

齒德如公真碩果，栖皇似我尚飄萍。回思往事殊多感，賞識風塵眼獨青。

懷譜弟王君夔笙

自從弱冠聯盟好，轉瞬年皆六十餘。我尚依人壓金綫，未知佳況近何如。

贈譜弟宗君耀廷

門多食客誰能似，仗義疏財信寡儔。昔日孟嘗今再見，大江南北盡交游。

有　感

一杯難救車薪火，斗酒寧消萬斛愁。老矣久忘塵世事，最關心是杞人憂。

杞人何事獨憂天，廢寢忘食有孰憐。是否天傾猶未卜，無端憔悴促餘年。

自　嘲

更有何人似我狂，苦吟終日爲誰忙。生平絶少驚人句，搔首時還問上蒼。

更有何人似我狂，以生爲寄醉爲鄉。老妻不比劉伶婦，斗酒時常爲我藏。

更有何人似我狂，竹城作戰屢傾囊。時還笑向山妻語，一擲千金尚未嘗。

更有何人似我狂，過門大嚼快非常。邇來齒脱餘無幾，染指猶思一臠嘗。

更有何人似我狂，烟霞嘯傲日爲常。老妻休作河東吼，此樂勝于南面王。

晚　吟

向無心緒是衰翁，近更昏昏似夢中。忽見燭摇吹欲滅，始知窗破不遮風。

日則三餐夜一眠，時還飲酒賦詩篇。老來幸有清閑福，是否前身白樂天。

感　舊(懷李君筱珊，“憂時子”其號也)

憂時子歿無詩伯，儒雅風流孰我師。感舊不時揮老泪，可憐宿草已離離。

贈王君鎮東

一生心事付吟哦，有志無時憤慨多。言勇愧同敗軍將，除君知我更誰何。

嗟余老大尚泥塗，碌碌因人豈丈夫？知我近雖逢鮑子，祇慚不是管夷吾。

寄楊君績仙

朝朝翹首望滹沱，親故于今剩幾多。叨係葭莩應念我，廿年流落泰山阿。

天涯老友數行書，絮語殷勤問起居。尺素封時君記取，仲秋廿日二更初。

寄　友

雙十節前修尺素，到時應已近重陽。寄書更把還雲盼，莫待東籬秋菊黄。

咏　史（李白）

失節無端附永王，當年曾救郭汾陽。若論功罪應相抵，放逐如何到夜郎。

弄　孫

六旬老叟五齡孫，并坐含飴且舉樽。醉捋吟髭向天笑，夕陽雖好近黄昏。

自　嘲

六旬枉過生何補，一事無成死已遲。言勇羞同敗軍將，不逢知己不談詩。

王粲懷才悲不遇，吕嘉有志恨無時。迂疏似我何悲恨，縱困泥塗亦所宜。

無命未須傷薄命，有生所恨是虚生。讀書萬卷成何事，老矣空談紙上兵。

草草揮毫吟六章，又成三首始登床。止吟九首緣何事，一首詩搜一曲腸。

語　行　人

莫向深山險處行，行時亦要看分明。請君舉足隨高下，縱是崎嶇路亦平。

贈劉君嶧桐

作別于今二十春，一堂晤對憶前塵。嗟余病骨支離甚，猶作東西南北人。

自我東游十六春，樽中有酒甑無塵。夕陽雖好黄昏近，旦暮將爲地下人。

我年垂暮汝青春，近見文思妙絶倫。讀罷來函時一笑，將來衣鉢有傳人。

嘆　老

大夢將醒尚未醒，假年無術藥無靈。劇憐蠶老絲猶在，肯把生前詩筆停。

酒　後　吟

飲盡一壺還有酒，吟成二律別無詩。漫言藉酒催詩興，詩思反因酒更遲。

寄張知言

九萬扶搖會有期，一枝暫借也相宜。要知行遠皆從邇，正是鵬程發軔時。

苦　夏

苦寒折地是嚴冬，轉盼春過夏令逢。赤日行天炎似火，誰知避熱又無從。

閑　雲

不爲霖雨不從龍，出岫無心意亦慵。衹向深山深處去，亂峰重叠又添峰。

謝　友

囑代同人撰祝詞，殷勤并復饋隆儀。老夫絶少生花筆，敢受諸君潤筆資。

和朱君品三

未奮鵬圖返故居，君猶若此我何如。故人莫問年來事，涸轍依然困鮒魚。

節近重陽風雨寒，茱萸正擬共君看。邇來亟盼飛雙鳥，莫待東籬黄菊殘。

又寄前人

塵海何期遇賞音，逢人説項感尤深。徐君既爾憐同病，請借鴛鴦好度針。

和楊君績仙

惟我憐君君我憐，所嗟風燭各殘年。時常對鏡看尊照，一樣蕭蕭雪滿顛。

咏　蘭

當階蕤蕤愛幽蘭，物本希奇購自難。願向花前置明鏡，一叢借作兩叢看。

贈徐君靄人

歲寒昔老成三友，不料今惟剩二人。死別生離均有感，南瞻北望兩酸辛。

贈陸君豫南（未識面，贈《劍南詩》二卷以答，録三首）

我今六秩方增七，論齒君還長四年。莫道桑榆均暮景，願從翰墨結因緣。

未曾識面久相知，雨晦風瀟擊我思。承惠藥言銜感甚，殷勤并惠劍南詩。

君寄津門我汶陽，可憐縮地總無方。吟成四絶遥相寄，幸把還雲惠數行。

寄楊君績仙

汶河北岸獻陵東，雲樹關懷兩地同。彼此桑榆均暮景，一年容易又秋風。

題蘇君星橋遺集

昔者君曾序我詩，今題遺集泪潸滋。枯腸搜遍無佳咏，强吐春蠶未盡絲。

一朝版出壽山河，猶幸門墻有鏡波。次第編成心力瘁，幾經參考幾搜羅。

生有文章驚海内，歿留詩卷在人間。料知詞賦江關動，應似當年庾子山。

嗟君竟與世長辭，儒雅風流孰我師。閑把遺編再三讀，可憐無字不珠璣。

良友悲君已返真，代刊遺稿不辭貧。一生一死交情見，更有何人似靄人。

寄徐君靄人

老來風燭感年華，近更支離倍有加。不道吾衰君亦爾，可憐淪落各天涯。

陸君豫庵函索拙集，因前已分贈同人，無以應命。不得已，又向敝友索還一部寄上，因賦此

前將拙集贈交親，今已無餘負故人。暫借一編聊應命，也同與醯乞諸鄰。

即　事

嗟余老尚戀微薪，碌碌依人甚可嗔。聞道今將頒逐客，庶幾還我自由身。

和蘇君星橋

江淹才盡已多時，欲和佳章苦構思。果得探驪稱佳作，三年二句未爲遲。

説到窮愁我亦愁，當年一樣典羊裘。所嗟塵甑今如昔，耄矣勞肩尚未休。

四兩八錢曾食禄，迄今剩有廩文存。回思往事應如夢，此紙應同廢紙論。

苦將吟咏了殘年，纍牘連篇手自編。更有醉魔驅不得，時常脱帽笑張顛。

自　咏

齒髮驚心命可知，且將樂趣博含飴。三兒相率從公去，每倚門閭泪若絲。

有　悟

鳶飛魚躍皆真趣，流水行雲見道心。色即是空空即色，眼前妙悟孰追尋。

示 友

汗牛充棟皆糟粕，摘句尋章計已疏。酌古未能惟嗜古，不知皇古讀何書。

自 咏

百歲光陰惟醉酒，一生事業衹吟詩。劇憐病骨支離甚，猶復傾觴更撚髭。

贈侯君西庵

不將拙草糊窗壁，猶復殷勤惠版資。愧少瓊瑶酬雅意，謝君惟賦一章詩。

咏 病

壺中縱有回生藥，世上原無却老方。久病未儲三歲艾，更于何處覓醫王。

每晚皆賦詩數首，因竹戰已疲不果賦

邇來無日不吟詩，戰罷誰知力已疲。强索枯腸無一字，空教撚斷數莖髭。

自　咏

老去惟餘詩有癖，愁來更與酒爲緣。床頭無酒何從飲，伏枕哦詩也數篇。

即　事

四絶吟成又賦詩，前言戲耳莫余嗤。况年六秩還增二，我不蘧瑗非亦痴。

自　寬

六旬近復增三歲，八口今還多四人。家計况兼非昔比，多年甑釜已無塵。

即　事

兩孫啼笑總堪憐，次甫三周少一年。還有長孫纔五歲，也能戲彩壽筵前。

喜長男返汶

門閭倚望苦徘徊，三子從公均未回。再過二朝即初度，長男恰自遠方來。

自 遣

久客莫言身似梗，衰年休嘆鬢如絲。眼前有樂隨時樂，我亦當年榮啓期。

思歸何必心如箭，感舊何須泪若絲。且自放歌還縱酒，人生寧有百年期。

自 咏

縱酒向來無酒德，好詩也願博詩名。愧同庾信悲蕭索，安得江關動有聲。

喜汶溪弟來舍

我盼君來君果來，相逢一握笑顔開。我慚别後無佳咏，敢問君詩幾度裁。

附和作

珠履三千客盡來，弟來恰值壽筵開。祝詞鄙俚殊多愧，還望吾兄爲剪裁。

和汶溪弟原韵

耽吟忘食并忘眠，詩律精來是老年。若與唐人相比擬，雖居王後亦廬前。

匆匆吟就十餘篇，將寐餘情尚勃然。詩思苦搜腸九曲，孤燈挑盡未成眠。

自　寬

既有男孫復女孫，多孫亦足伴晨昏。三兒雖盡從公去，何事朝朝更倚門。

繩武無端枉盼孫，吾生還有幾朝昏。諸孫即便能如我，縱不繩樞也篳門。

自　咏

四個男孫一女孫，多孫亦足伴晨昏。含飴且自尋歡趣，甑底生塵不要論。

六旬雖過休嫌老，四壁全無莫怨貧。貧者尚多非獨我，老于我者豈無人。

有　悟

夭壽到頭都是夢，榮華過眼便成空。桑田幾見成滄海，得失何勞問塞翁。

每于歡處憂常切，偏在閑中病更多。非果有憂還有病，不知來日是如何。

心清在抱養天和，啜飲糟醨奈我何。未見人人皆嗜酒，那知亦復醉人多。

既無實業存時建，安用虛名歿後垂。每笑南山文蔚豹，生前隱霧死留皮。

寄李君肖峰

如君大筆乃文雄，愧我耽吟吟未工。但願金針還見度，時將佳作付郵筒。

未親君面見君詩，縱是新知若故知。我有一言休見却，公餘煩代訓豚兒。

我號瀛南君肖峰，既同詩癖復同宗。效顰莫笑東施醜，四絕吟成意萬重。

杯酒何當共論文，淮南風月汶陽雲。知無相地心相印，一讀君詩如見君。

寄 友

南天翹望正徘徊，忽接華函一笑開。千里馳書勞慰問，殷勤并復寄詩來。

羡君妙思涌春泉，李子吟情亦勃然。倚馬有才詩有畫，一如摩詰一青蓮。

敢將一言訴微衷，痴子年來心尚童。近幸不時聆大教，居然小草被華風。

匆匆草就數行書，并賦詩篇問起居。我自念君君念我，便中仍盼惠雙魚。

和謝君樹森

脚跟無綫走西東，每恨鴻毛未遇風。所幸周行今示我，不教阮籍哭途窮。

欲把佳章和一篇，邇來才思薄于棉。嗟余寒瘦同郊島，君乃當年李謫仙。

枯腸搜盡不成篇，自恨年衰力更棉。最愛風流高格調，騷壇健將酒中仙。

寄孔紹先弟

謀新捨舊莫遲疑，魚樂深池鳥有枝。昔者亡羊追莫及，補牢今尚未爲遲。

贈謝君樹森

久欽重望斗山齊，況荷佳章賜品題。得便尚煩移玉趾，早經除徑掃香泥。

明珠魚目本雖齊，拙集寧堪八字題。摭拾謬蒙殊有感，不教燕石久藏泥。

偶　言

祖龍鞭石石可轉，魯陽揮日日可返。挾山超海又何難，無奈心長髮已短。

寄　友

雄鷄斷尾果奚爲，死豹留皮亦可悲。斷尾終成人報曉，留皮誰復管中窺。

喜周瑞岐弟來汶

脚跟無綫走他鄉，自別家山二十霜。無怪今朝聞鵲報，惠來恰是舊門墻。

相逢一握笑顔開，不話寒暄且舉杯。二十年前共晨夕，那知又從遠方來。

鄉關翹望泪空揮，老大依然難拂衣。如見故知煩寄語，歸心似箭未能歸。

寄　友

弄斧班門每自慚，曾將拙集寄君看。多情縱把金針度，祇恨才疏學步難。

和韞璽兄

幸余三卵已三成，少子完婚更慰情。此後別無心事在，看山玩水任游行。

邇來齒壑更頭童，病骨支離笑此翁。深愧知交阿所好，竟以婁曠譽盲聾。

抵膝聯吟詩數行，兩人踪迹盡他鄉。相逢衹恨同萍水，勞燕東西各一方。

不信求魚木可緣，食無兼味漫開筵。且歌一曲同歡飲，君是詩仙我酒仙。

又疊前韵

愧余百事一無成，枉有揮戈返日情。老馬爲駒殊可笑，也如跛者不忘行。

笑我年衰心尚童，生花無筆愧詩翁。推敲見示殊多感，鐸教于今幸振聾。

論齒兄原是雁行，開懷共飲醉爲鄉。羨君得享田園福，余口今猶糊四方。

老來衹與酒爲緣，共醉壺觴且肆筵。漫道古今不相及，八仙以外豈無仙。

寄岳君汶溪

前訪鄒君偏不遇，弟雖過我未遑談。日來知否相思苦，寢不能安食不甘。

老去惟餘詩有癖，别無知己可論詩。連朝又賦詩多首，亟盼君來爲指疵。

車中逢舊友唐君中立

東勞西燕恨方長，分手于今已十霜。不料車中偏邂逅，驚心鬢髮各蒼蒼。

賀劉君樂軒晋級二首

衹緣同病劇相憐，鵲報欣聞一粲然。非獨賀君兼自賀，斷無茅拔不茹蓮。

久慚碌碌奮身難，何幸君今復舊觀。還望鼎言常説項，好教貢禹也彈冠。

歸　思

汶河西去尚東歸，秋雁南征還北飛。嗟我廿年羈岱下，鄉關翹望泪空揮。

送友二首

年來筆札屢分勞，久困樊籠惜羽毛。此次南游應遇順，伫看鵬翼薄天高。

論交已是忘年友，此別如失左右手。留君且作一夕談，別後望雲空翹首。

贈蘇君星橋小照

千里知交會面難，權將小照寄君看。五年前已曾相贈，憔悴應知又改觀。

贈鄒君鴻三小照

幸君過我共盤桓，此會翻愁復會難。小照贈君無別意，別來思我好相看。

贈吳梅蓀

知音已作經年別，聞教思聆一夕談。料想故人應念我，也從齊北望齊南。

贈張壽符内兄

君過七旬我六旬，吾鄉剩有幾交親。拍將小照遥相寄，應念天涯淪落人。

贈劉嶧桐賢契

廿載羈游汶水濱，一堂晤對憶前塵。今翻拍照遥相贈，應嘆蕭蕭白髮新。

贈岳君汶溪

病骨支離白髮生，叨繫臭味結蘭盟。贈君小照煩收拾，好向窗前共晦明。

無　　題

早慚拳曲一枯枝，錯愛猶將繩墨施。請向山中求大木，菲材寧足辱工師。

寄傅君桐航

懷才寧久困閑曹，遠舉由來豐羽毛。居此莫嫌終鬱鬱，扶摇會上九天高。

小　　鳥

小鳥幽栖籬落邊，羽毛未滿敢喬遷。如何燕雀非鴻鵠，也自高飛欲上天。

贈傅君桐航（四首）

愧我無長但苦吟，客中有孰共追尋。多君雅意憐同病，流水高山獨賞音。

縱是新交若故知，以文會友見嫌遲。相逢一笑心相印，不話寒暄但論詩。

常説天涯若比鄰，與君況是隔墻人。過從此後無朝夕，彼此還當迭主賓。

我來汶上十餘春，今讀新詩妙絶倫。舉目遍觀天下士，除君以外别無人。

黄臺橋道中

四面環村盡緑楊，緑楊陰裏藕花香。溪邊更有人如玉，斜依苔磯自浣裳。

贈王君异凡

老態龍鍾每自慚，維新世界舊衣冠。寄將小照煩收拾，莫令他人冷眼觀。

贈傅君桐航

小詩鄙俚不成章，莫笑人情紙半張。句縱未工情自切，此番搜盡九回腸。

戲　吟

信口吟哦信手題，詩成已唱五更鷄。不知句果驚人否，笑向床頭問老妻。

夜與汶溪共談，憶及學川

剪燭同吟汶上秋，推敲未就憶同游。及門更有誰高足，擱筆尋思泪欲流。

自　嘲

不蝕新書蝕舊書，書叢寢饋幾居諸。劇憐編簡消磨盡，苟活猶留老蠹魚。

漫吟和友

廿載羈游汶水西，移家猶幸未忘妻。縱然弱質同蒲柳，客到還知具黍鷄。

念　友

撫今追昔總堪傷，縲絏無端困冶長。本爲憐才關念切，論情況係舊門墻。

閑　咏

除非玩水即游山，天假年華鬢已斑。回憶少時同學友，幾人得老幾人閑。

訪老友鄒君鴻三不遇

不辭衰病勉相過，衹爲離群感最多。方幸登堂謀一面，那知大駕又之他。

種　荷 (四首)

瓮種荷花盆植桂，一開盛夏一中秋。籬邊還有新栽菊，准備重陽插滿頭。

種桂種荷兼種菊，看花次第到秋殘。階前還擬將梅種，留得孤芳耐歲寒。

梅開時節百花殘，落落休嫌形影單。并擬種松兼種竹，好教三友共盤桓。

曾栽桃李不成陰，回憶當年抱憾深。衆卉此番新手植，也堪少慰老人心。

寄楊君績仙（二首）

君乃詩豪我酒狂，一居故里一他鄉。不知何日能相晤，對坐拈髭更舉觴。

我狂何敢笑人狂，暮暮朝朝入醉鄉。切莫獨醒如屈子，願偕知己共傾觴。

送石澤珣弟（二首）

兩人同病信天緣，那料匆匆又北旋。道路阻長情不隔，有詩莫忘付郵傳。

嗟余老境已頹唐，除却耽吟無别長。青勝于藍殊所望，騷壇有幟樹吾鄉。

度　歲

兩目昏昏雪滿顛，早驚歲月屢推遷。履端今較前尤速，未及春來已到年。

問　目

前爲爾昏常帶鏡，于今帶鏡爾仍昏。在官爾果司何事，科罪當以溺職論。

目　答

謂我昏昏我亦知，欲加之罪豈無辭。爾心不在安能見，小體原歸大體司。

問　齒

爾今剛吐柔難茹，去否原來任自由。爲甚摇摇終不脱，妨餐礙飲苦勾留。

齒　答

食糠咬菜苦消磨，若是論功功已多。我輩一朝如盡去，過門欲嚼復如何。

問　髮

鬢毛漸脱不堪梳，櫛沐頻施記得無。爲甚爾來皆自落，不曾戀戀老頭顱。

髮　答

世風今昔豈相如，非我疏君君我疏。若不見幾先自去，早經芟薙已無餘。

問　耳

五官分職爾司聰，怪爾于今偏即聾。豈是未將渾沌鑿，不知何以褎如充。

耳　答

厭聞世故是衰翁，爲甚翻嫌我不聽。倘我在官能盡職，不知何以作痴聾。

問　口

辯似懸河苦不休，五官唯汝慣招尤。老來本擬三緘汝，底事無端又啓羞。

口　答

樞機一發信難收，騰舌原來非自由。爲甚放言招物議，不知反己反他求。

賀友納妾（四首）

梁孟齊眉劇有情，貯嬌金屋又新成。同居二美原無礙，恰好娥皇伴女英。

室有英皇喜可知，兩無猜忌總相宜。羨君雙握凌雲筆，一畫新眉一舊眉。

如君艷福本無涯，其舊其新盡孔嘉。此復珠胎應并結，一年兩度茁蘭芽。

無可承筐賀以詩，更將片語解君頤。喜筵未得叨杯酒，餘瀝還期賜一卮。

咏　史

曼倩高風縱不群，餘情亦復眷釵裙。無端割肉休言壯，不賜他人賜細君。

咏　史

漢待功臣恩縱薄，繼興滅絶亦酬庸。陰謀若果無陰禍，曲逆緣何不續封。

咏　史

授書前既逢黄石，避穀還將訪赤松。蕭相被囚韓信戮，一身來去獨從容。

戲吟贈内 (四首)

竹戰歸來夜已深，無端獅吼果何心。明朝莫患炊無米，還有床頭未盡金。

反目相看謫我深，老夫畢竟有雄心。些許勝負何勞問，市骨猶償五百金。

博雖小數趣原深，縱耗資財亦快心。知否仙家黄白術，有時點石便成金。

一言相告意尤深，老輩寧無裕後心。腹笥便便卿識否，一經究勝滿籯金。

戲吟贈友

二八佳媛郎四旬，藍橋佳會亦前因。但愁不待紅顔老，君已蕭蕭白髮新。

傅君桐航余契友也，曾擬“一腔心事憑詩訴，滿腹牢愁藉酒澆”二語見贈，賦此以謝

多謝知音擬一聯，苦將心事代余傳。祇慚强酒原無量，斗酒尤難詩百篇。

密雲不雨

出岫無心也有心，蒼生待澤望原深。如何到處奇峰矗，祇作雷霆不作霖。

飲　酒

老來酒力本難勝，偶爲澆愁量亦增。狂飲擬同鯨吸海，可憐有酒不如澠。

早起訪友，未起，留詩而去

昨宵曾咏數章詩，急欲知音爲指疵。不道我來君未起，高齋伫待已多時。

親翁孫君英臣來舍

日日盼君君果至，相逢一握笑顔開。小孫也解呼阿母，喜

說今朝外祖來。

寄　　友

姓名何必使人知，即便爲犧亦莫辭。每笑雄鷄與文豹，一甘斷尾一留皮。

寄石澤珣弟 (二首)

掀髯一笑啓瑶函，更把新詩誦再三。三日别來當刮目，于今青已勝于藍。

望雲思友正徘徊，忽遞佳章囑我裁。好在北風殊有便，還期陸續寄詩來。

自　　咏 (二首)

周甲于今又二春，可憐歷碌百年身。若論六十還田例，應早偷閑作散人。

六旬雖過休嫌老，四壁全無莫厭貧。貧者尚多非獨我，老于我者豈無人。

贈吴君梅蓀

羡君已斷芙蓉癖，同病相憐繫念多。心體從兹應廣胖，未知吟興近如何。

答王君异凡

當年雖亦識之無，爾日生花筆已枯。早識君才勝十倍，豈應從瞽問迷途。

語　家　人（二首）

風燭殘年無幾時，叮嚀告汝汝應知。夜來少寐常思食，須識枯腸不耐飢。

衹因病骨久支離，甘作痴聾汝豈知。家事我今全不問，但求無復我瑕疵。

讀《香山集》

敦厚温柔三百篇，後儒誰得悟真詮。漢唐以下多詩伯，不羡他人羡樂天。

寄劉君鏡宇（二首）

我盼君來君不來，朝朝南望幾徘徊。滿城風雨重陽近，莫待東籬叢菊開。

因懶修函故賦詩，并將瑣事告君知。年來少子殊關念，近幸南游借一枝。

自　　笑

可憐老馬將埋骨，猶吐春蠶未盡絲。枵腹自捫再三問，不知尚有幾多詩。

寄黄玉書弟

別後慚無一致書，未知佳況近何如。天涯老友殊關念，尺素飛來問起居。

感　　舊（四首）

自從故舊凋零後，不敢重吟哭友詩。非是文通才已盡，恐教地下更增悲。

嗟余病骨早支離，風燭殘年尚幾時。泉下故人勞久待，見時應笑我來遲。

來早來遲莫我嗤，彭殤一例復何疑。縱然稍緩須臾死，不過多吟幾首詩。

李葉二君相繼逝，徐君又作夜臺游。生前各有生花筆，地下何人共唱酬。

步和蘇君星橋見贈詩三章，因搜腸以答

蠶尚吐絲能作繭，螳猶奮臂可當車。劇憐脉望終難化，生死書叢老蠹魚。

家貧難下留賓榻，才薄誰停問字車。多謝故人深愛我，不時猶復惠雙魚。

目昏安得窺毫末，齒脱兼惟剩輔車。老境頽唐君莫問，爾來疾復染河魚。

乙丑春參加五四游行于汶陽

愛國青年具熱誠，沿街演説涕縱横。嗟余病骨支離甚，猶自扶笻逐隊行。

無　題

愧無佳咏苦拈髭，敢以推敲質退之。此後高軒如過我，請談風月莫談詩。

自　述

芒鞋竹杖自閑閑，野鶴孤雲共往還。老去更無餘事在，除非觀水即看山。

對　酒

興來不過三杯酒，醉後惟吟詩數篇。一斗酒成詩百首，兼長還讓李青蓮。

謝人索詩

因索余詩煩致書，愧非美玉敢沽諸。已將舊稿糊窗壁，餘者還留飼蠹魚。

前寄書楊君久未見復

燕南魯北路迢迢，日盼還雲首自翹。近或事繁慵作答，不然應是付洪喬。

蓼　花

花開陸續到秋殘，無奈凄凄風雨寒。不自頹唐悲暮景，尚留光艷惹人看。

自　嘲（二首）

苦吟寧有句堪携，奚怪人多凡鳥題。焚筆誓將藏我拙，不然朗誦向山妻。

山妻朗誦亦何痴，豈是閨中亦解詩。私我果同鄒忌婦，料應不肯我瑕疵。

寄朱品三先生

文字因緣感最深，未曾識面已盟心。愧非流水高山曲，也爲知音一撫琴。

汶　上

河漢江淮四瀆同，滔滔無日不朝宗。莫嫌汶水西流急，流到頭時仍向東。

和朱君品三臨別贈詩（五首）

正是臨歧送別時，佳章欲和恨思遲。老夫安有生花筆，強賦新詩答故知。

因人碌碌敢言狂，剩有詩囊與劍囊。一見令人消鄙吝，羨君雅量自汪洋。

最難諧俗是清流，世事滄桑滿目愁。願與知音謀一面，漫舒老眼上層樓。

兩情戀戀總難休，握手臨歧泪暗流。別後若論相思苦，均應一日似三秋。

過蒙推重愧難當，惟笑狂夫老更狂。知否室家易窺見，及肩原等賜之墻。

贈品三、紹先二生

因人碌碌總堪羞，歲月催人况白頭。君等鵬程方遠大，佇看健翮正高秋。

留别朱君品三

感君千里遠相過，惜别翻將老泪沱。但願重來留十日，頹唐歲月已無多。

謝品三、靄人祝壽

頹唐歲月已無多，初度于今匝月過。壽字須來銜感甚，或能叨庇補蹉跎。

和朱君品三（三首）

慚愧知音遠寄書，應憐憔悴病相如。知無旅況今猶昔，涸轍年來困鮒魚。

仗劍南行作壯游，偶因設帳暫勾留。知君修禊偕童冠，困依苔磯倦枕流。

束脩自奉豈傷廉，賓主投歡兩不嫌。弦誦況兼多逸趣，莫將愁緒上眉尖。

答謝諸友（二首）

今朝祝嘏集群賢，叨庇猶然壽命延。若醉兩番千日酒，逍遥便到古稀年。

支離病骨笑衰翁，此日杯盤幸與同。滿座高朋煩祝福，且吟俚句謝群公。

念　　友

去年此日同君飲，今日空教唤奈何。對酒無歡不成醉，泪痕反比酒痕多。

留　　賓

鷄黍雖慚東道主，知己欲去且遲遲。留賓未便輕投轄，敢請諸君各賦詩。

贈岳君汶溪

衹緣臭味不差池，席散賓歸弟獨遲。無怪來游常信宿，兩人并榻好敲詩。

初度過二日（五首）

初度于今過兩朝，老夫逸興未全消。問妻是否猶藏酒，我且昏昏飲一瓢。

餘酣連盡十餘觴，并撚吟髭興欲狂。詩思憑搜腸九曲，不知何曲是愁腸。

對酒悠然還有思，自尋苦惱獨非痴。古來賢聖知多少，不羨他人羨啓期。

一杯醉倒眼望天，病骨支離亦可憐。日日放歌還縱酒，老夫且自樂餘年。

壽是錢鏗夭子淵，人生修短總關天。與彭相較懸殊甚，也自多顏卅一年。

張君知言來汶（四首）

悲君淪落惜君才，梗泛萍飄亦自哀。久欲談心共杯酒，不期一旦惠然來。

君惠然來慰我思，且將一語告君知。漫彈流水高山操，非我誰爲鐘子期。

不逢鐘子孰知音，同病相憐感不禁。我亦逢人常説項，高臺誰復築黄金。

燕臺市駿縱難期，際會風雲總有時。知否毛公三寸舌，南游終脱處囊錐。

入　市 (四首)

左手提壺右抱詩，個中微意有誰知。沽哉待價兼求價，好把詩資作酒資。

長物全無祇有詩，賣詩又恐故交知。杖頭倘有錢堪挂，肯以詩篇換版資。

買醉緣何又賣詩，沽諸能否尚難知。得錢非獨求佳釀，還把餘資作版資。

莫笑今番我賣詩，醫瘡剜肉復誰知。賣詩買醉猶餘事，第一須償舊版資。

與傅君桐航談詩 (二首)

老去方于詩律細，君年未老已工詩。自從相識多承教，一字推敲信我師。

談詩對立竟忘疲，已是東山月出時。誰料午餐兼忘食，家僮來喚始知飢。

寄 友（三首）

賓王難免居囹圄，太白還曾放夜郎。造物忌才原慣例，南冠雖縶亦何傷。

前番覓句共傾杯，每值吟成囑我裁。近愧無花添錦上，又從遠道寄詩來。

展讀回環一粲然，佳章今却勝于前。始知詩思如秋菊，比及經霜色更妍。

閑 吟（二首）

凄凄霜露漸相催，百卉腓時菊獨開。比及籬邊芳意歇，衝寒還放嶺頭梅。

梅花數點暗香含，踏雪誰將岩谷探。幸是有松還有竹，歲寒良友恰成三。

寄張君履橋（二首）

自來敗將難言勇，謂作詩人已不堪。縱有熱腸思救世，時宜不合衹空談。

心長無奈身將老，材短其如用不堪。終日憂天忘寢食，微君知我向誰談。

題侍公瑞圖静樂園（四首）

倚窗寄傲日爲常，靖節高風孰敢望。公亦有園涉成趣，今之静樂古柴桑。

静觀自得獨盤桓，新築園成即考槃。公亦寤歌兼寤宿，于今又見碩人寬。

昔日桃源今尚存，何須泌水與衡門。問津不許來漁父，公自調琴且舉樽。

公于此處度春秋，漱石應知更枕流。他日勞肩如得息，執鞭或許我從游。

李君屏甫贈長歌一則歷叙生平，讀之有感（五首）

感君爲我賦長歌，歷叙生平涕泗沱。我讀君詩潸下泪，艱難我更較君多。

顛沛流離我備嘗，于今老矣幸粗康。當年舊事休題及，一度回頭一斷腸。

忝係同宗運亦同，欲將此事問蒼穹。冥鴻豈乏冲天翼，爲甚當時未遇風。

新交也與故知同，金石盟心一始終。我自愛君君愛我，可憐憔悴兩衰翁。

朝朝南望苦徘徊，欲和佳章又乏才。草草揮毫成五絕，便中仍盼寄詩來。

答岳君美中（二首）

一居汶上一灤東，兩地相思寤寐中。不道故人關念切，恰從天外惠郵筒。

飛來華札訴離思，又復殷勤惠我詩。妙句果從何處得，篇篇無字不珠璣。

睡　起（二首）

午後倦來時假寐，以肱代枕曲難伸。薄寒侵臂催人醒，衾短纔能覆半身。

披衣欲起復遲回，睡態曹騰眼倦開。下榻方思人納履，開簾恰值小孫來。

咏　梅 (二首)

寂寞空山年復年，古色古香總堪憐。如何踏雪來尋覓，不見騎驢孟浩然。

最愛梅花是浩然，浩然歿後更無傳。暗香浮動黄昏後，明月清風也見憐。

初　冬

冬來百卉凋零盡，不道梅開菊尚存。始識名花俱耐冷，衝風冒雪兩無言。

生　孫

年來弧帨屢懸門，薄德寧能裕後昆。已有四孫隨杖履，孟冬念日又生孫。

送老友鄒君鴻三 (二首)

病中歲月客中身，白首論交已二春。今日送君潛下泪，將來送我更無人。

人生聚常亦尋常，老友離群倍感傷。莫道相違無咫尺，可憐後會總茫茫。

吊趙鎮西先生（三首）

邇來我輩已晨星，君較余年長四齡。蒲柳幸存松已老，望風憑吊泪空零。

衹緣同病久相知，况復君曾序我詩。莫怪哭乾双泪眼，鍾期以外孰鍾期。

故人凋謝劇堪憐，痛迫衷腸泪涌泉。非獨哭君兼自哭，邇來風燭已殘年。

讀楊君績仙詩稿（四首）

爐香爇盡夜沉沉，猶把君詩仔細吟。擊節不知燈火落，霎時燒透數重衾。

義山已歿香山死，近世何人與比肩。今把君詩再三讀，後賢端不讓前賢。

肯隨流輩較媸妍，大筆淋灕妙墨研。若與唐人相比擬，雖居王後亦盧前。

君詩妙絶更無前，字字精工句句妍。抄誦也當千萬遍，手胝更復口流涎。

答石君澤珣（四首）

嗟余燕趙一狂夫，倀倀原來瞽不殊。近尚扶持煩彼相，如何從我問迷途。

素以迂名近更迂，不期推重到狂夫。既承雅意終難却，論詩權將老友呼。

我已衰年君妙年，那知一見便相憐。吾鄉自昔多豪杰，佇望雲程早著鞭。

惟有文章光萬丈，世間何事不鴻毛。吾儕莫憚推敲苦，得做詩人亦自豪。

閨　情

曾向臨邛去也非，思君瘦却舊腰圍。忘歸猶有歸來日，一到臨邛恐不歸。

志　感（二首）

我妄言之君妄聽，且將一語致叮嚀。邇來不飲心如醉，敢笑他人醉不醒。

願作盲聾廢視聽，更無一語可叮嚀。試看踽踽涼涼者，自以爲醒寧算醒。

喜三子返汶完婚（戊辰除夕前一日　六首）

秋初鬢尚未全皤，屈指今纔數月過。爲甚汝歸驚愕甚，便言白髮較前多。

息肩無地敢偷閑，贏得蕭蕭兩鬢斑。再把此番心事了，向平便要入深山。

四旬有二纔生汝，少子偏憐繫念多。借已有枝居有室，衰年遑敢問其他。

汝歸幸得侍晨昏，爲我烹茶更洗樽。再過數朝新婦至，一陳棗栗一鷄豚。

蓬門指日喜筵開，汝幼全無摒擋才。幸汝兩兄差勝汝，分勞還望一同來。

所幸三兒皆受室，不期一旦得休肩。惟留酒債兼詩債，還祝蒼蒼假數年。

湯 夫 人（二首）

素志本期盟白水，温存端不借紅妝。夫人無怪加尊號，湯沐封來是睡鄉。

人情閲盡嘆炎凉，第一温柔是此鄉。却笑世間長舌婦，都無這幅熱心腸。

夢中納妾向友借居

一生踪迹感蓬飄，老去閑情尚未消。小住擬從君借屋，半藏書劍半藏嬌。

醒後自嘲

于思滿面雪飄飄，痴想還期艷福消。縱許藍橋尋玉杵，也慚夫老妾偏嬌。

唁謝君樹森

掌珠乍失縱堪悲，倚伏原來理可推。知否熊羆旋入夢，階前轉盼又生芝。

留岳君汶溪請賦詩 (二則)

一生踪迹混塗泥，好咏兼無句可携。朋輩微君誰愛我，過門凡鳥不曾題。

幾番除徑掃香泥，今幸賁臨手共携。無怪乍來旋欲去，留君不住請留題。

附和作

論才原自隔雲泥，求教閑將拙草携。捧讀佳章思步和，愧無妙句爲君題。

送袁君卧南 (二首)

别恨匆匆見恨遲，相逢未久又相離。北風此後殊多便，幸把新詩寄故知。

茫茫後會總難期，一曲驪歌悵路歧。絮已沾泥飛不起，君今去矣我何之。

袁君由山口鎮南旋，賦此送别 (二首)

汶陽分手兩蟾圓，此日重逢亦夙緣。所恨離長偏會短，匆匆一面又南旋。

惆悵思君月幾圓，今番邂逅信天緣。明朝又作臨歧别，何日文旌復北旋。

籠　鳥

飲啄依人漫自豪，也思奮翼薄天高。有時不肯輕飛去，非戀樊籠惜羽毛。

寄李石農

自别家山十六春，欒城肄業憶前塵。未知佳況今何似，我已垂垂白髮新。

寄袁君卧南（二首）

本欲爲君覓一枝，况承雅囑又奚辭。言輕力更慚綿薄，枉自逢人説項斯。

嗟君一旦解戎衣，今昨何須論是非。别就近無枝可借，不如趁便且南歸。

規　友

白圭早信原無玷，美玉須防偶匿瑕。細行不矜終累德，有才還要斂才華。

和傅君桐航題燕子石詩

頡頏曾此前身翼，遺蜕于今也共依。祇爲情多均化石，天荒地老不分飛。

附原作

當時共作呢喃語，遺迹差池羽尚依。十二萬年情不盡，縱然化石亦雙飛。

咏　史

從來傲岸慣招尤，禍福無門皆自求。阮籍好爲青白眼，何如皮裏有春秋。

寄劉君樂軒（因公文誤一字求爲更正）

一事相求最可嗤，昨將即字誤爲之。請君閱及煩塗改，并望他人勿使知。

寄李樹功弟（三首）

自從離索恨偏長，何似當年聚一堂。憔悴邇來非昔比，目昏齒脱髮蒼蒼。

不成一事硯空磨，歲月依人兩鬢皤。北望鄉關時下泪，親朋零落已無多。

衰年尚爾四方馳，一紙書成雙泪垂。近擬中秋還故里，屆時果否尚難知。

謝胥君品青贈詩

謬蒙賞識惠新詩，捧讀回環翻自疑。不是高山流水曲，賞音何幸遇鍾期。

謝趙君筱荃

久矣不逢孫伯樂，邇來幾見九方皋。何期市骨增聲價，縱負鹽車也自豪。

謝李君明軒（二首　註：小兒秀民充浦口司報，係君大力推薦）

騷雅如君夙所欽，逢人説項感尤深。華風多借吹嘘力，間接良朋亦賞音。

嗟余老大未休肩，犢愛惟將少子憐。何幸鼎言今借重，學飛乳燕也高騫。

贈侍君星五（二首）

三朝郎署老馮唐，竽濫年年亦自傷。謬荷垂青銜感甚，居然天外惠瑶章。

分章抉漢仰尊翁，山斗翹瞻遐邇同。煩上俚詩求斧正，好教小草被華風。

即　景

盈盈綠水抱回汀，拂水垂楊貼水萍。上下四周皆一色，披蓑人立水心亭。

紀　事

愛憐少子最關情，一窟年來幾度營。近幸舊枝重得借，于今三卵已三成。

醉　醒（四首）

獨醒屈子醉劉伶，志趣懸殊若徑庭。我慕二公皆願學，有時沉醉有時醒。

醉後形骸姿放浪，醒來志氣自清明。或醒或醉人休怪，我亦劉伶亦屈平。

豈必獨醒如屈子，何須沉醉似劉伶。劇憐醉者常常醉，醒者唯之日日醒。

若我獨醒寧勝醉，偶同人醉亦猶醒。醉醒何必膠成見，須識通權即守經。

赴吴村看孫 (二首)

喜孫聰穎笑顏開，年未三周學語纔。乍見牽衣頻問我，如何多日不曾來。

最幼孫兒我最憐，生纔八月未周年。相看渾似曾相識，巧笑無端也倩然。

鶏　　鶴

鶏尚引吭常報曉，况兼斷尾憚爲犧。劇憐矯矯鶏群鶴，除却乘軒他不知。

哭韓君鶴汀 (四首)

君今五秩纔增六，我較君年長六春。詎料一朝先作古，驚聞凶訃泪沾巾。

地下良朋埋朽骨，天涯老友苦秋風。記曾并榻談衷曲，往事回頭似夢中。

翹盼君歸勞夢想，驚聞君歿倍傷神。從今不復游街市，貿易場中無故人。

惟君與我最相知，况復君尤愛我詩。此後瑶琴雖再鼓，更于何處覓鍾期。

有　感

邇來真贋誰能辨，燕石居然結緑同。最笑卞和雙刖足，荆山抱璞哭秋風。

志　感（四首）

推敲終日苦拈髭，忘食忘憂老不知。我欲假年非學《易》，未吟尚有許多詩。

歲月蹉跎白髮新，此生衹得作詩人。若容寫盡窮愁思，纍牘連篇或等身。

澤畔行吟憔悴身，言雖纍萬意難伸。果如鮑子深知我，應謂關心時局人。

人死留名豹有皮，愧余身後祇留詩。惟應地下尋知己，凄絶秋墳夜唱時。

狂　吟(二首)

閑咏何須苦構思，興來走筆若風馳。倘然兩句三年得，百歲能吟幾首詩。

拙草春間曾付梓，一之爲甚已堪嗤。誰知才薄顔偏厚，又擬過秋續印詩。

咏　菊

凄凄風露百花殘，惟有黄華秀可餐。莫道年年籬下寄，疏枝猶耐九秋寒。

即　事

長孫五歲少周年，次甫三齡繞膝前。還有女孫纔兩歲，也常啼笑惹人憐。

社　燕(二首)

飛飛雙燕呢喃語，一桁簾垂日已西。昔歲雕梁今易主，此間寧許汝重棲。

頡頏上下羽差池，正是銜泥築壘時。舊日主人安在也，可憐足尚繫紅絲。

答常君士峨

生涯自笑轍魚枯，慚愧知交將伯呼。叨在叔牙能識我，寧因方命責狂夫。

飛　絮

柳絮飛飛傍御河，沾泥無幾化萍多。前因後果何勞問，不是隨風便逐波。

落　花

開時無幾謝匆匆，九十春光彈指中。所幸枝頭猶結子，漫因飄泊怨東風。

謝君樹森以游曲阜詩三章見示，因步和

其　一

泗流西去日升東，數仞宫墻在望中。泮水有芹壇有杏，尼山不信道終窮。

其　二

獨行踽踽偶凝眸，惟見農猶服舊疇。不信龜山終蔽魯，願尋高處一昂頭。

其　三

遥瞻馬鬣任游行，魯道今猶似砥平。所惜登堂空下拜，當年絲竹不聞聲。

度　歲

前番未老今番老，來日無多去日多。久矣此心隨髪短，更將何事補蹉跎。

贈知己傅君桐航（四首）

日前摳謁造臺端，竹戰方酣興未闌。幸勿背城還借一，好留餘勇赴騷壇。

博雖小術恨難精，鏖戰時常困竹城。我已僨軍成敗將，更無一次不囊傾。

愁難遣我寧辭醉，語不驚人漫説詩。敬把佳章再三讀，始知無字不珠璣。

高咏洵堪齊李杜，善書更不讓鐘王。論長尺寸我何有，應笑狂夫老更狂。

戊辰重陽同鄒君鴻三、岳君汶溪登高（二首）

自客齊南十五霜，一年容易又重陽。同游幸有諸知已，直把他鄉作故鄉。

遥瞻岱岳千峰矗，近瞰長河萬里流。俯仰乾坤恣嘯傲，西風殘照滿天秋。

寄　友

每晚時常吟數篇，刻因竹戰興頹然。本思并轡相馳逐，疲馬誰知不可鞭。

暮秋同岳君汶溪郊游（四首）

汶上秋高風日清，偕游兩個老書生。行行直到無人處，不是談詩便論兵。

避囂并坐墓門前，論古談今語更顛。竊聽恐來新故鬼，又留笑柄到重泉。

祇爲悲秋苦賦詩，偕行不覺步遲遲。世間更有誰同病，我本狂夫君亦痴。

興盡歸來日未西，治庖幸復有山妻。留賓畢竟難兼味，籠内從無可殺鷄。

自　寬（二首）

昔年尚壯貧殊甚，老境粗康病又多。但病不貧還是福，果貧更病又如何。

流光似水六旬過，莫嘆蕭蕭兩鬢皤。試問北邙新故鬼，老年無幾少年多。

尊　孔（二首）

聖號時中自有真，世雖屢變道常新。細參天下爲公語，孔若生今亦聖人。

當年魯論著遺編，底藴還憑孟氏傳。讀到君輕民貴語，既知孔本重民權。

弄　孫

年老心慈豈足論，盤餐未敢備鷄豚。時携果餌尋歡趣，半給男孫半女孫。

閑　　行

行行且止止還行，慮僕防顛劇有情。老病向來艱步履，世逢寧爲一人平。

咏　　史

欲愚黔首計原疏，奚怪沙丘命早殂。若見咸陽三月火，祖龍應亦悔焚書。

齒　　痛

昔者祇言剛則吐，邇來更覺茹柔難。屠門即過何從嚼，未及唇亡齒已寒。

腰　　痛

昔人常道貧非病，老去誰知病有魔。所怪此腰未輕折，如何痛苦亦偏多。

偶　　吟

祇緣病久思田里，更爲年衰念子孫。終日望鄉鄉不見，時還扶杖倚閭門。

自　　笑（二首）

嵇生疏懶阮生狂，後世何人敢頡頏。我學古人誠不逮，惟于二者有微長。

惡醉有時偏强酒，好閑無奈又狂吟。若于曠代尋知已，太白劉伶或賞音。

咏　　病

風燭殘年六秩過，支離病骨日消磨。早知夭壽終歸盡，不恨年衰恨病多。

志　　感（二首）

日日南望復北望，南望望子北望鄉。兩般心事何時了，雙袖龍鐘泪數行。

望子子難隨杖履，望鄉鄉又阻關河。愁腸終日如輪轉，况復年衰病更多。

夜　　思（二首）

枕上閑吟首自搔，構思雖苦興偏豪。詩成陡覺寒侵骨，窗隙來風吹鬢毛。

新愁鏟去舊愁生，寒擁重衾夢不成。枕上泪痕窗外語，漏聲聽盡又鷄聲。

即　　事 (四首)

望雲思友苦徘徊，鎮日無聊自舉杯。對酒敲詩猶未就，不期冒雨故人來。

推敲一字尚難成，又共同人游竹城。手自撚髭仍作戰，肯爲博戲廢吟情。

莫道年衰賈勇難，連宵竹戰苦盤桓。誠哉博奕賢乎已，老友猶從壁上觀。

忘憂忘食亦何痴，博興吟情兩不疲。餘燼難收囊已罄，劇憐戰罷又哦詩。

即　　事 (四首)

陰雨連朝睛不開，披衣欲出復徘徊。正因泥濘防顛僕，恰值痴兒寄杖來。

辛苦從公博斗升（三子秀民充蚌埠司報，月薪十五元），殷勤猶寄一枝藤。老來步履艱難甚，得此真如健僕增。

游山雖老不辭勞，藉此扶行興倍豪。若待明秋身尚健，還當縱步去登高。

顛危邇日孰扶持，三子從公盡遠離。爲便游行還寄杖，有兒畢竟勝無兒。

晚　　歸 (四首)

向耽吟咏不知疲，日日推敲苦構思。薄暮歸來將就寢，撚髭猶賦數章詩。

吟情勃勃老猶狂，得句憑搜九曲腸。每笑便便孝先腹，祇爲經笥不詩囊。

支離病骨獨吟秋，今昔低回翻百憂。平子賦詩愁有四，古今寧似我多愁。

鷄聲唱罷漏聲殘，倚枕哦詩興未闌。燭影摇摇吹欲滅，暗風帶雨入窗寒。

念　　子 (四首)

再過三日爲初度，準擬臨時開壽筵。但願三兒皆繞膝，好同衣彩戲庭前。

邇來有孰共晨昏，惟一男孫一女孫。莫謂孩提無意識，也常隨我倚閭門。

少男在蚌長黃臺，皆説因公不果來。咫尺相違惟次子，歸歟能否尚難猜。

憑誰祝嘏孰稱觴，烹擊肥鮮何敢望。兼恐客來難醉飽，治庖唯一老糟糠。

贈李君屏甫 (三首)

真是新交若故知，兩人一見便談詩。我因好咏忘憂食，不道君痴似我痴。

恨我逢君頭已白，感君顧我眼獨青。敢將詩卷相持贈，或免糊窗并覆瓶。

萍水相逢亦夙緣，況同宗姓倍相憐。愧非流水高山操，也我知音一撫弦。

十月四日次媳帶兩孫回汶

朝朝南望苦徘徊，徒倚門閭凡幾回。有子未還媳偏至，并曾携抱兩孫來。

十月五日長男返汶（三首）

次媳抱孫前日至，少男寄杖昨朝來。不期汝返今遄返，戲彩含飴且舉杯。

老矣久無人定省，今番差幸汝還家。夜深僮睡呼難起，猶復殷勤爲煮茶。

兩子未歸歸一子，膝前幸復有三孫。縱難家室皆歡聚，我且陶然醉一樽。

自　　壽（十月七日　八首）

少未成名惟食饘，老猶作嫁苦傭書。畢生事業何勞問，六十餘年老蠹魚。

年過六旬寧算老，薪支三十不爲貧。鬢邊尚未全如雪，甑底何曾更有塵。

六旬近又三增歲，多子今還四見孫（男孫三女孫一）。况是移家妻未忘，糟糠幸復共晨昏。

立功立德兩無成，碌碌難求歿世名。身後倘留詩卷在，此生也算不虚生。

不羨王侯不羨仙，惟將詩酒日流連。此生倘有香山壽，還得逍遥十二年。

顛沛流離劇可傷，垂垂將老幸粗康。那知弱質如蒲柳，比及秋來也傲霜。

未嘗濡墨頭猶黑，偶爾觀書眼尚明。况復杖鄉年已過，不曾扶杖也游行。

我游汶上十餘霜，此日筵開共舉觴。所幸客來皆不速，半爲知己半門墻。

謝鄒君鴻三惠壽儀

叨承厚貺殊滋愧，欲却其如又不恭。款客况慚兼味少，且同杯酒語從容。

鴻三兄賦詩致賀，因又步謝

我較君年少八冬，一如蒲柳一如松。自慚病骨支離甚，漫以三多祝華封。

謝孔君紹先

祇緣同病久相知，況復殷勤饋祝儀。欲却不恭受滋愧，謝君權賦一章詩。

附和作

此番初度幸聞知，祇愧稱觴無厚誼。正喜莞收休見却，那堪又復惠新詩。

謝譜弟岳君汶溪

縱然朋友貴通財。賤誕何須厚貺來。叨係蘭盟同手足，幾番欲謝復徘徊。

附和作

壽筵歡飲醉葡萄，對酒聯吟興倍豪。一斗百篇誰得似，佳章欲和首頻搔。

賤辰傅君桐航、鄒君鴻三、岳君汶溪惠臨共飲，甚歡，因聯吟七絶四章

賓主東南笑語中（潛溪），主人況復是詩翁（桐航）。
聯吟藉作三多祝（汶溪），薄德休言萬福同（倬卿）。

半爲知己半門墻（倬卿），痛飲還期各盡觴（潛溪）。
福備箕疇天錫嘏（桐航），宜占迪吉熾爾昌（汶溪）。

壽筵高敞汶河干（桐航），壽祝期頤少長歡（汶溪）。
鷄黍留賓深抱歉（倬卿），何須狼藉列杯盤（潛溪）。

一椿三桂羡瀛南（汶溪），虚度年華六十三（倬卿）。
大德由來須得壽（潛溪），祝君晚境蔗同甘（桐航）。

蟲類雜咏（十首）

蟬

長堤衰柳夕陽晴，到老猶然抱葉鳴。閱盡炎凉應有恨，臨風不住一聲聲。

螬

井邊食李曾過半，三咽於陵命已慳。畢竟有心憐槁餓，尚留少許待高賢。

蠶

吐絲作繭劇多情，幾日工夫織得成。想到化蛾飛去後，前身應悔苦經營。

蚓

屈如尺蠖蟄如龍，具體雖微意亦慵。不逐腥膻討生活，飲泉食壤也從容。

蜘　蛛

經綸滿腹誰能似，巧結檐牙網幾重。羨爾有条終不紊，如何衹得罥飛蟲。

蠹　魚

苦鑽故紙求生活，寢饋書叢歲幾經。果得神仙字三食，化成脉望也通靈。

蟋　蟀

凄凄霜露月三更，屋角墻根唧唧聲。爲甚苦依人宇下，無端又作不平鳴。

蚨

故事曾傳子母錢，往還不息勝腰纏。如何飛去無消息，窮措徒然望眼穿。

蝶

朝朝倚翠更偎紅，來往尋香西復東，采盡花時過墻去，幾曾戀戀舊芳叢。

蛙

陰雲漠漠夜三更，青草池塘處處鳴。所怪雨時偏聒耳，一逢晴霽便無聲。

游戲雜咏

蚊

怪爾微蟲見亦微，邇來民瘠剩官肥。如何衹吮村農血，不向高衙大署飛。

蠅

終日營營最可嗔，止樊又復止于榛。驅除那得留餘力，休怪當年拔劍人。

虱

聚族深藏犢鼻褌，吮人血肉長兒孫。不逢湯沐終留種，景略空教次第捫。

蟣

細似秋毫微似塵，伏藏衣底辨難真。暗中卵育殊堪怖，不待生成即嚙人。

蚤

形如秬黍細如毛，捷足由來讓爾曹。妙手空空難捉取，枕邊衾底慣逋逃。

臭　蟲（二首）

蟣虱蚊蠅漫共論，此猶有臭十年存。莫言飽食終無禍，試看床頭舊血痕。

較之蜂蠆毒尤多，痛癢終宵没奈何。幾度挑燈看不見，衹從枕底苦摩挲。

蠆

具體雖微也自雄，怪他有毒與蜂同。莫言尾大猶能掉，伺汝須防有守宫。

蜂

尾原有毒同于蠆，長養兒孫亦倒懸。門户向來如紙薄，須防一炬化爲烟。

紙　　鳶（四首）

本無六翮也淩風，直上青雲讓爾雄。偶借兒童牽引力，居然飛到半空中。

既因人力復因風，摩漢冲霄意態雄。莫以憑高笑凡鳥，扶搖祇在片時中。

百尺長繩一晌風，偶然借勢便稱雄。試從高處回頭看，操縱仍由掌握中。

好似鴻毛遇順風，翱翔空際意何雄。但愁繩斷身無著，也逐飛花落溷中。

卷五　五言律詩

郊游即景

樹杪裊炊烟，斜陽古渡邊。樵歌村落外，塔影寺門前。一水緑繞郭，亂峰青插天。倘逢吴道子，應作畫圖傳。

黄臺橋晚望

霜露滿天秋，斜陽古渡頭。鐘聲林外寺，簾影水邊樓。極浦漁歌歇，寥天雁羽遒。三周華不注，人尚説齊侯。

游小園古寺（光緒己亥夏作）

指點危橋外，靈宫水一涯。禪關苔迹古，佛殿柳陰遮。堂圮殘碑在，檐頽壞壁斜。山僧安在也，梵宇衹昏鴉。

客　思

夢斷短長亭，懷歸涕欲零。林深時漏月，雲薄不藏星。脱稿詩方就，扶筇酒半醒。嗟嗟彈鋏客，垂老尚飄萍。

感　懷

寒月滿空亭，昏昏酒未醒。依人頭漸白，顧我眼誰青。看劍心猶壯，敲詩涕欲零。風塵幾知己，寥落已晨星。

夜不成寐

慷慨負生平，宵深匣劍鳴。百年空有恨，一事總無成。世亂家何在，才疏窟未營。青襟終誤我，惆悵夜三更。

咏　史

顏禹終同道，平情論古今。何人勒鐘鼎，幾輩老山林。濟變才誠卓，知幾識亦深。行藏雖异轍，出處本無心。

狂　言

仰天時一笑，未肯哭窮途。就木年將近，生花筆已枯。自來腰不折，奚怪口難糊。傲骨今猶昔，嗟嗟舊酒徒。

贈許君筱珊

均被儒冠誤，相知乃最深。文章雖憎命，桃李自成陰（君任北塘小學教員）。見愛惟同病，難逢是賞音。艾君風雅士（君與艾學川爲詩友，係余介紹)，好與結苔岑。

贈葉君肖齋

天壤幾知音，離群感不禁。荆榛塵世路，風雨故人心。望遠書難寄，澆愁酒獨斟。思君君識否，老泪欲沾襟。

書　感

作嫁人將老，勞勞十四秋。無心戀升斗，有骨傲王侯。畢竟誰青眼，空教我白頭。惟餘天上月，夜夜照羈愁。

和鄒君鴻三

莫謂無知已，君狂我亦狂。詩歌頻唱和，世局任倉皇。余愧胸無竹，兄誠智有囊。何當同醉倒，枕藉卧繩床。

自　咏

我果何爲者，携家去故山。投荒千里外，回首十年間。碌碌腰空折，蕭蕭鬟已斑。惟將一杯酒，終日伴愁顔。

步和太史繆東麟先生終夜感懷原韵（壬戌作）

戰苦馬聲驕，山深人寂寥。著書多歲月，閲世幾風潮。烽火東來急，鄉關北望遥。我公徒恤緯，贏得鬢蕭蕭。

醉吟

曾將鐵硯磨，老大我如何。縱爾心猶壯，其如鬢已皤。漫彈馮氏鋏，空握魯陽戈。一掬傷心泪，深宵發浩歌。

元旦

昨朝猶歲暮，今日又春初。舊釀一杯酒，新烹雙尾魚。多愁徒自擾，不樂復何如。醉後渾無事，閑翻案上書。

嘆老

有叟自支離，行年逾曰耆。好吟還善忘，不醉亦如痴。帶鏡眸仍暗，扶笻足亦遲。頹唐今若此，去死幾何時。

愛孫

老矣復何道，痴情倍愛孫。縱能繩祖武，豈足大吾門。堂構承先澤，詩書啓後昆。但期延一綫，經笥億年存。

眼花

微論秋毫察，輿薪見亦難。書休燈下讀，花似霧中看。醉後眸尤暗，宵來步每艱。不曾投筆去，竽濫我何安？

歲暮即事

緑蟻酒新醅，昏昏醉一杯。掃愁猶有帚，避債竟無臺。仰屋炊方斷，敲門客又來。區區終畀汝，少待莫相催。

口　占

頭腦總冬烘，庸庸笑此翁。髮添數莖白，炭擁一爐紅。年已馮唐老，途仍阮藉窮。惟餘數知己，往復寄詩筒。

閑　咏

十四年于外，蹉跎近六旬。栖皇誰似我，老大尚依人。度歲樽無酒，傳家甑有塵。升沉原是命，未敢厭清貧。

夜中有感

窺牖天將曙，挑燈人未眠。愁看三尺劍，懶撫七條弦。不作平原客，誰知毛遂賢。漫思錐脱穎，風燭已殘年。

望月有感

凉夜月舒波，憑軒發浩歌。酒甘吟自苦，飯少病尤多。衰朽今如此，栖皇我奈何。會當拂衣去，歸隱老岩阿。

歲暮感懷

殘年近六旬，屈指又逢春。耄矣馮唐老，傷哉季路貧。死難尋葬地，生亦作勞人。家計餘詩稿，呼兒抄録頻。

咏 懷

歲月去如梭，星星鬢已皤。窮途惟我獨，薄命奈天何。吟苦詩成癖，愁多病有魔。不堪思往事，雙隕涕滂沱。

咏 老

短鬢染霜華，支離倍有加。一身將作木，兩眼已全花。睡起頭常暈，閑居腿輒麻。過門難大嚼，近復脱雙牙。

述 懷

浪迹走東西，無枝可借栖。行踪波泛梗，心事絮沾泥。病每愁中發，詩還醉後題。空餘三寸舌，未敢示山妻。

自 遣

八口還增二，年衰力尚强。兩孫皆學語，三子自成行。健步休携杖，催詩慣舉觴。齊眉時舉案，還有老糟糠。

自　述

支離餘病骨，風燭已殘年。往事悲馮鋏，前程愧祖鞭。所添惟白髮，難息是勞肩。豆棧今猶戀，羈栖亦可憐。

郊　游

薄暮偶閑游，詩情入早秋。雲開山露頂，風動樹摇頭。怪石撑孤嶂，長橋鎖亂流。倦來謀一醉，還上酒家樓。

送友赴津

其　一

雲起遠天昏，長亭酒一樽。疏林斜日影，衰草晚烟痕。風雨雙輪急，恩仇一劍存。羈愁與離恨，相伴到津門。

其二疊韵

風雨薄黄昏，離愁付酒樽。羊腸空有恨，鴻爪漫留痕。陶令腰難折，張儀舌尚存。金臺剩喬木，未便入都門。

贈王君魯生（君爲文章巨公，尤工書善畫。乙丑夏爲親串家作壽文來汶小住，余因識荆，謬蒙賞識，因賦此）

其　一

山斗翹瞻久，無端乃識君。雄才誠罕見，妙論更欣聞。畫馬唐曹霸，籠鵝晋右軍。一班慚管見，并得賞奇文。

其二疊韵

遍觀天下士，才調孰如君。學識融新舊，中西富見聞。談經闢諸子，走筆掃千軍。邂逅殊多幸，銜杯共論文。

登樓有感

其　一

有客獨悲秋，星星已白頭。那堪將就木，復此一登樓。家國傷心泪，河山滿目愁。憑高何限意，徒抱杞人憂。

其二疊韵

霜露一天秋，垂垂雪滿頭。難尋千日酒，獨上數層樓。扼腕餘三嘆，傷懷賦四愁。挽河誰洗甲，稍慰我心憂。

閑游即景

其　一

散步郊原外，扶筇酒半醺。烟沉山匿影，風動水生紋。斜日照疏雨，平沙低斷雲。羈愁正無賴，木葉落紛紛。

其二叠韵

不盡滄桑感，行吟酒正醺。隨波泛萍梗，浥露濕苔紋。摇落辭枝葉，悠揚出岫雲。静觀時物變，愁思總紛紛。

自　述

其　一

去國千餘里，傭書十四年。已穿維翰硯，孰贈繞朝鞭。顧我猶留舌，逢人肯脅肩。心長悲髮短，老泪每潸然。

其二叠韵

猶爲彈鋏客，已是杖鄉年。有志難投筆，無求肯執鞭。國憂雙眼泪，家累一身肩。偶供痴兒語，銜杯意惘然。

自　述

其　一

書劍老風塵，飄零十四春。依劉終誤我，説項更無人。負負平生志，嗟嗟半死身。如何不歸去，猶自戀微薪。

其二疊韵

常常甑有塵，飄泊幾經春。蹭蹬悲前事，炎涼嘆世人。無能難鑿窟，何地可容身。近復支離甚，憂還抱采薪。

有　感

其　一

擾擾殊多事，安知宇宙寬。矜才干忌易，懷璧保身難。波每因風起，花偏冒雨殘。世情休要論，物理且參觀。

其二疊韵

看破人間事，隨時且自寬。但將心地静，休説世途難。月滿終須缺，花開亦即殘。百年猶旦暮，祇作夢中觀。

醉　吟

其　一

齒脱髮蒼蒼，從來無一長。典衣償酒債，裂帛補詩囊。酩酊連宵醉，推敲鎮日忙。不知天壤内，我外更誰狂。

其二叠韵

昂頭問上蒼，才短詎無長。時脱張顛帽，憑探李賀囊。飲酣還自笑，吟苦爲誰忙。太白劉伶外，終當讓我狂。

志　感

其　一

飄泊今將老，窮愁寧有涯。錐原難脱穎，筆已不生花。扼腕眉空皺，驚心鬢已華。早知歸去好，歸去尚無家。

其二叠韵

百年曾有幾，垂老尚天涯。作畫胸無竹，觀書眼已花。世途驚枳棘，生命嘆苕華。一窟猶難鑿，何從立室家。

自　嘆

其　一

欲歸歸不得，晝夜繫離思。年已周花甲，身還縛繭絲。憎他新面目，愧我老頭皮。高鳥栖猶擇，依劉亦太痴。

其二叠韵

作嫁人將老，家山枉有思。懷歸心似箭，感舊泪如絲。歲月徒增齒，風塵祇相皮。白頭猶戀棧，誰復似吾痴。

感　懷（二首）

身世如蓬轉，年光似水流。囊空歸未得，累重老難休。糊口爭鷄鶩，傷心作馬牛。惟餘一樽酒，終日灌牢愁。

兩鬢雪霜侵，拈髭但苦吟。途窮留傲骨，年老負雄心。偶舞劉琨劍，休彈叔夜琴。仰天時一嘆，難覓是知音。

醉　吟（答鄒君鴻三）

把酒問穹蒼，憑誰話短長。羡君胸有竹，愧我智無囊。年已垂垂老，人猶日日忙。拂衣終未得，敢學古之狂。

即　　事

黔敖曾食餓，故事且重尋。豈足蘇人困，惟求盡我心。救荒慚力薄，援溺枉情深。目擊流離慘，涔涔泪滿襟。

感　　賦

壯年猶落拓，老去復何求。甚矣耄將及，歸歟志已虚。長途疲病馬，淺水滯游魚。翹首望鄉國，何年返故墟？

紀　　游

薄暮共遨游，偕行汶水頭。亂山沉日色，怪石碍河流。橋影雙虹落，嵐光四面浮。歸途天已暝，酒肆復勾留。

自　　述（二首）

貪睡朝慵起，耽吟夜晚眠。童頭寧似昔，便腹幸猶前。時讀香山集，還看秋水篇。消磨閑歲月，六十有三年。

老境何勞問，三餐更一眠。置身名利外，涉想葛懷前。酒醉常終日，詩成每數篇。迩來無别事，且自樂餘年。

紅　葉

紅于二月花，葉葉染霜華。枝綴千重錦，林飛一片霞。江頭秋月冷，山徑夕陽斜。溝水流難盡，還餘詩思賒。

自　述

莫道桑榆晚，頭童目已昏。三兒三授室，五載五生孫。付梓詩千首，開懷酒一樽。況無炊臼夢，老婦幸猶存。

重陽後二日

重陽過二日，今尚有餘思。曾記登高處，偕游邀故知。倚松同話舊，坐石共敲詩。緩步歸來後，還傾酒一卮。

贈岳君汶溪（二首）

叔牙能識我，此外復何求。早結同心契，時常把臂游。傾談恒徹夜，選韵并吟秋。猶記登高日，偕行傍汶流。

以文常會友，聲氣總相求。自識荆州後，常從叔度游。過從無旦夕，詩酒共春秋。白首論交誼，迢迢汶水流。

附和作

欲結苔岑誼，知音不易求。幸同迂叟話，如共謫仙游。酒醉重陽日，詩吟太華秋。歡情兩無極，應似汶河流。

和鄒鴻三兄自咏原韵 (二首)

踽踽凉凉久，憑誰相應求。一衿終惜老，三載得同游。沉醉中山酒，行吟汶水秋。高風今有幾，洵不愧清流。

由由寧自失，嬌矯果安求。在我焉能浼，何人不共游。口頭休月旦，皮裏漫春秋。試看江河水，何曾擇細流。

甚矣吾衰也 (四首)

甚矣吾衰也，依然老不知。時傾幾杯酒，日咏數章詩。酩酊頭濡墨，推敲手撚髭。香山如可作，應不笑吾痴。

甚矣吾衰也，蹉跎負壯思。馬瘏猶有骨，蠶老尚餘絲。鸞鳳翔千仞，鷦鷯借一枝。頡頏寧可得，高下總差池。

甚矣吾衰也，從戎尚有思。每期投筆日，便是據鞍時。年縱廉頗老，謀還曲逆奇。孫陽如一顧，尚願效驅馳。

甚矣吾衰也，支離竟若斯。大言終不掩，有志亦奚爲。縱使途猶識，其如力已疲。詩成還自笑，豈獨解人頤。

和傅君桐航（二首）

余非長吉伍，君乃謫仙流。才思原無敵，風流更少儔。味尋鷄肋薄，名愧豹皮留。碌碌誰如我，多慚佳什投。

叔度波千頃，江河不擇流。苔岑如夙好，詩酒況同儔。誼自雲天薄，賓從鷄黍留。先施殊抱歉，瓜李未曾投。

紀游和汶溪

乘興共遨游，行吟汶水秋。聽泉思洗耳，望岱欲昂頭。落葉因風起，閑雲逐水流。倦來同小憇，倚石復勾留。

夜　思（二首）

廿載走西東，蕭條此夜中。簾開當户月，燭滅入窗風。詩債無臺避，羈愁借酒攻。仰天時一笑，莫效哭途窮。

閑唱大江東，懷人一夕中。墻危遲見月，屋破易來風。刺綉針誰度，磋磨玉待攻。苦吟終不就，才思亦何窮。

和　　友

閑來曳杖游，詩思入深秋。落日荒原外，凄風古渡頭。岩岩山北峙，浩浩汶西流。披棘尋殘碣，題還石上留。

贈李君屏甫（二首）

葵藿早心傾，無端乃識荆。我爲燕下士，君乃魯諸生。家世慚同姓，文章仰大名。葑菲如不弃，尚願結同盟。

何當酒共傾，日昨偶班荆。如被華風拂，偏教小草生。汪洋君有量，歷碌我無名。迹本雲泥隔，殊慚車笠盟。

咏　　懷（二首）

心長悲髮短，于世復何求。老病餘殘喘，凋零感舊游。有詩難達意，無酒可澆愁。况復身如梗，羈栖十六秋。

久矣腰輕折，年年升斗求。病多猶作嫁，才薄孰同游。去國廉頗老，登樓王粲愁。劇憐風雨夕，有客獨吟秋。

病　　中

藥餌不曾離，原知近死期。且從身在日，預想病亡時。地下殘骸腐，坟頭宿草滋。有誰奠杯酒，更讀我遺詩。

寄　　友（二首）

老態漸支離，微君孰我知。病多因戒酒，才盡不哦詩。欲飽餐偏少，貪眠起每遲。劇憐蒲柳質，已是望秋時。

經年遠別離，惆悵兩心知。剪燭誰同話，揮毫且賦詩。望雲人不至，開徑客空遲。入夜思偏切，梁間月落時。

寄　　友（二首）

近況君休問，三餐更一眠。尚餘詩有癖，兼與酒爲緣。蕭索悲庾信，清狂羡謫仙。恨難生并世，憔悴更誰憐。

拔劍宵常舞，抛書晝亦眠。起居惟所適，名利兩無緣。子美爲詩聖，張顛乃酒仙。抗心懷往哲，曠世也相憐。

自　　笑

吾自從吾好，居然老不知。三餐三醉酒，一日一吟詩。願學香山叟，兼師榮啓期。兩賢如可作，或不笑余痴。

逢　友

離群逾十載，道左偶然逢。風雨懷前度，鬢眉憶舊容。窮途君莫哭，故步我仍封。倉猝還成别，相看恨萬重。

步和鴻三兄自咏三十首原韵①

與誰聯氣誼，彼此兩衰翁。余已支離甚，君猶意態雄。抗懷希往哲，奮筆薄長空。同病應憐我，心灰首似蓬。

叔牙能識我，知己本無雙。敢以巴人曲，權酬白雪腔。才疏詩懶賦，愁積酒能降。安得同君飲，酣歌共倚窗。

相去無多路，何當復莅兹。有懷難共語，無日不相思。倚杖看雲際，空梁落月時。每迴腸九曲，更下泪絲絲。

早期詩共賦，更願酒同揮。鴻雁有時到，雙鳧未見飛。夢中曾共語，醒後已全非。幾度遲來客，惟看倦鳥歸。

生涯三尺劍，老友數行書。論齒君原長，衡才我更疏。琴樽難共晤，雲樹久離居。望遠情無極，頻將老眼舒。

---

① 刻本衹二十九首。

遁迹君栖谷，依人我集枯。隱居情自適，作嫁計原迂。縱是形骸隔，何曾志趣殊。幾時能過我，觴咏得相俱。

前者同晨夕，休將舊事提。離情傷雨晦，别路憶霜凄。悵望遲征雁，孤眠听曙鷄。所思人不至，有句向誰題。

除徑香泥掃，原期過我齋。連朝遲客至，終日繫余懷。企足望天末，扶筇立水涯。不曾聞鵲報，數復問牙牌。

幾回翹首望，亟盼惠然來。竟未逢君至，空教費我猜。蘭盟方得踐，茅塞倩誰開。鎮日無聊賴，凄然自舉杯。

飄泊如萍梗，知音有幾人。我羈泰山麓，君隱汶河濱。圭白原無玷，衣緇早染塵。行藏雖异趣，同是老儒巾。

别來逾半載，惆悵渺思君。會友無吟社，攻愁借酒軍。苔岑曾結契，勞燕竟離群。白也詩無敵，何當共論文。

濫竽將廿載，有舌亦空存。恨我無長策，逢人敢一言。撫心寧不愧，説項更誰煩。何日同君醉，狂歌共倚軒。

漫作爲駒想，桑榆景已闌。鵬圖君未奮，鳩拙我仍安。味苦尋鷄肋，形將化鼠肝。兄才老猶健，舌底涌文瀾。

飢走荒山道，何如桑者閑？既多家室累，更惜鬢毛斑。潦倒風塵際，栖遲衡泌間。相形終見絀，高躅愧難攀。

死生原有命，行止總關天。措大君無恨，迍邅我亦然。看雲扶杖立，聽雨枕書眠。幸有清閑福，窮通奚問焉。

昔者常歡聚，于今倍寂寥。侵晨燈暗暗，入夜雨瀟瀟。別緒憑詩訴，離愁借酒澆。欲眠眠不得，無計度良宵。

一日如三歲，難忘是舊交。清風來水面，斜月度林梢。好景雖堪賞，離懷未暫抛。老妻渾不解，誶語又相嘲。

酒客兼詩伯，如君氣自豪。賦言曾倚馬，酣歌每持螯。身共閑雲適，心隨片月高。曠懷誰得似，世事盡鴻毛。

不才爲世弃，薄命奈天何。鎮日醒還醉，連宵嘯且歌。累人惟酒債，擾我是愁魔。君外誰知我，相看髮盡皤。

才盡無佳咏，何能成一家。願君如斧削，爲我滌疵瑕。久羡肱三折，休辭手八叉。還雲應賜教，盼斷雁行斜。

行年皆老大，世味已同嘗。好惡原難定，窮通豈有常。可憐行踽踽，一樣鬢蒼蒼。似我尤無賴，依人覓稻粱。

莫道今非昔，儒冠誤一生。埋頭難自拔，昂首向誰鳴。道本消還長，途寧陂不平。且尋千日酒，共醉倚前楹。

終日長昏飲，休言我獨醒。鬢垂千縷白，眼有幾人青。盡把牢愁寫，難將詩筆停。南山君隱霧，奎壁仰文星。

仰止情原切，從游恨未能。栖皇猶作客，清净不如僧。君自甘泉石，余慚謀斗升。寸長非所有，落拓命原應。

好我除君外，行誰示以周。推敲誰度巧，趨步得同游。選韵聯詩社，尋歡上酒樓。有奇還共賞，相與豁雙眸。

自别芝顔後，朝朝盼好音。每從流水外，翹望遠山岑。欲把魚書寄，還愁雁羽沉。伊人如宛在，洄溯自情深。

雅望隆山左，詩情似劍南。珠從驪頸得，句向錦囊探。已作經年别，難聆一夕談。幾時重把晤，嘯傲酒同酣。

旅館誰相問，閑居獨下簾。歡書雙眼暗，攬鏡二毛添。汶上君高隱，齊南我久淹。有懷時染筆，心事付毫尖。

吾儕今老矣，仍是舊頭銜。齒長强猶矯，唇焦口未緘。孤標休落落，絮語漫喃喃。君子能虚受，羲經卦著咸。

和　友

長途疲病馬，絶塞滯歸鴻。序已迎新歲，時方届仲冬。投荒千里外，作嫁廿年中。偶共知音話，挑殘燭影紅。

自　述

文明新世界，儒素舊冠裳。有酒常求醉，無才未敢狂。命途終蹭蹬，鬢髮況蒼浪。心事憑誰訴，詩成每自傷。

志　感

驚心悲齒長，無計補蹉跎。鎮日醒還醉，連朝嘯且歌。生涯原淡泊，世路更風波。何處尋同病，知交已不多。

贈王君异凡

前函未作復，本擬謁臺端。既憎炎熱苦，兼愁步履難。下交君誼厚，爽約我懷慚。悵望情無極，行吟汶水干。

附六言律三首

寄　友

我羈泰山麓，君住獻陵東。相去復幾許，尚無千里程。輾轉不相見，懷君涕欲零。

君今逾七旬，我已六十五。即便天假年，還有幾寒暑。恨不一相見，相思泪如雨。

去冬曾有言，今春當造訪。忽忽春已過，竟將此約爽。爽約良可嗤，在彼有息壤。

卷六　七言律詩

早　游

曉風謖謖日方升，偶爾扶筇信步行。宿麥含滋春欲晚，好花弄色雨初晴。一灣流水閑雲影，兩岸垂楊啼鳥聲。隨意游觀忘近遠，數家籬落午鷄鳴。

送　春

忽忽年華近六旬，自將杯酒餞殘春。豪如南阮休誇富，醜似東施莫效顰。須識妍媸皆幻相，并知榮瘁亦浮塵。滔滔歲月如流水，何事閑愁絆此身。

讀　詩

敦厚温柔雅頌風，篇章奧旨豈難通。既然微婉詞多諷，更復纏綿意不窮。妙諦宜參文字外，真詮原在性情中。後儒也自稱詩聖，悱惻終難三百同。

哭衿兄王君筱鶴（王君河間人，工詩善畫，年老無子，貧乏不能自存。戊申冬，訪友赴保陽途中遇疾，殁于古刹）

祇緣同病劇相憐，噩耗驚聞倍愴然。魂魄有靈依梵宇，乾坤無地著詩仙。相如多病生還促，伯道無兒命更慳。未識螟蛉曾續否，幾時歸葬故塋前。

夢中逢故友劉君采目，聯吟七律一章，醒忘其半，因續成之

兩目昏昏兩鬢絲，衰年病骨自支離。獨清敢謂人皆濁，不醉應知我亦痴。睡去忽逢泉下友，醒來自續夢中詩。屋梁落月思顔色，凄絶鄰鷄唱曉時。

步和劉君樂軒咏懷原韵

觀書卓犖豁雙眸，壯志于今尚未休。本擬彈冠同貢禹，也曾開絹向荆州。文章憎命悲前事，富貴驕人嘆舊游。投筆未能猶戀棧，蕭蕭華髮已盈頭。

和王君雪樵題壁原韵

一世升沉任所遭，引杯看劍月輪高。也知鷄肋難尋味，爲博蠅頭敢憚勞。傭筆久思投筆去，濫竽終未弃竽逃。稷門有客

猶彈鋏，老尚依人漫自豪。

咏　驥

崚嶒瘦骨雪霜侵，終日奔馳漢磧陰。遇九方皋應下泪，除孫伯樂孰知音。識途未效涓埃報，伏櫪難忘遲暮心。所幸未餐三品料，肯隨仗馬口同瘖。

夜中有感

爲甚傭書筆未投，傷心歲月去如流。疏狂安得人青眼，憔悴空憐我白頭。三尺摩挲飛壯思，一杯傾倒破牢愁。衰年何處營三窟，長鋏歸來已十秋。

悼　亡

離鸞欲譜復踟躕，痛迫衷腸泪已枯。蝸舍凄凉吊孤影，牛衣輾轉泣雙雛。當年辛苦卿嘗遍，邇日幽明路已殊。泉下有靈應念我，可能相見夢中無。

嘆　老

老態龍鍾漸不支，那堪衰病已如斯。雲山引領家何在，齒髮驚心命可知。細檢詩篇存舊稿，預將家事囑痴兒。有孫异日能繩祖，薄德如余未敢期。

贈周君華池

噓植深恩勒五中，前番曾得托帡幪。十年違教音塵杳，一旦班荆款曲通。白首爲郎誰似我，赤心置腹孰如公。重依宇下殊多幸，小草生春今昔同。

和譜弟岳君汶溪見贈詩（原韵）

翹企光儀凡幾年，後塵趨步願隨鞭。早知大筆君稱最，若論工詩我豈然。興到探驪應抉漢，醉來騎馬似乘船。似余小草何堪數，不道濂溪獨愛蓮。

感　遇

仰視蒼蒼首獨搔，偶然得句寄牢騷。魚窮涸轍生涯促，雕盼青雲寄托高。自古論人泥成敗，果誰相士不皮毛。峨冠朱履三千客，長鋏歸來敢自豪。

和葉肖齋先生見贈詩（原韵）

幾度華風生小草，愧余歷碌鬢毛斑。聯吟早結三生契，走謁難偷一日閑。遲暮年華慚老病，中原戰血慘朱殷。憂天無計徒昏飲，杯酒何當共破顔。

和周伯亮君咏湯夫人原韵

洗盡鉛華時世妝，連宵共宿合歡床。羞同彼婦搖長舌，終對良人抱熱腸。白水盟心原有約，沸湯泡足總無傷。竹夫人見休相妒，當夕從來兩不妨。

漫　感

漫因投暗惜珠明，終日昏昏酒自傾。西子負薪嫫衣錦，黄鐘毁弃釜雷鳴。偶談世事冠猶指，爲寫牢愁筆不平。俯仰乾坤心自苦，邇來有幾魯諸生。

自　述

當年曾亦識之無，何事于今尚腐儒。推衍已成新世界，迂拘自笑老頭顱。不爲時用寧奇杰，肯受人憐豈丈夫。暫借一枝猶戀戀，扶摇幾輩奮鵬圖。

與邵君介卿對飲

塵海茫茫孰賞音，偶逢知己一談心。抒懷儘有詩堪誦，抵膝頻教酒共斟。毛羽未豐疇薦達，頭顱半老尚浮沉。多君雅意憐同病，一結苔岑感自深。

寄　友

更有何人似我痴，且將近事訴君知。一生那管貧兼病，百歲惟餘酒與詩。數首風前吟就後，三杯月下醉酡時。縱然槁餓家徒壁，也覺陶然樂不支。

讀荃孫先生和東賡小班生水灾感賦，因步原韵奉和

未雨綢繆有幾人，臨時空自禱波臣。田廬汩没都填壑，資産飄流不計緡。駭浪滔天人迹絶，哀鳴遍地雁聲頻。解推小惠終無濟，多少灾黎盡化磷。

朝朝苦雨復凄風，聚泣團瓢泪血紅。驚悸魂飛千里外，啼號聲咽五更中。欲謀歸去將安適，縱食嗟來豈濟窮。扶困寧無桑梓意，可憐身世尚飄蓬。

繆君東麟以冬夜感懷詩見贈，因步韵奉和

名山造訪總無緣，惟見群峰插半天（公隱居泰山，雲在山莊）。愧我疏才磨鉄硯，羡公高隱坐青氈。門墻倚傍居今日，山斗翹瞻凡幾年。塵世已無乾净土，願隨高躅老林泉。

荆州欲識尚無緣，南北睽違各一天。安得振聾親教鐸，空教抱膝坐寒氈。登龍願慰期他日，附驥名彰愧暮年。獎飾屢蒙

殊有幸，感深知己泪如泉。

讀李君筱珊自著《宗經室詩文集》有感（二首）

惠來佳稿快傳觀，自問才疏學步難。肯與王楊相伯仲，祇應屈宋作衙官。韓蘇文筆驚潮海，郊島詩篇愧瘦寒。所恨未能邀俗賞，邇來疇不溺儒冠。

字字珠璣集大觀，陽春有曲和皆難。等身著作欽雄筆，過眼榮華薄大官。塵匣夜鳴孤劍在，青氈枯坐一燈寒。疏才愧亦同宗姓，不及當年大小冠。

送馬公拭塵（二首）

水乳交融世所難，主賓何幸得投歡。苔岑早結同心契，衰朽猶蒙青眼看。壓綫頻年身已老，分襟此日泪空彈。君今去矣吾何托，大厦無人更庇寒。

一曲驪歌唱路難，離筵對酒不成歡。識途未效涓埃報，把劍空覺仔細看。毛遂有錐猶待脱，馮驩無鋏可重彈。一聲汽笛催行疾，風雨瀟瀟汶水寒。

懷　歸（二首）

滹沱南岸樂城東，路梗惟將魂夢通。書劍飄零千里外，室家蕩析十年中。所嗟鷄肋難尋味，無奈鴻毛未遇風。馬齒縱增心自壯，夜深起舞劍光紅。

頻年糊口走西東，才薄休言運未通。世慮憑消詩卷外，羈愁儘付酒杯中。一生我泛隨波梗，萬里人乘破浪風。枯苑集來寧有定，漫因墮溷惜花紅。

閑　吟

動觀流水静觀山，人自勞勞我自閑。黄土但知埋白骨，丹爐寧得駐紅顔。傾樽且覓連朝醉，攬鏡休嫌兩鬢斑。老婦烹茶兒洗盞，眼前樂意總相關。

豈必離塵更入山，消除世慮自閑閑。閉門覓句時叉手，把酒尋歡偶破顔。翠柳臨風偏濯濯，紅花浥露亦斑斑。百般色相皆虚幻，趺坐參禪且掩關。

和寄盦君極目原韵

戰亂瀰天兵釁開，那堪水患又重來。誰將衽席蘇民困，一任懷襄釀禍胎。無限村墟成巨浸，幾多蒼赤罹奇灾。白宫終日勤宵旰，知否嗷鴻遍地哀。

不見錢塘萬弩開，怒濤直挾海潮來。村閭半作黿鼉窟，含射時防鬼蜮胎。有豸但期天悔禍，其魚猶甚魃爲灾。我雖未睹流離慘，北望鄉關亦自哀。

敬贈羅君寄盦叠律二章用贈蘇君星橋原韵

妙筆由來奪化工，世間才調孰如公。詞章精絶香山伍，詩句清新開府同。湖海半生慚笨伯，斗山終日企文雄。識荆果慰生平願，親炙還期茅塞通。

吟詩有癖總難工，樹幟騷壇合讓公。俗士矜奇惟杜撰，竪儒拾慧每雷同。酣歌斫地襟期邁，下筆驚人意態雄。但願金針頻度我，寥天魚雁不時通。

步和蘇君星橋叠韵（二首）

室陋其如德未馨，敢言衆醉我猶醒。栖皇道路身空老，賞識風塵眼獨青。欲伴松筠同歲暮，恐隨蒲柳望秋零。吟髭拈斷情無既，聊藉詩篇寫性靈。

家藏斗酒久猶馨，醉飲昏昏未忍醒。短髮新添數莖白，寒氈獨坐一燈青。憂天如我心空切，恤緯知君涕亦零。漫道天心終悔禍，焚香默禱總無靈。

答蘇君星橋

補牢已晚嘆亡羊，老復何心名利場。愧我濫竽司筆札，羡君把酒話農桑。别無知己憐余拙，枉自耽吟笑我忙。輾轉終宵勞夢想，暗風吹雨濕繩床。

往事難追歧路羊，奔波到老未收場。飄飄渾似三春絮，泄泄何如十畝桑。安得拂衣藏我拙，空教壓綫爲人忙。鍾期以外誰知己，惆悵思君獨倚床。

贈蘇君星橋

三朝郎署老馮唐，兩目昏昏鬢已蒼。駑馬敢期逢伯樂，焦桐猶幸遇中郎。登龍近慰生平願，伏櫪彌增遲暮傷。葵藿縱然生澗底，也應感結九迴腸。

終日吟詩詩未工，賞音何幸得逢公。無能自愧雲泥隔，有癖原知臭味同。似我疏才誠笨伯，如君大筆乃文雄。里居何處煩相示，情愫還期魚雁通。

讀蘇君星橋來函有感

尺書惠我致叮嚀，讀未終篇涕已零。病骨自知將就木，衰年何事尚飄萍。世無樂土將安適，樽有醇醪且莫醒。兩地盟心未謀面，所嗟鬢髮各星星。

豈徒絮語互叮嚀，兩地相思各涕零。君隱海隅留碩果，我游山左泛浮萍。滔滔皆是憑誰易，泯泯如斯忍獨醒。彼此加餐須努力，邇來我輩已晨星。

贈蘇星橋君

拍照相投兩願酬，劇憐華髮各盈頭。苔岑既結原無恨，蒲柳將零已望秋。似我支離曾有幾，如君矍鑠更無儔。明春若得身還健，走謁終期一面謀。

一睹尊容願已酬，下風肅拜每低頭。早知相背無三甲，豈獨論年長六秋。道貌端嚴焉可侮，豐神颯爽總難儔。幾回除徑香泥掃，愛我還期即我謀。

答蘇君星橋（步韵）

思君夜夜夢魂縈，開徑何當倒屣迎。地北天南空有恨，風瀟雨晦總關情。談心惟把詩筒寄，望眼還將老泪傾。真個相思似春草，幾翻剗去又重萌。

意氣飛揚薄九霄，也思投筆效班超。依人未脱囊中穎，落魄猶吹市上簫。郎署白頭空有恨，塵寰青眼總難邀。沽哉待價寧求價，良賈田來亦惡囂。

步韵賀蘇君星橋得曾孫

居傍東瀛處士廬，早欣蘭桂蔚庭除。天申茀祿庥方迓，飴慶重含願已如。定紹先型繩祖武，更傳家學繼經畬。我聞鵲報歡無既，俚句吟成一笑餘。

開緘一笑捋霜鬚，眼見曾玄願已符。子舍承歡同戲彩，孫枝競爽更添雛。門楣色壯懸蓬矢，錦褓香生護玉膚。趨賀未能深抱歉，惟將詩筆對君濡。

答則先先生

幾經開徑益望三，往復情深千尺潭。我日思君君不見，君今譽我我何堪。僅從詩句窺椽筆，安得郵筒寄寸函。千里關山如下問，汶河北岸岱宗南。

自分知音無二三，行吟憔悴老江潭。若論大筆君称最，漫擬前賢我豈堪。暫爾和詩酬雅意，遲當折柬上蕪函。家山迢遞曾知否，樂壽城東滹水南。

附原贈詩

每誦新詩必再三，文人藻思若淵潭。襟懷灑落香山伍，筆意清圓工部堪。在水一方常想見，寄詩千里當修函。何時樽酒能相晤，始慰頻頻望海南。

贈別武君焜南

久瞻山斗已神馳，一旦逢君愜素期。捫虱早思聆麈教，登龍有幸覲鴻儀。未叨北海新醅酒，曾讀西江舊咏詩（君《西江即景詩》有“野樹紅黄霜後色，江流嗚咽雨中聲”二語）。所惜匆匆偏作别，臨歧惆悵日斜時。

衰年尚爾四方馳，青眼如公寧所期。昔欲識韓親道範，今番御李睹光儀。我非許負休談相，君乃匡衡善説詩。無奈文旌旋北上，重來須待絮飛時。

答丁君序九即以贈别

張緒風流太白狂，不期邂逅在他鄉。久思附驥情何切，近幸登龍願已償。知己頓成千里别，懷人空轉九迴腸。愧君雅意相推重，如我疏才洵斗量。

君乃詩豪我酒狂，所嗟飄泊各他鄉。羡公籌策猷何壯，愧我從戎志未償。風燭殘年餘鶴髮，崎嶇世路半羊腸。華風小草寧無感，樗櫟猶勞玉尺量。

贈郭君希文

汾陽世系汶陽居，耕讀傳家樂有餘。九載早儲三歲粟，百城并擁五車書。況兼排難維桑梓，更復推恩濟里閭。最羡賢郎方秀起，兩株琪樹蔚庭除。

上繆太史東麟先生

麗天奎壁仰文星，近幸登門大教聆。塵世微公誰碩果，窮途似我尚飄萍。蹉跎歲月頭全白，賞識風塵眼獨青。不舞愧同羊子鶴，感深知己涕空零。

自咏叠韵（二首）

自來爲婦兩姑難，老大依人倍可嘆。衹道有枝容暫借，所嗟無鋏可重彈。謀生寧敢嫌鷄肋，知味終當忌馬肝。底事有家歸不得，十年風雨汶河干。

棲皇歷盡世途難，身世低徊衹自嘆。俯仰乾坤心似擣，眷懷家國泪空彈。熱腸枉自添蛇足，殘喘行將化鼠肝。去國靈均空有恨，行吟憔悴大江干。

贈陳君藥瘳

昨逢老友偶班荆，談及先生心已傾。前讀佳章欽妙筆，今呈蕪柬表微情。愁添鶴髮三千丈，遠隔龍門數十程。知己感深君識否，幾多抑鬱藉詩鳴。

甲子秋八月望前三日爲次子英民授室，因賦此

薄德何堪裕後昆，敢期駟馬大吾門。依人自笑生涯拙，教子猶餘經笥存。新婦承歡陳棗栗，群兒侍膳進鷄豚。向平心事吾將了，三子于今已兩婚。

爲甚勞勞未忍休，邇來華髮已盈頭。早知諸子皆豚犬，能弗終身作馬牛。三卵兩成殊有幸，一生半老復何求。欲尋樂處惟知足，敢説衰年不自由。

敬贈杜君兼三

迢遞關河惠錦箋，何期雅意獨纏綿。萍踪難合人千里，李報惟有詩數篇。愧我殘年猶梗泛，羨君高躅已喬遷。賢郎聰秀殊堪喜，佇見雲程早着鞭。

勞燕分飛各一方，人生聚散總無常。數年歡處情方洽，一旦離群恨轉長。君已錦榮歸故里，我仍匏繫滯他鄉。易兄近况曾知否（君充陸軍軍醫長，與余最契，擬將南行），刻已南行將束裝。

咏　懷

歲月消磨兩鬢絲，壯年已去老何之。無能自合泥沙委，有志寧期燕雀知。北土馬生誰市骨，南山豹死總留皮。醉來把劍

頻頻看，投筆從戎尚有思。

時局紛然等亂絲，思還倦鳥欲何之。一身衰朽餘殘喘，十載栖皇愧故知。泯泯棼棼新世界，凉凉踽踽老頭皮。人間何處尋知已，山隰榛苓繫我思。

贈　友

皇皇身世欲何之，歲月消磨兩鬢絲。底事依人猶作嫁，別無知己可論詩。匡時有志公何偉，應世無方我已痴。獨有隱憂消不得，且將衷曲訴君知。

四方蹙蹙我何之，到死春蠶尚有絲。壘塊頻澆元亮酒，亂離且咏少陵詩。魯陽返日終成幻，杞客憂天總算痴。煮豆燃萁寧曰智，此情是否有人知。

和丁君序九即以贈别

東去遥遥凡幾程，與君話别到深更。幕中草檄推神筆，紙上談兵愧老生。杖策從戎壯夫志，挑燈絮語故人情。離長會短寧無感，恨未臨歧一送行。

扶摇萬里企鵬程，壯志于今尚未更。寄食久羈彈鋏客，請纓終屬弃繻生。白頭似我真無賴，青眼如君劇有情。所恨匆匆旋作别，未曾暖席又東行。

和丁君序九漫感詩（二首）

百年歲月已輕抛，歧路羊亡漫補牢。杜老有詩憫衰乱，揚雄何事反離騷。每嗤墨翟甘摩頂，更笑楊朱吝拔毛。縱論古今無謂甚，可憐身世誤青袍。

道路奔馳蹶復趨，敢云老馬識迷途。殘年向盡心猶熱，時事難明見每粗。迂拙早知惟我獨，疏狂更覺與人殊。生斯世也爲斯世，踽踽凉凉亦太愚。

贈艾君學川

未知佳況近何如，愧我年來音問疏。早識汪洋非所望，更慚鄙吝不曾除。兩心既結三生契，千里還同一室居。況復鱗鴻殊有便，不時惠我數行書。

才盡江淹筆亦枯，何期垂問到狂夫。敢將瑣瑣嗤餘子，枉自勞勞笑故吾。覆雨翻雲新世界，引筆看劍老頭顱。瀛南有叟迂爲號，知己如何不見呼。

寄　友

長鋏空彈筆未投，荒山飢走幾春秋。惟餘阮藉猶青眼，無奈馮唐已白頭。早欲拂衣歸梓里，漫思開絹向荆州。多慚知己憐同病，衹説張儀舌尚留。

兩目昏昏雪滿顛，苦將金綫壓年年。無錐可脱籭猶寄，有筆難投硯亦穿。老去方知貧是病，愁來衹與酒爲緣。濫竽久已嗤南郭，不料于今我亦然。

咏　懷（甲子秋刊登《益世報》）

僕乃燕趙布衣，客游山左，毛錐未脱，馮鋏空彈，十數年來依然故我。嘆鴻毛之未遇，悲馬齒之徒增。謹賦叠韵律詩二章，藉抒懷抱。長途疲馬，日暮何之？天未賞音，應憐同病，海内士君子不我瑕疵，尚祈賜和爲盼。

華髮盈頭未息肩，長途匹馬劇堪憐。頻年竽濫三千客，逐月薪支廿八圓。營窟未能慚我拙，承家惟有盼兒賢。也知培塿無松柏，但願詩書世澤綿。

風塵何日息勞肩，壓綫年年亦可憐。攬鏡忽驚霜鬢改，開軒帳對月華圓。十年踪迹羈齊魯，百歲光陰中聖賢。極目鄉關何處是，歸心終日思綿綿。

叠前韵答許君筱珊

自分雲泥敢比肩，何期同病劇相憐。一生自嘆鬚眉老，兩地同看月魄圓。承和新詩推絶唱，與賡古調薄時賢。蒹葭秋水人何處，北望渠塘意渺綿。

鬢雪垂垂欲覆肩，微君知我復誰憐。東勞西雁人千里，夜雨孤燈月幾圓。筆札頻年羈下士，斗山終日企高賢。縱然未遂登龍願，翹望光儀意自綿。

叠前韵答自寬君

生平縱未得隨肩，聲氣潛通總愛憐。立品但期如矢直，守方到底不規圓。早知晤道惟參魯，須識言詩讓賜賢。搜盡枯腸聊奉答，自慚才思薄于綿。

苦吟鎮日聳雙肩，詩癖如余有孰憐。短髮搔殘霜鬢白，唾壺擊缺月華圓。不諳世故吾何拙，獨擅文雄君亦賢。未識荆州終恨事，且將俚句致纏綿。

叠前韵答梁布衣君

霜髭拈斷聳詩肩，閑坐思君亦自憐。摛藻心花應怒放，揮毫筆露想垂圓。如公騷雅真無敵，似我疏狂豈曰賢。塵海茫茫疇下問，何期高誼獨纏綿。

起衰濟溺任誰肩，墜緒茫茫劇可憐。衹道準今還酌古，那知越矩衹求圓。狂瀾欲挽終無計，碩果如留合待賢。我亦布衣君識否，兩心相印早綿綿。

叠前韵答王君晋析

慕君高義願隨肩，强項由來不乞憐。弦直無如鈎自曲，鑿方豈與柄同圓。齒衰似我强猶矯，骨傲如公品亦賢。幾見下交如白傅，製裘持贈絮吴綿。

數仞宫墻較及肩，何期相許復相憐。貂如續尾終殊價，米即攙珠豈比圓。迂拙早爲天下笑，疏狂敢擬古人賢。謝君過愛相推重，無奈才微力亦綿。

叠前韵答甘君子郁

己飢己溺任誰肩，憔悴行吟衹自憐。欲見中山千日醉，愁看片月幾回圓。有時拊髀徒增感，妄自纓冠豈曰賢。想到匹夫原有責，知君此意也綿綿。

得閑事外且休肩，詩酒生涯每自憐。秉燭渾如天不夜，飛觴但祝月常圓。請纓無路猶藏拙，支厦需才合讓賢。拈斷吟髭杯在手，想君此樂亦綿綿。

叠前韵答鄒君鴻三

朝朝握手復摩肩，非獨憐君亦自憐。也欲模棱同世俗，其如柄鑿异方圓。自來過我惟由勇，畢竟方人讓賜賢。謬荷垂青勞獎飾，愧余才力薄如綿。

叠前韵答李君筱珊

捧讀佳章願比肩，况同宗姓倍相憐。葭蒼露白人何處，雨晦風瀟月幾圓。記室自慚生計拙，詩豪寧讓古人賢。鳳毛蔚起傳家學，更祝來兹弓冶綿。

衰年尚未息勞肩，承和新詩獨見憐。早企鴻儀期驥附，自慚魚目混珠圓。我誠迂也真狂叟，君乃堂乎媲昔賢。知己感深知也未，望雲終日思綿綿。

生平從不脅雙肩，傲骨横腰孰見憐。知白尚然甘守黑，偭規奚怪不成圓。模棱似彼方諧俗，迂拙如余豈曰賢。知我幸猶逢鮑子，有何遺恨尚綿綿。

自　咏

殘年向盡鬢全皤，底事傭書硯自磨。免俗未能聊復爾，勞肩難息欲如何。薪微其奈支還欠，食少誰知事更多。極目望鄉鄉不見，可憐無夢到滹沱。

老病龍鍾髮盡皤，生平壯志半消磨。不曾逐客猶天幸，縱欲干時奈命何。有鋏空彈心自苦，無臺可避債還多。夜來輾轉思鄉里，伏枕無端涕泗沱。

葉君肖齋以詩見贈步韵奉和

往來唱和興何濃，一様耽吟癖在胸。衹愧庸庸難附驥，所欽矯矯獨猶龍。衡人有鑒公何偉，問世無心我亦慵。知己感深知也未，南天翹望自扶笻。

酒過三杯詩興濃，放開倦眼豁心胸。馬終伏櫪難稱驥，魚未登門漫化龍。無鋏可彈慚我拙，有鞭未著愧吾慵。而今衰朽嗟何及，兩鬢蕭蕭杖短笻。

贈李君筱珊

公癖林泉我亦然，惟將詩酒了殘年。閉門覓句時叉手，斫地酣歌每望天。自愧效顰彌現醜，那知阿好獨稱賢。想君臭味應如我，此調相期不改弦。

撫念生平意惘然，愧將金綫壓年年。言多憤世徒增口，詩不驚人漫問天。骨傲知難邀俗賞，齒衰寧肯效時賢。多君雅意憐同病，敢爲知音一撫弦。

讀《格言聯璧》有感

貴賤榮枯轉瞬更，漫將名利苦營營。魚因貪餌鈎難脱，蛾爲趨炎命轉傾。物理如斯宜借鑒，世情類是豈難明。解人幸把先機燭，于世無求路自平。

禍福無門原自召，閑將格語細尋思。羊亡歧路追何及，馬到懸崖勒已遲。大抵保身惟慎密，自來誤事是游移。所嗟病久方求艾，既入膏肓詎可醫。

奉和怡園先生落花詩步漁洋《秋柳》原韵

一經回首一銷魂，九十春殘獨掩門。帶露開時空有態，隨風飛去已無痕。迷離夢斷三更月，凄絶香埋幾處村。花興未闌花事了，個中幽怨總難論。

悄悄園亭月似霜，記曾摘艷過林塘。欲將陳迹尋金谷，剩有疏枝傍玉箱（《文選》註：玉箱即玉房）。憔悴離魂憐倩女，瞢騰舊夢憶襄王。幾多騷客愁春盡，黯黯神傷碎錦坊。

猶記尋芳香滿衣，韶華過眼已全非。幾家庭院春將老，到處園林客已稀。繞樹游蜂猶戀戀，過墻粉蝶自飛飛。花如解語應憐我，梗泛頻年心事違。

香魂飄泊劇可憐，滿目韶光盡作烟。墜地無聲情脉脉，因風成陣意綿綿。百般紅紫懷前度，一樣凋零似去年。我欲留春春不住，幾回惆悵錦江邊。

汶陽雜咏（步徐蔭楣先生兖州雜咏原韵）

勝地猶傳古祝丘，十年風雨此羈游。文姜館圮荒榛没，和聖墳孤宿草秋。醉後觀瀾時倚杖，興來望岱偶登樓。客中無限滄桑感，山自青青水自流。

唾壺擊缺劍光寒，醉飲偏教宇宙寬。儘有烟霞供嘯傲，不妨澗谷任盤桓。疏狂自信謀生拙，老病方知作嫁難。却笑馮君無賴甚，終朝倚柱鋏空彈。

生平往事那堪思，歲月催人兩鬢絲。北海摶風鵬奮翼，南山隱霧豹留皮。五陵衣馬慚如彼，十載泥塗愧若斯。昔時馮唐今已老，不曾投筆悔當時。

中原文獻盡消磨，古往今來一擲梭。畢竟傳薪宗孔脉，不聞制禮有周婆。宮墻曾得瞻遺迹（是年曾游曲阜謁孔廟），砥柱憑誰障逝波。欲訪諸生尋墜緒，宗邦耆舊已無多。

和徐蔭楣先生雜咏詩原韵（四首）

碌碌依人漫自誇，東西南北便爲家。尋醫難得肱三折，覓句惟將手八叉。所恨壯懷成畫餅，空教短鬢染霜華。年年戀棧緣何事，伏案猶塗舊日鴉。

有筆難投硯自磨，公猶如此我如何。資身均爲青衿誤，閲世空教白眼多。韋帶布衣終偃蹇，殘編斷簡苦摩挲。偶思往事徒成悔，未應翹關負米科（壬寅，保陽速成武備學校招生，欲應試不果）。

寧甘槁餓不稱以，我輩孤高亦有因。椽筆漫詩文似錦，蠟槍終笑樣同銀。惟應劍戟能專閫，幾見詞章可奮身。所恨生涯鷄肋薄，年來依舊甑生塵。

長鋏歸來十載餘，不成一事欲何如。羡他有禄乘軒鶴，愧我無聊涸轍魚。海内風塵三尺劍，天涯故舊數行書。將詩代柬情無極，腸斷鷄聲四唱初。

讀蘇君星橋和静齋君嘆老七律四章有感，因步和

目昏齒脱髪全皤，回想生平事事訛。一世盡從忙裏老，百年强半客中過。風塵賞識由來少，故舊凋零已不多。旦暮即爲泉下物，敢期將壽補蹉跎。

老來豈獨鬢毛皤，眼暗難分亥豕訛。書翰往還遲作答，親朋酬應懶相過。每因齒痛餐常少，縱是身閑病更多。枉自桑榆悲暮景，生平何事不蹉跎。

歷盡人間萬苦辛，偶思往事倍愴神。備嘗險阻艱難況，終作東西南北人。三窟未營空扼腕，一枝暫借且栖身。夜來不寐

懷知己，挑盡孤燈已向晨。

幾經顛沛幾艱辛，文筆空談助有神。青眼誰憐同病客，白頭猶作异鄉人。風塵潦倒悲雙鬢，家室經營累一身。痛飲澆愁無旦暮，昨宵今日又明晨。

咏懷步劉君樂軒自咏原韵

頭顱老大一身單，蒲柳猶思傲歲寒。身世蹉跎生計拙，形骸放浪旅懷寬。從知鄒衍談天易，不信陽公返日難。十數年來游釣處，徂徠山下汶河干。

風塵浪迹客身單，僕僕長途一劍寒。俯仰乾坤心自苦，盱衡今古眼常寬。霜華滿鬢催人老，傲骨横腰入世難。去國屈平緣底事，行吟憔悴楚江干。

和徐君蔭楣自咏原韵

雲霧何傷日月明，休因翻覆怪人情。越王肇霸資文種，漢室酬庸薄子卿。簋待營時勞臂助，弓于藏後嘆功成。主賓尚望全終始，莫博林泉高隱名。

從來魚目混明珠，涇渭區分計轉迂。雅量終能融芥蒂，高才自合受揶揄。笑談縱有同心侶，媒孽須防監謗巫。易筮括囊終迪吉，問天何事尚狂呼。

壯心一往本無前，方鑿難容嘆枘圓。畢竟升沉應有命，須知行止總由天。縱增多口人何怪，果伏群魔我亦仙。設醴偶忘渾細故，且將魚水念前緣。

滔滔日月走雙輪，富貴徒然説鼎裀。美似西施儕嫫母，賤如鐵石混金銀。激揚果孰分清濁，恩怨何須辨假真。倦鳥不妨枝暫借，佇看鷹隼出風塵。

懷　歸

自别家山十四秋，齒牙摇落雪盈頭。一身猶自風塵走，三徑全無松菊留。兔窟欲營心尚壯，鴻毛未遇志難酬。汶陽有客歸歟嘆，北望鄉關涕泗流。

欲歸不得幾經秋，歲月催人已白頭。刮目漫言三日别，低眉今已十年留。不曾聞達身先老，畢竟栖皇願未酬。莊叟空持齊物論，百川東注汶西流。

贈艾君學川

憶昨相逢笑語柔，狂夫何幸識荆州。傾樽得共清談接，走筆還將妙句留。烟柳絲絲牽别恨，風花片片惹春愁。君才萬斛誰能似，珍重明珠莫暗投。

錦綉詩腸百轉柔，君才寧讓白江州。盟心早結三生契，抵膝曾經半日留。一紙惠來欽妙筆，八叉吟就動離愁。寥天不乏鱗鴻便，愧我終無木李投。

畢竟堂堂師愈商，愧余碌碌更無長。寄籬年已垂垂老，壓綫人猶日日忙。儘有閑愁付杯酒，并無妙句貯詩囊。佳章捧讀香生頰，醉月何當共舉觴。

闤闠經營獨業商，漫云馭短屈才長。持籌何似傭書苦，殖貨終勝作嫁忙。億中羡君胸有竹，謀生愧我智無囊。得閑尚擬重相訪，把臂登樓共舉觴。

答艾君學川

翹瞻山斗幾經秋，騷雅如君孰與儔。七步吟成集珠玉，百城坐擁傲公侯。浮名豈必邀麟閣，妙筆憑教造鳳樓。盧駱王楊應并駕，江河不斷古今流。

儒冠拋却獨營商，端木生涯久擅長。愧我依人終碌碌，羡君作計自堂堂。風塵潦倒馮驩鋏，詩句新奇李賀囊。自問已成霄壤隔，邇來況復鬢蒼蒼。

汶陽雜咏叠韵八首 (甲子夏咏)

欲賦歸來返舊蹊，行踪無奈絮沾泥。逢人説項慚僚友，别我烹雌愧老妻。狡兔竟難三窟鑿，倦禽猶戀一枝栖。鄉關何處空翹首，暮色蒼蒼日已西。

游遍荒山桃李蹊，早將軒冕等塗泥。多金漫説蘇家嫂，無肉難遺曼倩妻。馬骨已灰疇一顧，鴻毛未遇且窮栖。呼僮貰酒頻頻醉，睡起樓頭日已西。

無言桃李自成蹊，結緑寧藏濁水泥（太白詩云“我有結緑珍，久藏濁水泥”）。早已埋頭嗤故我，那須留舌示山妻（太白詩云“衹應自索瘼，留舌示山妻”）。鯤鵬尚復塵沙委，燕雀休辭枳棘栖。白眼望天成一笑，頹然醉倒杏花西。

不羡終南别有蹊，壯心早已委塵泥。惟將堂構期諸子，無復楊梯盼女妻（易大過九二枯楊生梯，老夫得其女妻）。百歲光陰餘老病，十年風雨此羈栖。二三知己今何處，無奈勞東燕自西。

偶尋僧話踏山蹊，世事看來盡土泥。轢釜已憎劉季嫂，下堂久薄買臣妻。炎凉自昔原無定，枯菀隨緣任所栖。一片風花無賴甚，落茵墜溷自東西。

未束歸裝返故蹊，衹慚朋舊隔雲泥。也知作嫁難爲婦，更悔移家未忘妻。鶯欲喬遷庸有望，鳥如擇木尚安栖。客中遣興惟山水，曳杖閑游東復西。

攀附原來有捷蹊，疏才自合混塗泥。父書學讀憐痴子，斗酒時藏賴拙妻。幾輩鵬圖争遠奮，一生雌伏自孤栖。休將齊物談莊叟，萬派東流汶獨西。

春來桃李滿山蹊，過眼飛花便作泥。綿上逃名猶奉母，墦間乞食竟驕妻。江深寧任窮魚涸，林茂還容倦鳥栖。却笑世間名利客，勞勞奔走苦東西。

答蘇君星橋叠韵八首[①]（甲子秋咏）

君住津東我岱南，關河雖隔性靈諳。惠音幾藉飛鴻便，前席如聆揮麈談。攬鏡共悲雙鬢老，馳書尚願一言參。推敲惟望金針度，語果驚人死亦甘。

蕭然行李寄齊南，世路艱難我盡諳。馬骨已灰誰下問，鵬程欲奮衹空談。升沉難把天心問，消息閑將易理參。想到啓期三樂語，應知荼苦薺同甘。

投詩也自署瀛南，若論推敲本不諳。多謝知交猶我譽，敢將衷曲向君談。六旬衰齒生無幾，四始真詮願共參。美刺果能箴末俗，任人誹笑亦心甘。

九十傳經說濟南，似余老病又何諳。尼山不復周公夢，孟氏惟知孔學談。迂也終身生計拙，恕乎一字聖言參。悦心悦口相提論，芻豢何如道味甘。

---

① 刻本題目為“八首”，詩作為九首。

自游山左别燕南，客路風霜已飽諳。惟效伯倫思痛飲，懶如焦遂縱高談。羊皮價值身空老，鷄肋生涯味早參。多謝新詩頻惠我，誦餘舌本尚留甘。

羽毛未滿敢圖南，九萬雲程我豈諳。鷦戀一枝容暫借，鳳翔千仞且休談。倦飛久已身將隱，知止原來意早參。莫謂冥鴻多顧忌，無端離網豈能甘。

一居地北一天南，風雅如君素所諳。早識堂乎非所及，若云白也敢同談。苦吟儘把牢愁寫，高咏難將妙諦參。自是兄才勝十倍，即隨鞭蹬亦心甘。

朝朝跂足望畿南，千里關河路未諳。枉自勞勞悲暮景，向誰娓娓接清談。雲山遠隔音塵渺，聲氣潛通臭味參。我日思君君不見，幾時把晤酒同甘。

自來捷徑説終南，吾輩拘迂豈所諳。利藪名場人競赴，直尋枉尺我羞談。譸張早識群情幻，冷暖還將世味參。不肯折腰留傲骨，縱然槁餓亦心甘。

秋感八首步杜子美《秋興》原韵

極目蕭條霜滿林，枯楊衰柳自森森。一行斷雁横天末，幾樹寒鴉噪汶陰。宵柝擊殘游子夢，孤燈挑盡故園心。劇憐憔悴鄰家婦，爲寄征袍夜搗砧。

曳杖行吟日已斜，蕭蕭短鬢染霜華。衰年疇結王生襪，壯志空懷漢使槎。寫我牢愁惟秃筆，亂人心緒是悲笳。故園舊種籬邊菊，是否秋來尚著花。

漠漠愁雲暗夕暉，灾黎蕩析命何微（是年直省水灾甚巨）。茫茫惟見鼋鼉窟，肅肅誰憐鴻雁飛。援溺有心情自切，發棠欲請願終違。極峰是否憐民瘼，吾瘦猶期天下肥（唐玄宗語：“吾雖瘦，天下肥矣。”）。

勃忽興亡一局棋，自來如是詎堪悲。縱然後進非先進，敢謂今時异昔時。虎觀頹垣殘月下，金臺喬木夕陽遲。滄桑過眼皆陳迹，物换星移動我思。

中原錦綉好河山，盡付群雄割據間。遍地戰雲迷紫塞，連天殺氣滿榆關。干戈相見人争首，袍澤同仇士壯顔。終日鬩墻誰禦侮，雄師惟望早時班。

携筇偶步曲江頭，白露爲霜萬木秋。家國興亡塵世夢，滄桑變幻古今愁。人皆競利如鷄鶩，我獨忘機友鷺鷗。集菀集枯應有命，那須開絹向荆州。

憑誰排難奏膚功，頻歲干戈擾攘中。千里羽書馳夜月，五更鼓角動秋風。海頭潮涌烽烟黑，塞外霜凄戰血紅。多少流亡歸未得，門閭倚望泣村翁。

崎嶇世路總逶迤，休問前途平與陂。舒捲自如雲出岫，飄零無奈葉辭枝。蓍龜難把天心卜，剥復誰將時運移。是否河清猶可俟，邇來鬢雪已垂垂。

乙丑秋避亂居地室叠韵（四首）

不是湯湯洪水流，也教營窟度春秋。欲逃擬向山中去，未死先從地下游。藉草濕還侵犢鼻，偎墻寒直透羊裘。老妻苦欲相排遣，謂此藏身亦自由。

遍野玄黄戰血流，鼕鼕鼙鼓動高秋。早知掘地泉中見，爲甚携家山左游。暫丐餘生營兔窟，迭遭寇劫剩羊裘。烏栖高樹魚游水，却羡飛潜各自由。

滔滔孰爲挽狂流，戰釁無端搆九秋。陶穴自營容暫避，仙源無路可重游。衹緣畏濕鋪扉板，更爲防寒藉破裘。也自欲尋乾净土，其如路梗去無由。

老眼摩挲泪暗流，所嗟戰禍起深秋。藏身未便壺中隱，避難權爲穴底游。厭聽笳聲朝伏枕，爲防寇警夜披裘。終宵輾轉思鄉里，欲賦歸來不自由。

贈汶陽區長韓度卿先生

翹企光儀凡幾秋，狂夫近幸識荆州。堂開晝錦應如昔，才似淮陰更少儔。賣藥早儲三歲艾，談經獨障百川流。我今鄙吝消除盡，朝夕欣從叔度游。

牙　痛

牙齒無端脱二三，餘雖未脱痛難堪。不曾咀嚼眉先皺，縱拔根株心亦甘。染指欲嘗偏作梗，入脣有味總難諳。老妻一見嫣然笑，吐茹剛柔能弗慚。

偶　吟

風燭殘年近六旬，支離病骨又逢春。眼花漸覺雙眸暗，鬢雪新添數縷新。才短敢期椎脱穎，家貧依舊甑生塵。不成一事身空老，嗟我東西南北人。

答艾君學川

損益休論賜與商（《家語》：商也日益，賜也日損），似余尺寸更無長。累多敢謂貧非病，命蹇誰知老更忙。三窟欲營成畫餅，十年作嫁剩空囊。近中情況君知否，日日澆愁自舉觴。

咏　懷

壯不如人奈老何，行年四十尚奔波。逢人肯把愁眉蹙，顧我終嫌傲骨多。鬢髮蒼浪書久廢，襟懷跌蕩劍初磨。要知伏櫪心千里，不信難揮返日戈。

掀髯一笑獨憑欄，醉捋吟髭把劍看。風日清和人意好，海天空闊旅懷寬。誰人更結王生襪，無命休彈貢禹冠。想到啓期三樂語，人生何日不成歡。

戲　吟

時連原來總不齊，殘年浪迹尚東西。無金難得分諸子，有酒時還飲老妻。三窟欲營徒夢想，一枝暫借且羈栖。詩成信口無倫次，六十衰翁醉後題。

有　感

世局倉皇幾變遷，鑄成此錯是何年。談空競效王夷甫，排難常懷魯仲連。儘有熱腸思報國，果誰隻手力回天。豎儒恤緯知無補，俯仰乾坤一泫然。

感　懷

長鋏歸來計已差，廿年踪迹走天涯。懷才不遇悲王粲，有志無時痛吕嘉。荆棘塞途人裹足，虎狼滿地我無家。啜其泣矣嗟何及，鬢髮蕭蕭感歲華。

偶　吟

塵海茫茫若夢游，等閑遂白少時頭。百年漫作千秋計，萬事都從一死休。血氣有爭皆蚌鷸（《禮記》：凡有血氣皆有爭心），形骸暫寄總蜉蝣。静觀世事忘機久，况復衰齡甲已周。

感　遇（三首）

一生自命果何如，未著先鞭計已疏。衹見高軒乘有鶴，空彈長鋏食無魚。介推將隱寧求顯，詹尹難逢漫卜居。往事不堪回首憶，等閑賣盡舊田廬。

酒酣拍案一狂呼，畢竟依人不丈夫。所恨道途叢枳棘，空教霜雪滿頭顱。愁來枉把雙眉蹙，歸去其如四壁無。若謂生材終有用，豈應老大尚泥塗。

老矣猶然作馬牛，勞勞到底幾時休。鄉關暌隔千餘里，書劍飄零十四秋。去國廉頗思用趙，登樓王粲悔依劉。先鞭未著嗟何及，贏得蕭蕭雪滿頭。

志感叠韵（二首）

古今成敗轍原同，緯武經文幾巨公。失路竟成千古恨，論才豈衹萬夫雄。吴鈎欲試猷雖壯，魯縞難穿智已窮。時勢已非天夢夢，焚香枉自禱蒼穹。

爲功爲罪論難同，褒貶何人秉至公。底定中原誰國士，削平大難幾英雄。生遭時變非才短，死果留名豈命窮。九仞功成虧一簣，誰將遺恨問蒼穹。

寄　友

窮措由來臭味投，懷君一日似三秋。長風僕僕塵侵面，短髮蕭蕭雪滿頭。光霽久欽周茂叔，琴樽難晤白江州。物情淡白應如我，富貴浮雲任去留。

懷　歸

屈指行年甲已周，目昏齒脱雪盈頭。所嗟殘喘行將盡，爲甚勞肩尚未休。病骨漸知溝壑委，痴心苦爲子孫謀。明春决計歸田里，寧任他人呼馬牛。

少子秀民丁卯四月望後自寧逃歸，星橋、鴻三、汶溪諸君皆贈詩相賀，因步韵奉答

瑣尾流離久式微，痴兒何幸又來歸。荆天棘地途原梗，彈雨槍林信久稀。此日生還如夢寐，一時喜極轉歔欷。良朋亦謂邀天福，少子歡然膝下依。

述懷叠韵(三首)

瀛南有叟嘆支離，憔悴憂傷衹自知。醉恐縱談因戒酒，語防失檢不哦詩。劇憐馬老空留骨，漫道蠶僵尚有絲。隻手欲援天下溺，作如此想亦何痴。

四方奔走嘆流離，别有傷心人豈知。覓醉難尋千日酒，感懷惟賦四愁詩。江湖飄泊身如梗，歲月磨消鬢有絲。往救鄉鄰竟披髮，憂天如我獨非痴。

廿載家山恨遠離，客中情况有誰知。既非管輅休談易，不是匡衡漫説詩。歸去枉教心似箭，老來空嘆鬢如絲。苦從鷄肋尋滋味，戀棧年年亦太痴。

客　　思(二首)

凄凄霜露一天秋，憔悴空憐我白頭。身世自慚貧且病，年老無奈去難留。不逢知己音誰賞，枉自依人志豈酬。往事不堪回首憶，摩挲老眼泪空流。

汶陽有客獨悲秋，曳杖行吟古渡頭。一世窮愁惟我獨，十年踪迹爲誰留。縱然年暮心難已，無奈才疏願莫酬。極目望鄉鄉不見，夕陽西下水東流。

上繆東麟太史（二首）

學吟熟爲指迷津，幸遇師資亦夙因。愧我疏才殊碌碌，感公善誘獨循循。匠心鍛煉良工苦，灌頂醍醐化雨新。最是令人銜感處，華風披拂草生春。

苦無佳咏祇耽吟，謬荷垂青感最深。不惜量才抛玉尺，况兼度巧示金針。生花我愧非江筆，去堊公偏運郢斤。賈島推敲誰指示，昌黎教範古猶今。

和謝繆太史東麟（戊辰拙集付梓，公曾題二律）

大筆惟公造鳳樓，菲材不弃更兼收。推敲曾把金針度，奬飾還將妙句留。八字竟題邀特賞，三生有幸許從游。澗葵幸被流光照，倚傍門墻凡幾秋。

前因問字偶車停，今讀佳章見性靈。身世蹉跎曾曳白，風塵賞識獨垂青。品題公乃揮椽筆，抛弃人將覆醬瓶。知己感深銘肺腑，鑄金竊願奉模型。

和劉君樂軒游兖州登塔有感（五首）

故國山河剩落暉，憑高徙倚欲何歸。州城半圮樓猶在，魯殿爲墟草自肥。昔日豪華悲水逝，當年文獻恨風微。登臨無限悲秋思，市井依然人代非。

古塔凴臨悵夕暉，黃農代遠我安歸。泮宫址廢人何在，坰野秋高馬正肥。梁木空瞻壇杳杳，江河猶是泗流微。登高作賦心如醉，陵谷遷移世已非。

昔游此地半公侯，寺塔今登最上頭。佛殿已頹餘廢址，女墻就圮剩危樓。烟雲慘淡蒙山遠，草木蒼茫泗水秋。風景全非人代异，凴高四望不勝愁。

帶礪山河憶往年，名城無恙塔猶全。松楸殘照溪邊樹，禾黍秋風汶上田。明代衣冠今水逝，魯王宫殿昔雲連。可憐閥閱成陳迹，顔孟依然世澤綿。

今古低徊恨思賒，居人猶説舊豪華。瓊樓玉宇春常在，恒舞酣歌月每斜。金粉已成前度夢，鼎鐘無復昔時家。游觀不盡滄桑感，轉眼榮華迹已差。

哭倪雲庵夫子（二首）

廿載東游客汶陽，記曾當日附門墻。前歸梓里公猶健，今返蓉城我倍傷。急泪欲傾三峽水，椎心空斷九迴腸。吾鄉此後誰詩伯，衣鉢難承恨轉長。

憶從受學即耽吟，謬許升堂感最深。每運匠心雕朽木，更施妙手度金針。寄詩方冀公垂鑒（拙集寄到，公歿已三日），聞訃空教我痛心。此後推敲誰賜教，一思往事一沾襟。

漫　感（八首）

果誰爲智果誰痴，萬事原難一例推。拨浪長鯨浮大海，營巢小鳥避高枝。雄鷄曾斷生前尾，文豹還留死後皮。物固不齊人亦爾，吾從吾好復奚疑。

生來聾瞶老又痴，近更何人挽復推。空向山中抱荆璞，孰從海底采珊枝。不聞市駿先求骨，每見遴才祇相皮。行止漫從詹尹卜，釋疑未得轉滋疑。

我痴何敢笑人痴，閑把行藏仔細推。抱葉寒蟬咽衰柳，尋花病蝶戀空枝。熱腸每愧蛇添足，睅目休歌牛有皮。往事不堪回首憶，是非今昨費猜疑。

因人碌碌我何痴，前既無聊後可推。壓雪澗松餘勁節，傲霜籬菊剩殘枝。目昏漸欲同盲左，足病還將似孟皮。南郭不宜竽尚濫，拂衣歸去復奚疑。

老病年來聾且痴，禨憑誰結轂誰推。敢同鸞鳳翔千仞，且共鷦鷯栖一枝。附驥有懷悲鶴髮，食牛問價祇羊皮。也思高枕難營窟，長鋏歸來每自疑。

邇來如醉復如痴，身世何勞仔細推。社燕仍尋前度壘，早鶯争占向陽枝。鵬飛一任搏羊角，馬老奚堪蒙虎皮。萬類静觀還自笑，且藏吾拙不須疑。

更有何人似我痴，天原難問命難推。窮魚涸轍猶思水，病鳥驚弓敢借枝。唇未及亡先脱齒，髮將焉傅早無皮。不知存否張儀舌，試問山妻一解疑。

行樂隨時寧算痴，世情榮瘁試詳推。草枯經雨還滋蔓，花落成泥尚有枝。伴我坐消閑歲月，無人更問老頭皮。委心但願師元亮，朝夕于斯更不疑。

和朱君品三見贈詩原韵

一生碌碌近尤迂，敢以今愚擬古愚。增歲早知來日少，撫躬兼愧片長無。縱然枝許鷦鷯借，其奈人多牛馬呼。塵海微君誰識我，竟垂青眼到寒儒。

放懷詩酒我誠迂，阿好如君未免愚。况復衰年才已盡，敢云餘子目全無。紫陽雖負先知望，元定還將老友呼。深愧來函稱後學，似余孤陋豈通儒。

自　述

嗟余詩癖老又深，近世何人爲度針。滴墨全無空惜墨，點金乏術漫敲金。百篇斗酒青蓮筆，兩句三年島佛吟。願學二公皆不逮，白香山集苦追尋。

秋　感（二首）

瑟瑟西風木葉飛，扶筇徙倚對斜暉。悲秋懶把新詩賦，感舊頻將老泪揮。年過六旬猶作客，家無四壁欲何歸。未嘗一窟空彈鋏，今作寧須論是非。

代馬依風鳥倦飛，桑榆况復悵殘暉。東游山左身將老，北望燕南涕欲揮。才短恨難投筆去，累多安得整衣歸。秋來無限蒓鱸思，戀棧年年計已非。

書　懷（二首）

周甲于今又二秋，壯年已去復何求。人非阮籍誰青眼，我不馮唐亦白頭。有志漫期鵬翼奮，無名可供豹皮留。未成一事嗟何及，十五年來汶上游。

浮生寧有幾春秋，風燭殘年何所求。勝負人皆競蝸角，功名我豈羡羊頭。一杯醉倒胸懷暢，數卷詩成手澤留。此外更多閑適處，芒鞋竹杖任遨游。

感　春

委心且與世推移，不用占龜更筮蓍。社燕仍歸前度壘，好花還發去年枝。物情消息原如是，人事平陂亦若兹。滿引一觴向天笑，吾行吾素復奚疑。

臨江有感（二首）

昔者曾從此地過，南游今又到江沱。幾番争戰餘殘壘，歷劫蟲沙付逝波。過眼世情皆夢幻，臨流山勢自嵯峨。我來不盡滄桑感，醉倚危檣發浩歌。

舊迹猶留古石頭，石頭城外大江流。廢興莫問當年事，游覽偏增過客愁。滚滚洪濤誰砥柱，茫茫陳迹盡浮漚。劇憐争渡人如蟻，攘往熙來苦未休。

贈傅君桐航（二首）

終日拈髭但苦吟，恨無同病共追尋。縱多朋輩誰知己，所幸風塵獨賞音。鮑叔夷吾君與我，伯牙鍾子古猶今。相逢莫謂同萍水，臭味如蘭利斷金。

已是文通才盡時，微君知我復誰知。君如太白能高咏，我豈匡衡善説詩。彩鳳騰霄初噦羽，春蠶作繭苦抽絲。縱思學步終難及，駑馬騂騮敢并馳。

前蒙傅君賜和，因又步答（二首）

畢生事業衹狂吟，風月閑情孰共尋。不料苔岑新結契，竟如笙磬得同音。萬言日賦君勝我，七步詩成古即今。近惠佳章欽佩甚，有聲擲地總如金。

敢將老態訴君知，畢竟今時异昔時。病骨支離猶縱酒，枯腸搜索不成詩。欲飛難起同泥絮，將斷仍連似藕絲。最羡先生才萬斛，興來走筆若風馳。

寄楊君績仙（二首）

廿年勞燕各西東，風雨懷人兩地同。君隱燕南留碩果，我游魯北轉秋蓬。愧承大札勞垂問，更賦長歌叙别衷。欲咏小詩鳴謝悃，邇來才已盡文通。

兄癖詩歌弟亦然，兩人同病劇相憐。既多傲骨難同俗，更抱深憂欲問天。滿地落花愁病蝶，長堤衰柳咽殘蟬。囑君一語君須記，不遇知音漫撫弦。

寄謝君樹森（二首）

日昨登門得識荆，記曾抵膝酒同傾。風塵混迹青襟在，歲月驚心白髮生。愧我樗庸居末秩，承君藻飾感深情。可憐老馬空留骨，偶遇孫陽也一鳴。

未成一事已華顛，今昔低徊倍惘然。壯不如人難自拔，老猶作嫁更誰憐。片言定約毛生舌，一騎先馳祖逖鞭。似我何堪同日語，齊門彈鋏自年年。

對　酒

把酒哦詩偶破顔，忽思故舊泪偏潸。非蒙霧露歸泉下，即滯輪蹄疲路間。天憫我愚容我老，人嗤吾拙許吾閑。兩相比較殊多幸，吟社糟丘尚往還。

和繆太史東麟公（四首）

憶前乙亥正開場，甫過槐黄舉子忙。幾輩文思争矯矯，我公健筆自堂堂。看花未赴琼林宴，折桂先分月窟香。九萬鵬程新發軔，漫因抑塞嘆王郎。

恰好驪龍珠獨探，尋章摘句敢同談。構思奚待腸迴九，對策還如隅返三。鵬翼高騫文筆健，龍光新荷帝恩覃。回頭六十年前事，恍似黄粱一夢酣。

華國文章孰與儔，記曾雁塔姓名留。冠裳典禮懷前度，風虎雲龍憶壯游。昔值青年樓造鳳，今成白首杖扶鳩。屢膺民牧棠蔭布，更有循聲動九州。

前塵一笑總成空，世運遷流付化工。先達科名皆畫餅，故宮禾黍又秋風。遜清無復留陳迹，遺老今惟見我公。往事不堪回首憶，一杯引盡醉顏紅。

對　鏡

倚窗嘯傲日爲常，對鏡休嫌兩鬢霜。才短寧爲天所忌，年衰早與世相忘。無愁可遣仍求醉，有樂須尋任放狂。自問更無餘事在，消磨歲月一詩囊。

步和楊君績仙

城火無端殃及魚，葭莩關念欲何如。關山遥隔無雙翼，肺腑頻傾惟尺書。君患噬臍誠運蹇，我思援手恨才疏。解紛幸有良朋在，不讓朱家專令譽。

歲暮有感并寄績仙

夢斷鄉關萬里遥，驚心臘鼓總魂銷。六旬將又增三歲，一載于今剩兩朝。殘喘僅延知木拱，勞肩難息尚蓬飄。故人莫問年來事，除却詩囊即酒瓢。

自　述

碌碌依人已可慚，邇來況復歲華殘。老猶作嫁生何補，去既無家住亦難。手澤惟存舊詩稿，頭銜未換破儒冠。世間迂者誰如我，論定何須俟蓋棺。

劉君樂軒以咏懷見寄，因步和

漸啓文明世運新，吾儕猶是舊頭巾。既無净土將安適，雖有生涯不濟貧。但願詩書綿世澤，更栖岩谷作遺民。劇憐飢走荒山道，同是天涯淪落人。

歲月蹉跎白髮新，可憐兩個老儒巾。有枝暫借寧能久，每食無餘也算貧。壓綫尚然充記室，抽身未許作閑民。君才倍我猶如我，呼馬呼牛竟任人。

讀 格 言

福本無門禍自求，先幾能慎庶無憂。休從崖上馳驕馬，莫到江心補漏舟。魚尚避鈎每潜伏，鳥猶徹土預綢繆。七年果蓄三年艾，試問何人病不瘳。

三子秀民完婚

兩男先後皆完娶，少子于今又結褵。自是觸讐憐賤息，漫云陳寔有佳兒。衰翁久已痴聾慣，新婦惟期家室宜。從此向平心事了，勞肩得息敢嫌遲。

謝楊君績仙惠帳及詩

豚兒受室届佳期，承惠隆儀并惠詩。彩帳懸時光斗室，碧紗籠處燦珠璣。本思設席酬嘉客，恨未掀髯共酒卮。鳴謝愧無瓊玖報，空教翹首望天涯。

謝蘇君星橋

華札飛來祝喜儀，殷勤并復惠新詩。開緘深感君情重，登受翻教我愧滋。亟盼惠臨思倒屣，好同觀禮且傾卮。劇憐路遠兼多梗，畢竟難將玉趾移。

懷楊君績仙

晦明風雨總無聊，汶北瀛南路豈遙。魂夢未曾逢李白，音書偏又誤洪喬。冶長已否嫌疑釋，司馬曾無宿恙消。祇爲交深關念切，心旌不定日搖搖。

寄楊君績仙（六首）

尺書飛到汶河邊，讀未終篇已愕然。衹道禔躬方迪吉，那知訟事正纏綿。鑠金一任鄉人口，乞火誰如鄰母賢。叨係葭莩關念切，摇摇心早似旌懸。

欲加之罪豈無辞，白璧于今亦有疵。不道桃僵偏李代，可憐魚網竟鴻罹。浮雲蔽日天難問，番佛通神山可移。螫手壯夫先解腕，請君立斷莫遲疑。

乾坤到處盡榛荆，奚怪嫌從瓜李生。清白縱爲人共見，揶揄其奈鬼無情。微瑕偶匿瑜難掩，尺霧雖遮日自明。内省既然能不疚，寧因渭濁混涇清。

藉慰牢愁咏數篇，更將餘意致纏綿。老來猶弄傭書筆，歸去兼無負郭田。似我窮途空有恨，微君同病孰相憐。茫茫後會知何日，齒髮驚心各暮年。

代籌自愧力殊綿，又讀來書倍愕然。膠葛如前憂未解，起居惟幸病新痊。尋醫有客同秦緩，排難無人似魯連。握粟也思爲一卜，時還搔首問青天。

芻言雖俚意綿綿，大抵行方智要圓。失馬不須悲既往，亡羊亦莫悔從前。應知鼓瑟休膠柱，安得調琴不改弦。苦海茫茫終有岸，望君且自惜餘年。

漫　吟

種樹移花心力殫，不辭勞瘁且尋歡。庭中實結三秋桂，室内香霏九畹蘭。梅馥菊芳憑管領，竹窗松徑任盤桓。當年曾亦栽桃李，竟不成蔭每自慚。

咏　樂

祇圖歡喜莫生嗔，况復殘年過六旬。世縱弃余如贅物，天猶容我作閑人。樽中有酒寧辭醉，甑底無塵不算貧。吾樂甚多隨處樂，啓期果否是前身。

贈傅君桐航

近世何人敢頡頏，羡君雅量總汪洋。伯倫曠達嵇康懶，張緒風流太白狂。昆仲才華同二陸，乾坤靈秀毓三湘。從游豈獨開茅塞，鄙吝于今已盡忘。

近　况

不乞人憐每自憐，且將近况借詩傳。一家已有十三口，百歲還争卅六年。祇爲累多肩莫息，更知病久算難延。吾衰雖甚狂又甚，對酒高歌且放顛。

和傅君桐航口占原韵

携手吟哦信步行，一竿旭日曉風輕。燕培故壘芹泥啄，雉掠平疇麥浪生。怪石巉岩山有色，乱流清淺水無聲。君詩急就驪珠得，我和佳章苦不成。

咏　懷

負負燕南一腐儒，壯猶落拓况桑榆。奮身衹見人投袂，糊口空教我濫竽。欲學蒼蠅思附驥，又慚老馬反爲駒。不曾逐客猶天幸，悻悻羞爲小丈夫。

自　慰（五首）

病骨支離息僅存，老來情况不須論。縱思嘗臠牙先脱，即欲看花目已昏。有葯難延殘歲月，無心更理舊琴樽。惟餘一事聊堪慰，日日含飴弄五孫。

莫道家無長物存，且將近事細評論。加餐差幸今猶昔，覓句憑教朝至昏。爲便郊游時曳杖，偶因客至也開樽。得行樂處須行樂，有暇還曾課幼孫。

便便腹笥幸猶存，環堵蕭然豈足論。攬鏡短髭雖漸白，觀書老眼未嘗昏。曾灾棗梨刊詩稿，不惜金錢倒酒樽。愧我無謀貽燕翼，一經也願授兒孫。

自笑青青襟尚存，吾衰甚矣那堪論。昔誠碌碌今猶拙，人盡昭昭我獨昏。每憶前塵空隕涕，不逢舊雨懶開樽。敢期兒輩承衣鉢，次第懸弧屢抱孫。

有心未遂舌空存，身世蹉跎豈待論。壯歲已過成白首，夕陽雖好近黄昏。欲歸其奈仍彈鋏，惡醉時還强盡樽。飲到微酣時一笑，自扶短杖看諸孫。

口　占

于今老矣尚奚爲，生既無聊死亦悲。馬力已疲誰市骨，豹文雖煒漫留皮。存時難醉千朝酒，歿世空餘數卷詩。旦暮腐將同草木，敢期歿世有人知。

和劉君樂軒漫感（三首）

可憐兩個老諸生，眼見滄桑幾變更。脂韋人皆投俗好，踽凉我豈近輿情。馬生冀北空留骨，豹隱終南豈盜名。除却與君相唱和，更誰同氣復同聲。

懶似嵇生狂阮生，本來面目總難更。依人寧變驕人態，玩世兼多厭世情。終日推敲詩有癖，連朝酩酊酒爲名。抗心畢竟難師古，負負馮驩彈鋏聲。

不成一事愧虛生，似水流光歲又更。千里關山游子泪，廿年風雨故鄉情。途窮未遂生平願，才薄難留死後名。惟有叔牙深識我，仰天長嘆一聲聲。

和謝君樹森

老來頭腦倍冬烘，心是寒灰首似蓬。詎料匠斤雕朽木，也教小草被華風。君如隱豹文何煒，我欲探驪句未工。叨在細流今不擇，寧聞婁曠笑盲聾。

閑　吟

拳曲原同木不才，此身奚怪困蒿萊。老來況復頭全白，進取其如心早灰。睡到已醒仍伏枕，飲常求醉不停杯。惟餘舊癖今猶昔，時把新詩次第裁。

贈李君肖峰

年來唱和遞詩筒，此日杯盤幸與同。百歲生涯皆壓綫，兩人踪迹各飄蓬。探囊得句才華富，拔劍酣歌意態雄。我拜下風思仿效，可憐學咏尚難工。

尋　樂

六旬今又增三歲，風燭殘年未足悲。病擬就醫仍畏藥，老難勝酒尚哦詩。四愁何有如平子，三樂還須似啓期。早識浮生原若夢，幾人耄耋幾期頤。

和趙君筱荃見贈原韵

雅望先生八斗才，愧余三斗盡塵埃。效颦枉把新詩賦，阿好偏勞妙句裁。方謂醬瓶應待覆，忽逢華札恰飛來。叔牙知我殊多感，走謁還期共舉杯。

和胥品青先生見贈原韵

欲和君詩苦乏才，安能洗鍊絶纖埃。垂青謬荷佳章錫，布謝能無俚句裁。祇恨思深情不達，更慚言淺意難賅。今番竊弄班門斧，恐惹方家笑口開。

和譜兄蘇君星橋見贈原韵

筆生五色衆生賅，肱折于來凡幾回。君每惠詩將我譽，我曾寄稿請君裁。拋書未醒津東夢，飛札偏從海上來。展讀瑶章慚且感，恨難把晤共傾杯。

和劉君樂軒舞雩臺懷古

舞雩今尚有高臺，此日登臨實壯哉。萬木秋聲隨處起，四圍山色抱城來。泮芹已杳餘榛莽，壇杏難尋剩草萊。童冠偕游思往事，我因望古獨徘徊。

又和前人漫感原韵

未嘗一窟二毛生，歲月驚心面貌更。借了殘年惟縱酒，并無餘事可關情。苦從鷄肋尋滋味，寧願人間識姓名。勉和佳章君莫笑，言雖鄙俚盡心聲。

和王君鐵民

甚矣吾衰每自悲，頭顱猶是髮如絲。願偕老友謀歸隱，懶共青年聽載馳。鵬奮九霄終有路，烏飛三匝苦無枝。惟餘同病憐同病，莫謂君痴我亦痴。

和楊君績仙

早從詩句挹清芬，才退慚如將僨軍。安得飛觴同醉月，空教翹首盼還雲。别無昆弟誰憐我，得結苔岑幸有君。閑把佳章燈下讀，連番擊節到宵分。

寄楊君績仙

叨係蘭盟聯氣誼，况同鄉井復葭莩。工詩君信如崔灝，使酒余慚似灌夫。雅範恨難親北海，前塵并悔失東隅。束薪揚水殘多感，將伯于今更孰呼。

贈關天生先生

賞音近幸遇鍾期，縱是新交亦故知。才薄自慚投筆晚，緣慳并恨識荆遲。飄蓬似我真無賴，碩果微公更有誰。欲吐所懷難盡吐，何當杯酒共論詩。

廿載羈栖汶水西，早欽重望斗山齊。三生有幸親光霽，八字無端賜品題。君是席珍方待聘，我非結緑亦藏泥。得閑尚擬重相訪，求教還將拙草携。

退　　休

得退休時且退休，不休于世復何求。遲回暫向人間住，早晚行將地下游。生困青襟駒過隙，死留白骨貉同丘。彭殤修短皆隨化，莫恨蕭蕭雪滿頭。

志　　感

瑣尾流離久不歸，可憐事事與心違。越秦寧復關忻戚，今昨何須論是非。鬢髪已絲悲木拱，脚跟無綫感蓬飛。長途疲馬肩難息，北望鄉關老泪揮。

祝范君亮伯太夫人壽

丸熊畫荻女中師，趙北燕南仰姆儀。教子有方皆捧檄，弄孫無日不含飴。桃觴人獻千秋壽，蕙帳天申百福宜。我欲登堂慚未得，下風遥拜祝期頤。

和劉君樂軒夜雨不寐原韵

瀟瀟風雨夜三更，兩地羈栖共此情。早已埋頭爲世弃，那須昂首向人鳴。衰年病久吟兼廢，長物家無夢不驚。閑把君詩燈下讀，可憐雙眼老猶明。

和謝君樹森感懷原韵（二首）

望斷燕南不見家，驚心歲月倍堪加。愁看鏡裏鬢眉老，厭聽庭前兒女嘩。也欲著鞭思附驥，恨難投筆衹塗鴉。才疏敢和陽春曲，覓句空教手八叉。

風塵飄泊我無家，老態龍鍾更可嗟。欲樂餘年恣嘯傲，難尋净土避喧嘩。順風未遇遲歸雁，繞樹無依噪暮鴉。鄉國不知何處是，扶笻徙倚路三叉。

戊辰夏五三慘案

滬案三周期又逢，苦將慘劇演重重。執言方謂紛能解，逢怒誰知焰更凶。義憤憑揮三尺劍，熱腸休止五分鐘。嗟予病骨支離甚，短髪猶然冠欲衝。

嗟我中華禍已深，内潮未息外潮侵。吾儕横被强權壓，烈士冤同大海沉。羊狠狼貪悲既往，鵲巢鳩占痛于今。鬩墻小怨渾閑事，耿耿休忘報復心。

和謝君樹森感懷原韵

煮酒閑將榾柮烘，廿年踪迹感秋蓬。早知馬骨難求價，敢謂鴻毛未遇風。愁到無聊還自笑，詩雖有癖豈能工。周行示我殊多感，鐸教今番幸振聾。

楊君績仙以感懷詩二章見贈，因步韵奉和

蕭蕭鬢髪各華顛，兩地閑愁付錦箋。有志如君終未逮，無長似我豈能賢。曹交食粟猶前日，伏勝傳經已暮年。吾輩漫思投俗好，求魚畢竟木空緣。

翹望瀛南日幾回，何當話舊共傾杯。論交曾把蘭盟訂，聞教還期茅塞開。孤鶴寧同鷄并立，雙鳧不共雁飛來。屋梁落月

思顏色，疑夢疑真費我猜。

唁蘇君星橋喪子

開緘知抱西河痛，叨係蘭盟亦斷腸。顏路尚存淵早卒，尼山未老鯉先亡。歷觀往哲猶如此，且惜餘年漫自傷。況復孫曾能繼武，請君收涕莫彷徨。

感　言

醉捋吟髭拔劍看，茫茫時事且澄觀。貧來始識人情薄，老去方知世路難。金盡故交皆水火，途窮平地亦波瀾。青年多少豪華客，有耳如充劇可嘆。

以小照寄楊君績仙

兩地盟心聚首難，寄君小照請君看。料兄矍鑠應如昔，似我支離每自慚。耄矣已非前面目，迂哉未改舊衣冠。暮雲春樹知關念，煩向窗前仔細觀。

感　時

滿目烟塵黯夕陽，請纓幾輩苦奔忙。魯公揮日終難返，杞客憂天枉自傷。外患已深臍正噬，重兵徒擁膽誰嘗。劇憐風雨飄搖甚，尚未綢繆土撤桑。

贈徐君靄人

佳章見惠感心脾，擬不于倫愧轉滋。豈有文章驚海内，空教老大走天涯。萬言難賦知才盡，斗酒無詩投筆遲。猥以青連相比較，不期阿好竟如斯。

自述藉呈傅君

嗟余糊口走西東，書劍飄零廿載中。手握有戈期返日，脚跟無綫感飛蓬。白頭我與馮唐伍，青眼君猶阮藉同。欲賦小詩答知己，自慚學咏尚難工。

長途疲馬欲何之，壯不如人老可知。太白愁來惟縱酒，文通才盡不哦詩。苦將餘味尋鷄肋，安得留名埒豹皮。識我近雖逢鮑子，所嗟鬢髮已如絲。

自　咏

壯來無日不奔波，近已殘年六秩過。子盡從公薪孰荷，身猶作嫁硯空磨。敢辞家室經營苦，徒倚門閭涕泪多。斑白尚難休負戴，長途疲馬欲如何。

題靜樂園

名園築就廣徵文，大啓須來如見君。朝賞名花宵醉月，俯看流水仰觀雲。隱居栗里陶元亮，修禊蘭亭王右軍。東晋高風今尚在，南天翹望揖清芬。

自來静者心多妙，寧静如公樂可知。四面雲山皆入畫，滿門桃李盡含滋。閑軒待月琴三叠，倚樹觀棋酒一卮。最羡文孫隨杖履，還將歡趣博含飴。

爲便栖遲自築園，今之静樂古衡門。庭陰鳴鶴琴三叠，濠上觀魚酒一樽。松菊猶存陶令宅，桑麻疑入武陵源。蘭香桂馥尤堪羡，堂構相承裕後昆。

觀泉又復相陰陽，别墅新開黄海旁。四面泬寥樓眺遠，百城羅列閣凝香。卧虹橋映芙蓉水，留月臺偎薜荔墻。翹望南天思燕賀，灌雲即是古柴桑。

和劉君樂軒

笑捋吟髭盡一卮，推敲已到夜深時。荆榛遍地家何在，風雨懷人客每遲。齒壑頭童空有恨，詩囊酒盞不曾離。補牢已晚嗟何及，徒悔亡羊是路歧。

近世人情盡詐虞，且圖歡樂漫長吁。揮天縱是戈猶在，立地其如錐也無。老我鬚眉猶作嫁，仰人鼻息等爲奴。昨非今是何勞問，恨不歸來尋舊廬。

閑　居

箕踞科頭納晚涼，閑居無事得徜徉。荒庭草長緑侵户，鄰舍花開紅過墻。詩酒留連惟所好，室家料理任妻忙。行年況已逾周甲，縱是逍遥也不妨。

老　態

官骸猶是二毛新，病骨支離笑此身。齒脱并難決濡肉，目昏幾不見輿薪。詩因才退空叉手，酒爲年衰懶入唇。早思蹉跎無計補，那堪回首憶前塵。

登高志感（民國十四年乙丑爲孫張戰事而作）

絶巘憑臨壑倦眸，西風殘照一天秋。烟雲慘淡傷心泪，陵谷遷移滿目愁。衹見岱峰猶北峙，誰迴汶水便東流。最憐十室今空九，萁豆相煎尚未休。

和楊君績仙

鎮日無聊朝復昏，廿年風雨悵離魂。命途似弟真窮措，齒德如兄信達尊。才退有詩難脱稿，病多無葯可除根。明春果能親光霽，醉我應開北海樽。

和蘇君星橋

雙魚寄到我殊欣，捧讀迴環倍思君。枕上夢醒悲落月，天涯路梗滯還雲。佳章欲和才先盡，知己難逢酒自醺。前上一聯慚拾慧，我云不過藉人云。

和楊君績仙

廿載離群恨索居，故人千里寄雙魚。開緘恍若親芝宇，問字無緣到草廬。身世蹉跎悲日暮，時光迅速又春初。瑶函捧讀殊多感，權和來詩當覆書。

和星橋兄（三首）

名場利藪衆皆欣，迂拙誰如我與君。惟藉琴書娱暮歲，早將富貴等浮雲。苦吟早已吟成癖，嗜飲其如飲即醺。此外更無餘事在，吾從吾好復何云。

春來草木盡欣欣，觸景興懷倍念君。鯉信難通思遠道，凫飛不到隔層雲。新詩見惠詩慵和，濁酒澆愁酒正醺。塵海微君孰識我，此情幸無向人云。

本期把晤兩歡欣，其奈思君不見君。伏枕不時懷舊雨，扶笻幾度望停雲。惟將蕪柬頻相寄，縱有醇醪孰共醺。屢欲登門終爽約，老來情況那堪云。

自　述

立功立德兩無緣，身世低回倍愴然。寡過恨難同伯玉，行年早已倍顔淵。敢期兒輩箕裘紹，惟望孫枝瓜瓞綿。有志未酬身已老，那堪回首憶從前。

又和星橋兄前韵

屢惠新詩感且欣，邇來惆悵渺思君。夢醒宵外三更月，望斷津東一片雲。久疾乍瘳旋又病，多愁不飲也如醺。佳章勉和無佳咏，不過人云我亦云。

跋李君倬卿瀛南迂叟詩集卷末

香山吟社仲宣樓，清氣盤旋筆底收。句好每從驢背得，名高争到豹皮留。通才紹述河間學（君籍獻縣），晚歲逍遥汶上游（任職津浦鐵路警務書記，駐大汶口站）。求一字安髭捻斷，談何容易有千秋。

狂歌不放酒杯停，酷愛隨園寫性靈。詩境漸催雙鬢白，命途終老一衿青。功成快比丹升鼎，語妙清于水瀉瓶。我已桑榆才思減，敢當山斗奉模型（君來詩以昌黎見推，增我愧汗）。

東麟繆潤紱拜稿（戊辰夏曆五月，年七十又七）

附　録

迂叟説

倬卿李先生僕鄉人也，晚年自署瀛南迂叟。聞而异之，叟和平坦率，人共欽仰，本屬通才，何謂迂拙？繼而思之，迂本訓直，非惡名也。直道而行，見三代遺風焉。近世人心不古，間有生性樸厚不尚詭譎者，咸以迂目之，甚且驚爲怪异。噫！世道如斯，殊堪浩嘆。叟工詩，時與僕相唱酬。其詩獨開生面，不落恒蹊，每覺望塵弗及。子三，皆供職津浦鐵路，能自食其力。孫亦頭角峥嶸，堪娱暮歲。家世獻陵，爲僕四十年前舊游地，俗美風醇，人才輩出。由漢迄今，數千年來，餘韵流風，猶堪想見。聞同年張太史濂云：弦歌雅化今猶是。昔叟生是間，知靈秀所鍾有自來矣。始悟叟之迂非迂拙，乃迂直也，迂亦何嫌耶？世之自謂不迂者，巧詐之術日精，本來之良浸失，憂世者所以俯仰欷歔而不能自已也。作迂叟説以貽之，先生見之當掀髯大笑曰：知我，知我！

肖齋葉毓文稿（甲子仲冬作于魯南，時年六十又七）

葉君，吾鄉名宿，知我最深，曾爲撰《迂叟説》以解嘲。惜先生已于丙寅秋作古，拙草付梓，不獲求爲撰序，惟此説尚存。撫今追昔，實愴于懷，因登諸卷末藉以志感。

迂叟謹志（戊辰夏曆六月，時年六十又二）

劉清漳詩集

衡門叟詩集

序

少年人不懂韵學，所以吾師給我講經的餘暇，教給我讀詩的法子，嘗説讀詩不難，只要平仄和調，字音長短高下自然，有頓挫鏗鏘之聲，將作者的精神合盤托出。于是高聲朗誦，使我學步。無奈我鈍根甚深，終難領略。然而讀吾師的詩亦頗能知其大概。蓋遭逢亂世，憂時感事的熱心腸，故每見之于詩。强年以來，隱于田畝，在青縣背郭樹木林中建茅庵一楹，耕餘之暇，往往寄情于禽鳥草木之間，此亦消極之一道也。歲在壬午，先生高壽七十有二，甚健康可喜。長夏之月，日夕的凉時，從先生游于城北，將赴茅庵一行，適有電車道的溝渠阻路，先生一躍而過，遂口占一绝云："老來一事竟無成，閱盡炎凉世態情。豈憚溝渠數尺水，不妨一躍就前程。"行走行念，回顧余在後邊，相視而笑。遂言曰："作詩往往一日不成一句，往往傾刻數首。蓋興會到來，天機流露，亦不覺所以然也。若推敲則費時間耳。"今先生的詩集將行刊刻，命我作序，我實不文，唯道先生之言如此。

中華民國三十一年，歲在壬午初秋之月，

受業新豐陳廷

自　序

余學淺才短，不能兼攻并進，鑽研古文二十年來，不托于音，前時詩草用是亡失。故拙文付梓，僅附數首，見者以爲可教。將結社，啓余，余亦訢然樂從。未幾大亂輒作，擾攘不已。鄉之同情諸君子或死或亡，或爲世變多故緘嘿遠禍，荒弃文墨。余亦挈妻子倉皇避患，炮火餘生，又以家境之累，口腹之急，顧念身世，惄焉愴懷，然每有感觸，詩興輒發。譬彼蟲鳥，應時而鳴。歲丙寅，天津嚴侍郎範孫先生折柬招余存社會課，于是以無能之詩歌得與海内文人相見。四年之間，積詩若干首，擇其稍可者并入集中，總五百首有奇，厘爲十二卷。嗟乎，黨國鼎盛，篇章就煙，六經埽地。而嚴先生于斯物故，疇昔同社諸君子又復風流雲散，響绝音沈。余亦輟讀耕農，每負耒四望，悵然不知意之奚屬也。

夏曆戊寅孟春之月序于衡門草堂

卷　一

國民軍直魯奉軍之戰

其　一

誕告多方莫費猜，兵端原爲保民開（直督李景林宣戰，大略謂保境安民）。炮聲響震閭閻動，彈落烟沈地軸摧（李軍乘飛機擲彈，穴地五六尺深，一連數枚，炸死民人二名）。迷漫血腥連紫塞（奉系郭松齡倒戈，反攻奉張，至新民屯戰没），從衡戰綫遍蘆菭（青縣治北里許，唐時蘆臺城，李軍遍挖戰濠于其地）。婦孺不識仁人意，野哭吞聲更可哀。

其　二

愛國真真不擾民（國民二軍袖章大書：真愛國不擾民），萬家鼓舞度更新。酬庸豈靳三千酒，存撫何争兩萬緡（國民軍攻破李軍馬廠，令民犒軍酒三千斤，牛二十頭，錢萬元，尅日備齊，否則加罪）。冷落閭閻堪供應，莊嚴軍令勿庸伸。請看禹縣屠城記（禹縣爲某軍所屠，傷心人登諸報端），猶是將軍格外仁。

其　三

遠涉間關轉戰來（國民二三軍多陝晋人），將軍號令又頻摧。創扶戎馬還追北，垂死沙場不肯回（秦俗好戰，自古皆然，然死者枕藉，至車載其尸，青縣城内外堆積者纍纍）。只爲英雄争寸土，也將血肉委塵埃。昊天不吊生民盡，一溯原因幾度裁。

其　四

學堂林立出人才（清季五大臣奏停科舉，有謂科舉一日不停，學堂一日不興；學堂一日不興，人才一日不出），亡國淵源此息胎。一姓河山無足惜，九州廬舍遍成灰（民國以來，兵火遍中國也）。潮流鎮日滔滔下，兵火連天滚滚來。禹宇從今無净土，遐思不禁重低徊。

其　五

綱維斷绝起征塵，邪説乘間又種因（有謂行將滅倫者也）。自破藩籬來猛獸，誰教造物産名人。地天否塞還荒古，小大偕亡入溷淪。繼體經營思往聖，前途一望一沾巾。

其　六

手營窟宅爲藏身（前歲壬戌之亂，余曾以地窖避炮火，今復穴地避之），又作羲皇穴處民。老大惜生真可笑，窮愁遭際嘆無因。滔天罪孽誰營造，避地倉皇我苦辛（謂穴居也）。耳側隆隆兵火震，流光閃爍雜星辰（每夜間作戰，炮彈有如流星）。

其　七

亂裏相逢再世人（有自鄉間逃來者），殷勤把握各酸辛。干戈漸遠腥還在，戎馬重來血尚新（此軍雖去，彼軍又來）。破碎村莊猶有火，奔亡兒女向誰親（余一家逃亡在外）。頻年征戰渾如夢，滿眼河山未必真。

其　八

寄托微言德既孤，禮崩樂壞未能扶。幾經喪亂空關念，舉世更張獨守株。蹭蹬低昂堪笑我，蹉跎老大負生吾。愁來不覺吟哦苦，真個乾坤一腐儒。

以上甲子

哭冢婦黄氏二首（以下乙丑）

其　一

捲地風沙二日天（乙丑正月二日大風霾，而兵燹未已，滿目蒼凉），無聊思飲可愁捐。烹魚就竈親調味，汲米聯炊婦助煎（次婦汲米作飯，并代余炊，而黄氏在伊室晝寢）。念汝沈眠因夜乏（國民二軍從甲子至此未去，長子常與之往還，禁之不可，又往往夜半始歸，婦必爲作飯。時聞呵責聲也），謂誰薄命惹人憐（婦自幼無母，今又遇人不淑）。酒斟飯熟呼來食（余謂次婦曰：飯熟矣，呼汝嫂來喫。婦回言：喊之不應，撼之不動。荆人曰黄氏死矣。余急視之，果然也），一望凄凄色黯然。

其　二

吾嘗念汝太聰明（昔吾因病家居，每以宣和牌譜消遣，昨日除夕之餘，又復一弄，至三五不知所謂，婦從傍曰：五雲多處是三台），豈有聰明自恨生。愧我無方堪教子，爲誰灑泪可憐卿。勤將針黹忘朝暮，不厭糟糠秉色聲。一旦捐軀掃净土，靈根當必長瓊英。

姚君希文聞吾喪婦，以詩來吊，依韵答之

琳琅高擲古音隆，一縷清魂感觸通。泉下斂衣應謝子，人間拉泪有阿翁。文章增重無窮譽，慚愧偏多未了衷。南望吟壇三拜手，新裁還復慰吾躬。

兹家國多故，五内如焚，而背義陳三借端訛詐，更挾軍閥威力興訟，不堪其擾，于是擬山居五首以自遣

依栖卜築半山頭，籬落襟連半是疇。短几茅檐堪寄傲，豆蓬瓜架足優游。園蔬手種饒滋味，村酒遥沽思宿留。一飽無關身外事，閑尋野老話林丘。

山居春事

野人離落野花香，細草烟綿碧映窗。枕底鳥聲來遠近，林間燕舞故低昂。晨眠懶起催耕唤，午覺重躭布穀忙。隔畔老農相慰問，今春雨水兆豐穰。

山居夏事

野人離下草萋萋，近没庭階遠映堤。山路崎嶇無客至，林巒窈窕有鶯啼。農耕傍午眠高樹，駁子臨流濯淺溪。僻處閑居多逸興，也將耒耜理荒畦。

山居秋事

野人離落草蟲鳴，斷送涼颼入户驚。起視庭階堆落葉，行看菊圃發黄英。雲屯稼穡連城郭，星散霜天思弟兄。閲盡三時耕穫苦，濁醪自勞玉山傾。

山居冬事

野人離落傍梅花，數點横窗月色斜。清影時來栖野鶴，芳心獨抱吐寒葩。乾坤凍鎖凝陰重，鷄犬聲沈積雪遮。爲問騎驢尋覓者，香傳一縷在山家。

初春早起林間即景

獨步晨興漫漫游，鳴禽斷續遍林丘。塵囂頓覺呈清醒，野趣訢傳啓韵幽。物我渾然根造化，地天否泰一源流。世人墜入沈昏裏，鎮日干戈動不休。

姚君希文讀吾文屢贈以詩，褒揚過量，多不敢當，依韵答之

拙文不作等閑看，細嚼精研見肺肝。老大知音驚有在，窮愁遭際嘆無端。干戈滿眼家完少，蓁莽塞途脚立難。三萬空言何所用，此生亦已誤儒冠。詩成珠玉又重頒，語重驚心更汗顔。痂嗜怪君真癖病，文窮似我亦愚頑。漫誇道濟千秋弊，無補民生兩鬢斑。爲問高情阿好者，也知大笑遍人寰。

自綏東縣署館次至新民縣登火車旋里

從來塵累室家多，至此登車漸忘他。無限青山看不盡，回頭已過大凌河。

重九登高

登高携酒踏歌行，野曠凉飈拂拂生。麥隴清霜呈暮色，柳林黄葉落秋聲。數家烟火荒原瘦，一片斜陽古道横。極目杳茫無限處，風帆沙鳥半雲程。

述　懷（五古）

誤落在人世，動爲俗慮纏。骨肉牽情惹，弗獲返自然。中夜振衣起，俯仰步庭前。人生不滿百，胡爲憂千年。故性躭典籍，更事桑麻田。優哉復游哉，聊以樂所天。

雜咏十四首（五古）

推倒尼山案，可稱大筆手。歐風被中土，于古復何有。我輩生斯世，遭逢真不偶。父老驚相問，未忍即開口。

我久不問世，因與世相左。閉户學參禪，我亦渾忘我。窗紙忽震鳴，想是又開火。父老驚往顧，閉門説因果。

古聖重人道，特制大昏禮。越世產賢哲，更將前憲洗。人爲萬物靈，相鼠亦有體。於戲應運生，天下文明啓。

陰陽判奇偶，乾坤有定位。斯是本自然，未可矯揉遂。蚊虻欲負山，當車螳螂背。海外產奇風，吹得人人醉。

吾少讀國語，竊嘆文義迥。及復讀國策，又嘆文秀挺。文章含元氣，盛衰可第等。今復讀國文，不覺涕泪并。

先哲有明訓，亂世用重典。火既燎原起，杯水可敷衍。玉石已俱焚，殺戮到鷄犬。海外尚輕刑，於戲心滅讞。

被髮霸佐膺，剃髮先民哭。緣何一再甚，竟俾頭皆禿。四體已不仁，想是毫毛促。於戲本已剝，是非空追逐。

頓首易鞠躬，吾亦復何咎。祇以封尊親，獨覺恩情厚。禮本緣情生，人心焉可苟。問誰遵古制，田間衡門叟。

頒曆授人時，曆聖經營苦。更張亂成憲，厥始實湯武。徒以感人心，于世果何補。於戲古明王，幸有仁政輔。

孔子萬世師，淵乎若江漢。淺夫固莫測，徒發望洋嘆。吾每讀其書，反覆追索按。爲邦行夏時，三代胥一貫。

鄙夫詆大聖，每言諱宗邦。詎知立言旨，親疏貴有章。天地本無極，欲將尺寸量。爲邦行夏時，夫豈右周商。

鼎革易服色，比比非一世。曷當采往古，競逐東西制。褰裳徒勞苦，誰結同心契。威儀久非漢，父老空垂涕。

五體首獨尊，冠必飾金玉。君子重觀瞻，小人起敬肅。厥惟赤帝子，峨峨滿頭竹。斯乃劉氏家，朝廷有公服。

吾師固天縱，而欲强而勉。中天懸白日，安有衆星點。區區螢火光，焰焰更争顯。烏乎秋夜深，陰磷皆發展。

撾　夫

官兵敵是求，非爲敵民者。何以聞兵至，竄逃伏四野。遥見夫婿來，踉蹌從戎馬。急欲一招呼，望望泪盈把。小兒妄作聲，母怒泣還灑。儻令兵耶聞，又豈爲吾捨。車塵漸寂滅，此去能歸也。

亂後二首

亂後人烟少，鷄犬失故居。犬卧頹墻下，鷄栖枯木枝。鷄鳴一何苦，犬吠聲正悲。鷄犬聲豈异，人心異昔時。撫此增竊嘆，起視夜何其。流星垂四野，平旦尚無期。

郊原遍壕壘，村落半灰燼。餓犬守空巷，井枯荒草牣。一二老寡婦，野哭聲酸震。

亂後尋故人飲酒

亂去反岑寂，提壺尋故友。故人見我至，迎問還在否。坐我籬落下，欷歔爲判剖。前時官兵來，舉家驚散走。惟吾與老妻，相將門户守。我力供僕役，妻作箕帚婦。出入被呵責，一若喪家狗。心怒勿敢言，强笑前開口。兩兒念家室，復被軍人紐。强迫去當兵，今已三月久。我聞在戰場，什死七八九。父子两决绝，往往入夢有。少婦憤恨死，小孫又失母。一家凋零盡，焉用煢獨叟。言罷仰屋嘆，掩面泪濕手。我聞心骨悲，支吾强開誘。中原遭板蕩，浩劫真不偶。往事不堪問，大難來日有。此時暫可樂，勿負杯中酒。破泣相爲歡，一酌一大斗。

以上乙丑作，共四十八首①

---

① 刻本即为此数。

卷　二

以下丙寅作（即民十五）

妾　薄　命（五言古二首）

其　一

紅顔多薄命，薄命惜紅顔。已知爲命誤，無復冀人憐。妾身當弃置，妾心尚幽閑。幼時習針黹，父母兩心關。既教刺紫綬，又刺五两綸。古象衣一領，精緻非等閑。龍興雲萬朵，月出水一灣。十二有區别，彩色何斑斑。父母愛我巧，贈我雙金環。此環猶在手，熟視泪潸潸。

其　二

佳人不世出，既出命何薄。嫁得輕佻兒，相依遭零落。良言既弗入，兀傲還戲謔。謂儂不艶妝，謂儂不薰灼。謂儂聲不嬌，謂儂語言惡。謂儂不識時，謂儂守廉恪。動與人乖迕，宜乎食糟粕。斥儂爲彼累，逼儂反舊約。我生實不辰，夫豈怒所托。良緣鎮古稀，幾人甘寂寞。

田　　家（七言古　余典得負郭之田五畝，乙丑秋，盡行種麥，嗣經戎馬踐踏，又自去秋不雨，至于今夏。然而麥稍上每甘露如珠，及刈穫，竟收數石之多，喜出望外，于是作詩以歌之）

群雄競逐青縣道，萬民生命等秋草。郊原幾處戎馬嘶，麥隴青青皆枯槁。蝨賊未死魃鬼興，乘風每將慈雲埽。炎炎赫赫旱象呈，劫後遺黎焉能保。上帝眷顧憫衆生，特須甘露垂青昊。漫潤滋養枯復榮，共説今年麥秋好。衡門野老穫亦豐，一杯濁酒幾绝倒。天心相民大可見，殘民得勿干天討（數年後，所謂伊人者，俱不得其死）。

甚矣吾衰也（七言古）

吾少讀書未分曉，晨興胸中皆了了。焉知瞬息血氣衰，眼前之事如雲杳。沈思力索不能追，忽忽反覺心動愀。天傾可撑海可堵，精神疲憊無能補。烈士暮年空悲歌，光陰一瞥成千古。無怪夫子慨然嘆，吾少聰明今椎魯。由來賢愚皆如斯，綆長怎奈日月馳。人生少小當努力，無爲老大空嗟咨。

田　　家（五言古）

星夜栖畎畝，衣食在力田。與世無徵逐，盈虧自彼天。老農年衰謝，飼犢林下眠。老婦供孫嬉，矜誇囊多錢。機上有織女，野外無荒阡。一家各事事，歲月無虚捐。歲熟慶豐稔，竈底有餘烟。羅列群勸酒，一杯一陶然。

醉　後　歌（七古）

飲酒既醉醉更好，萬事膠心皆能了。頓足跳出苦海波，舉杯抵得愁山倒。仰望大虛碧杳茫，此身一若登青昊。吁嗟乎！傾囊倒篋復沽酒，辨得此鄉終吾老。

見學社野丁香盛開，憶及孫蔚圃（七古）

學社花開憶昔年，昔年人去今未還。人未還兮花已開，花開令人意惘然。花開花落時有定，人生聚散復懵懵。始知人世不如花，花自芬芬人蹭蹬。茫茫四顧暮雲遮，手握花枝空咨嗟。自君去矣知音少，與誰吟哦共此花。

山　　中（五古）

行行入山中，紆回少迹痕。斷橋擁流水，老木卧雲根。徑窄垂藤護，泉響聲吐吞。盤旋迷道路，層麓見孤村。

代某壽某松鶴圖題詞（七古）

吾聞之，人生如白駒過隙，又如水逝雲飛杳，年臻七十古來少。况乃過之猶康健，此中端底誰能曉？聞説郭叟德在躬，摯樸沈默藴和冲。根幹培植皆精粹，無怪黄髪貌兒童。哲嗣創造更色養，繞膝欣欣悦高朗。茲值七十有五初度辰，盈庭稱觴觴壽上。吾又聞，太平時世壽人多，而今滿地皆干戈。無限蒼生付流水，白骨如山血成河。試看今日復何日，茫茫大陸掀風波。吁嗟乎！舉目蒼凉何所有，但見千年老鶴亭亭松柏舞婆娑。

五公山人（五古）

山人豪邁士，而非山中人。家國既蕩盡，滿目皆荆蓁。但見人民舊，難爲冠佩新。羶風與羯臭，到處潜酸辛。所懷誠萬端，一籌亦莫陳。拂袖入深山，避地遠世塵。彈琴友麋鹿，讀書蒼松根。親戚來造訪，濁酒相酌斟。抗志在古昔，高話羲皇民。著書宏道義，研幾見性真。八陣煩推演，大略鎮乾坤（山人具文武全才，著述甚富，恐觸清忌，未敢印行。惟《乾坤大略》晚近爲定州王氏付梓，尚將尾子删去。而推演之八陣圖，仍爲墨稿藏諸其家）。此志竟蕭條，旅食獻國春（獻縣漢獻王劉德封國，故云。山人應孔總戎聘，掌獻陵書院，遂落户而家焉）。奄然隨物化，高躅誰能循。

示後生（五古）

我生際貧薄，衣食動遭屯。秉耒理禾稼，荷蕢行采薪。筋力豈不憊，高堂有老親。廿齡遭母喪（余生周年喪父，二十二歲遭母喪也），孑然獨一身（余年二十一喪妻）。蓬飄因根斷，萬里逐征塵（余三客塞北，一客成都）。忽忽三十年，所歷良艱辛。既已遭屯蹇，命定非由人。壯懷亦云已，訓蒙到而今。衣食有本原，日與古人親。悠悠忘歲月，皤皤鬢髮新。植身貴有道，没世疾無聞。于兹苟有獲，軌轍可遵循。

秋夜戍婦詞（五七古）

凄凄秋夜長，皎皎明月光。凉風吹雁雁南翔，嘹唳聲聲斷妾腸。雁去有時返，行人日益遠。思君令人老，泪落思無限。自古征戍幾人歸，塞外草衰清霜肥。男兒何當戰場死，永夜夢魂無相違。

余赴川時，于途次所經古迹名勝多所吟咏，兹舊稿已失，緬想疇昔，歷歷在目，遂作數首以補之，亦雁泥鴻爪之意云爾。

次沔陽赴定軍山謁諸葛武侯墓（五律）

古墓深山裏，松楸長數圍。寂無人語響，時有鸛鳴飛。王氣横今古，英風啓懦微。西陵空黍稷，衹覺霸圖非。

張桓侯引路柏（由劍閣至瓦口關共一萬餘株，大四五圍）

根幹生龍甲，枝條滴翠蒼。豈資新雨露，獨飽老風霜。世遠斯人去，山深古道長。千秋留手澤，猶是漢封疆。

次劍州遇雨，復冒雨游眺，于山中得姜伯約祠堂（五律）

獨步尋幽險，崎嶇細雨中。山深雲重壓，地僻烏飛通。叠嶂銜關遠，流泉響磵空。松楸叢密處，隱見漢元戎。

昭烈帝惠陵（在成都南門外 五律）

一片孤城下，巍然昭烈陵。風聲含霸氣，樹色帶威稜。百戰心何壯，三分鼎僅登。彼蒼不祚漢，徒嘆奮揚鷹。

少 陵 草 堂（五律　在成都城外西南隅）

唐時無陵寢，先生有草堂。千秋留客迹，异代重詩狂。地以文章著，名因翰墨香。騷壇遺像在，仰止思茫茫。

哭姚師叔節七绝四首（師桐城人）

懷寶韜光作永歸，百年身世两相違。勝朝遺老知多少，回首西山一采薇。

貧處頻將志願違（先生招余赴京師，因困于無資不果），瞻韓無命失依歸。從今未與論文事，檢點陳編獨掩扉。

衰年知遇愈生平，待後承先更有情。绝學未興人去矣，幾將泪眼望桐城。

衰季文章有幾家，每懷型範望天涯。臨風點點思君泪，猶當生前剪燭花（先生與余有從容與論竟夜之語）。

九日登高（七律）

去年今日此登高，放眼寰區百感遭。無限干戈經歲月，有涯民命等鴻毛。楓林霜染蒼天泪，邊塞烟沈碧海濤。寂寞秋風零落裏，一行旅雁遞嗷嘈。

答某君（七律）

愛我非譽下敢當，凡夫何事振綱常。遵循聖訓敦家政，伏讀詩書爲後倡。两語親承先世志，一生篤守不吾忘。擔荷绝學何時話，想是前朝酒醉狂。

魏武帝（七绝　托孤一段）

英雄氣盡涕滂沱，眷戀情懷可笑多。縱有明眸含泪望，西陵無復近秋波。

聞風琴感賦（七绝）

其聲哀惋重幽沈，猶是前朝亡國音。堪笑通儒吴摯甫，竟將雅樂擬風琴。

峭帆亭懷古（七绝）

此地曾經駐聖躬（乾隆帝南巡至此），題詩考古是豪雄（作詩御書勒石）。而今惟有殘碑在，半没荒烟蔓草中。

讀刺客傳（五古）

專諸一劍俠，悍然不知義。奮力加非仇，妄與人家事。諸也重豢養，要離剸慶忌。聶政亦等倫，特爲黄金餌。慷慨數豫讓，殺身亦奇异。爲臣懷二心，數語動天地。荆卿入秦庭，而欲生劫制。匕首還未加，惜乎先决袂。是則與曹沫，後先同一致。成敗既殊途，鄙夫多詆譏。砰然漸離築，千載有生氣。

歲丙寅，暮秋之夜，因念家國多難不能成寐，枕畔忽聞狂風怒號，不禁感慨係之，于是口占七律一首

茅檐獨卧封孤檠，忽聽遥遥萬籟鳴。落葉打窗風瑟瑟，月明點地雁聲聲。逼人歲月空天冷，遍地干戈白髮生。掩燭欲眠眠不得，城樓柝擊報三更。

孤　　雁（五律）

一雁來何處，飛鳴向我過。似尋乾净土，不入破山河。歲晚霜音重，天寒苦况多。西風吹汝急，嘹唳獨如何。

暮秋野望（五律）

枯樹寒鴉集，荒村返照中。平沙迷旅雁，環海隱悲風。漭泱乾坤大，高低戰壘叢。霸圖猶未已，歲暮又興戎。

暮秋郊行即景（五古）

深秋動蕭爽，野人志氣清。樵采步原野，俯仰不勝情。浮雲西北來，飛鳥皆南征。長林翻落葉，菊圃發黃英。高崗向陽地，時聞寒蛩聲。白日挂西山，牛羊歸柴荆。萬物感時序，天道恒虧盈。田家衡門叟，歲時在郊坰。

答成都官聚五（七绝）

把筆題箋報舊游，忽然一事到心頭。江樓舊有詩題壁，雨雨風風剥落不。

夏曆丙寅，余年五十又六，飲食動作較四十歲時加健，課童之暇，手種烟葉數畦，親自灌溉，及熟，皆以勝錦堂特産，于是戲作一绝

親朋試吸皆言好，遠過尋堂植種家。异日後生談往事，衡門烟葉邵平瓜。

歲丙寅，余年五十又六，夏曆九月十四日，二子克績舉得一男，回憶余周年無父，二十二歲喪母，妻李氏先母一年亡，而余孑然一身，形影相吊，又以衣食是急，奔走塞外，舉目無親，幾死道路，而今有子有孫，喜極悲來，于是作艱難行二百八十字，以示後人（七古）

老夫今年五十六，誕生兩歲父無禄。廿二喪母前喪妻，形影相依何單獨。永夜夢魂摧心肝，醒來挑燈吞聲哭。遭家不造何所有，傾側坍塌一老屋。凍餒交迫誰存問，親戚反將白眼矚。自分何當死溝壑，背負行李征塵逐。脚凍履穿不勝襪，肌膚綻裂如縐縠。荒谷冷逼狼苦嗥，懸崖雪壓人踪覆。伶仃泪眼向誰灑，日暮還就茅店宿。故鄉有時一回首，烟塵浩浩山簇簇。梗斷蓬飄向天涯，道路流離行自屬。朝陽寄食依藥賈，既而去之復攻讀。三年雖未遍五車，先聖筆削皆爛熟。文章草就老生驚，咤嘆難入俗人目。自兹歸來再有家，而今七口皆骨肉。是歲誕生一小孫，老夫今年五十六。載生載育事之常，自我得之如獲玉。訴喜觸動舊時悲，濡睫揮毫從頭録。留與後人作鑒觀，能否爲我歌一曲。

以上丙寅年作

卷　三

以下丁卯年作

道情八首（詞）

老書痴，不識時。既撰文，又賦詩。閑暇字學猶遥企。鍾王虞褚皆神品，歐柳蘇黄各炫奇。愚拙獨喜魯公意，雖未能龍行虎卧，只者個老幹横枝。

爲文字，幾熬煎。真堪笑，又可憐。無明無夜常常念。窮經讀史百千部，冷案寒窗三十年。而今老大猶不厭，者纔是窮神魔障，躭擱了幾多金錢。

只硯田，謀斗升。據黄卷，對青燈。迷離作個南柯夢。秦皇詔令詩書禁，項羽焚燒玉石崩。翻天覆地交相鬨，驚醒來開軒仰望，幾低徊感歎不勝。

縣省志，舉挂名。立提要，道學行。留與後輩相論定。無如舉世皆沈醉，豈令一人而獨醒。洶洶衆怒誰能勝，倒不如付之一炬，化灰塵無臭無聲。

行止地，幾度量。焚筆硯，學農桑。樊遲老矣猶强壯。稚子牽牛歌道路，老妻提壺饋酒漿。醺醺醉卧蒼苔上，到秋來大田多稼，滌埸圃高話倉箱。

世間事，莫問津。身世事，亦傷神。一拳打破糊塗陣。功名富貴草頭露，夫妻兒孫隊裏人。遂緣遂了無追認，説甚麽滄葉滿目，那些事等若烟塵。

白雲鄉，隱逸多。結茅屋，傍山坡。三竿日出猶高卧。窗虚倚聽清泉響，地僻時來白鹿過。鳥聲摇曳餘音播，興會時焚香打坐，撫枯桐一曲高歌。

老書痴，學作詞。韵聲病，俱有之。曾皙但道生平志。孤懷迥异賢時撰，雅操曾邀一老知。流光易逝君須記，推開那塵緣世網，得所天其樂何其。

花　　鞋（七律　社題　美國时妝以鮮花飾鞋）

昔聞舉足即生蓮，怪底花開鞋上偏。漫踏香塵驚蝶夢，輕移玉趾可人憐。芳心獨抱傳深閣，春色何來遍大千。自古蛾眉矜巧飾，西鄰追逐一年年。

胭　　脂（七律　同上　法國女子以胭脂飾唇代簽名爲最時尚）

唇上名人人上唇，風流人識上唇人。上唇人識人難忘，終亦悠悠空愴神。海國閨情連日下，中原文物戰塵湮。愁看大地皆污濁，推倒西江一洗新。

冬 狩 行 (七古 同上)

漭泱大地龍蛇走，殺機滚滚復何有。人民蕩析禽獸多，更有荆蓁南東畝。漫言狡兔營三窟，只此亦足衛群醜。暮天霜氣走沙塵，蒼鷹凌風屢垂首。攫身側擊翻復騰，一縷清影直衝斗。毛血未得灑平蕪，可憐世無人功狗。觀者雜沓舉揚眉，獵者交錯空拍手。我爲獵者借箸籌，未卜獵者能容否？具揚火烈障礙焚，埽除穢迹蕩穴藪。霜深毛厚肉正肥，爲我痛飲千杯酒。嗚呼朔風何颯颯，寒空徒增鷹眼急。健羽雄心向誰灑，海天遼闊任游戢。

祀 竈 (七律 同上)

臘鼓頻催報歲終，家家祀竈報神功。千秋争獻王孫媚，鎮日難堪孔道窮。怪底人家多夏屋，合當我輩老冬烘。拙荆打點黄羊備，也向東厨去鞠躬。

元旦日壽天津嚴範孫先生 (七律)

辟地津沽古誼敦，廿年曾不履權門。論文樂就多方士，考道渾忘三達尊。冠冕群倫郭祭酒，名流一代晋南村。訴逢七始增榮秩，醉倒梅花酒幾罇。

追記丙寅年北地大雪

(社題　七古　命題系江南人，故指我方爲北地)

噌吰一夜北風吼，彤雲滾滾玉龍走。興酣抖擻鱗甲飛，一片一片大如手。近似蝶舞遠似烟，又如垂練如奔泉。郊原萬頃成碧海，波濤矗立直拍天。豈真天心亦虛幻，胡然大地屢更變。山間籬落水邊村，一望宛如水晶殿。江山捲入烟波裏，高士高卧眠不起。那知雪下竟扃扉，滿院梅花摧芳芷。(是爲丙寅臘月十日，在正三九。)嘗聞瑞雪兆豐年，準擬今年歌大有。若非彼蒼相小民，誰念小民凋蔽久。作詩記之應詩約(是在丁卯二月朔)，書畢自勞動春酌，檐前簌簌銀花落。

書紀厚齊先生花王閣詩後 (七古)

無惑乎，先生文章不中式，方枘圓鑿怎爲力。名存後世人坎坷，勝達之人無消息。山川積氣久必通，鍾靈啓發後無窮(先生後裔多聞人，文達公其一也)。事之報施有緩急，誰謂高高無蒼穹。先生詩成當明季，感懷世路駭奇异。故爾沈鬱抑塞，悲壯蒼凉感慨多，淋漓浩瀚寫風致。假令先生生今朝，横覽亘絶古昔諸惡潮。想當一日詩千首，若非塊壘無能澆。吁嗟乎！今古之人不相親，豈其詩中有鬼神，胡然使我感喟欷歔不可禁。

贈劉劍孫 (七古)

英雄失路焉托寄，撫劍慷慨動垂泗。時乖不遂男兒願，空懷四海澄清志。無聊就酌衡門叟，把話欷歔行搔首。酒酣淋漓起悲歌，歌闋又酌一大斗。君才自是蓋世無，勸君善保七尺軀。天生我才必有用，功名何必效斯須。君不見，滔滔滚滚起戰塵，邪説乘間又種因。大道寂滅付流水，無夫無婦無尊親。邇來人獸争相食，洪荒溷噩無休息。今者不守來誰承，是則吾徒當努力。當努力，吾老矣。千鈞一綫望吾子，百世直將聖人俟。

春　城　曲 (社題　五古)

春柳帶春烟，春城繞春泉。春泉臨古渡，古渡桃花妍。人在春風裏，神往何處邊。信步登城頭，微風扇和柔。大地含生息，藹藹漸盈疇。蛙聲動清響，山鳥鳴林丘。歸燕紛紛至，爰止多層樓。恍入羲皇世，浩乎蕩悠悠。

花 (五律　社題)

茆屋臨郊野，春深意趣賒。長林翻紫燕，古道燦黄花。杏子含春靄，桃英映碧霞。挺然籬落下，老樹半含葩。

志　感（五古）

三十九歲落一齒，五十七歲口成童。發禿頭頂露，蒼然一老翁。功名既未立，詩文徒苦攻。豈敢志温飽，三餐殆難充。既已遭屯蹇，又值起蛇龍。萬里皆戰場，健兒半從戎。去年死冀北，今年殉南中。哀哀動野哭，隱隱含酸風。亂世全性命，又值年尺豐。天下滋多故，閭閻更奇窮。凶荒皆死路，幾人得令終。賦罷仰屋嘆，搔首望蒼穹。

讀孟子（五古）

孟子止七篇，經綸彌天地。人事雖至繁，綱紀莫倫次。歸宿尼山老，磅礴發新義。孰若决江漢，當者皆辟易。後生欲有爲，研精此定志。

城南李氏一百二十畦芍藥看花歌（七古　社題）

津門詩友爲我道，城南李氏園林好。就中所種芍藥多，培養灌漑花開早。枝枝交映笑迎人，粉白黛緑競嬈夭。由來國色莫等倫，虢國夫人曾絶倒。花自芬芳世離亂，閭閻盡被烽烟掃。干戈擾攘翻江漢，貔貅鼓舞出豐鎬。看看燕雲又被兵，骨肉蕩析空懷抱。無惑乎！詩人嘆其不如草。木之無知而無憂，我來看花心如擣。今年花開復明年，明年花開人已老。花不愧人人愧花，人生行樂須及早。堪嘆李氏真神仙，優游花下遂浩浩。

何苦執迷入非非，滿眼河山徒追討。神勞勞，心懆懆。精敗衰，形枯槁，七尺之軀將焉保。殺人自殺一間耳，轉眼一抔生秋草。何如被髮入深山，嘯傲林泉逐飛鳥。君不見，蟫香館外水竹村，仿佛人間蓬萊島。日與李氏花間游，我亦花間理詩稿。吁嗟乎！我爲李氏園中看花應徵詩，觸發狂奴奮文藻。拉雜世故客氣多，得勿亦被名花惱。

初　日（五律　同上）

天地初開朗，林間漸啓冥。曦穿驚鳥翼，曙色淡晨星。苦海摇金影，荒陬燦嫩青。可憐團團露，點點暗凋零。

夕　陽（五律　同上）

下上翻鴉集，高低收豎歸。荒烟迷古徑，暮靄挂柴扉。遠寺鐘聲動，長林鳥噪稀。地天存静候，未可獨勞機。

微　風（五律　同上）

時入三陽候，郊原碧若油。欣欣遂長養，裊裊扇和柔。吹面增怡豫，被襟洗愠憂。羲皇不再世，風景若相侔。

細　雨（五律　同上）

連日陰雲布，清聲怎見聞。迷濛輕灑地，縹緲漸隨雲。原野垂新緑，莓苔染翠紋。繽紛雖已歇，天地未當分。

春夜聞蛙（五絶）

明月漸高朗，鳥鳴飛一兩。微風扇和柔，鼓鼓蛙聲響。

晨興聞鳥鳴（五絶）

睡醒懶不起，擁衾獨隱几。鳥鳴三两聲，似在深林裏。

拔麥耘田二首（五律）

拔麥習勞苦，時當日午天。垂頭作霖雨，抵手觸雲烟。處約惟崇儉，安貧在力田。此生無長進，俯仰愧前賢。

富貴吾無分，平生幾度量。耕耘遂定命，衣食仰穹蒼。蕩蕩田間味，欣欣稼穡香。秋成收穫後，朋酒話倉箱。

讀莊子（五古）

莊子好箸論，其中多幽玄。遭際不康寧，潦倒故詭顛。忽而入濁地，忽而迫青天。忽而跨長鯨，忽而化雲烟。忽而泣鬼神，忽而鄙聖賢。忽而藐若介，忽而大無邊。飄忽復飄忽，顛倒更復顛。其實果何有，身世两拳拳。行行皆眼泪，字字動心詮。人生行樂耳，何苦苦熬煎。天民重養生，烏乎烏有焉。殉道慕虛聲，烈士每勉旃。掩卷長太息，爲之一憮然。

書　城　歌（七古　社題）

皇華顯赫名都會，多少文人胥蔚萃。城高百丈插雲霄，祥光瑞靄時勝沸。沮龍望氣却走驚，丞相贊助興甲兵。可憐金城化焦土，往古精粹一時傾。後人追思慕其處，徜徉灰燼憑吊古。斷簡殘編胥撮拾，零金碎玉幾經補。自玆簡策復充棟，閭閻蔚起弦歌誦。狂生嘯嗷每自雄，坐擁百部如入瓮。道有隆污有升降，堪笑沮龍真魔障。無端燔毀萬里城，死後餘骸亦焚喪。後車不鑒前車覆，茫茫并轍更追逐。先聖典籍涕唾視，馬勃牛溲貯金屋。吁嗟乎！古言書城喻捍衛，禮樂能銷干戈鋭。而今衆生俱顛倒，徒有口舌將焉説。吾聞夫天下無道道在身，書城管城作隱淪。淹然渾忘歲與月，焉辨盛世與暴秦。

澆　　花（七律　同上）

既動南畝更澆花，雅趣偏多野老家。雜卉無名連户牖，清溪流過破籬笆。時來舊侶談玄妙，屢掇新香代茗茶。明歲如今仍灌溉，池頭半種邵平瓜。

薙　　草（七律　同上）

已作田間植杖翁，盤餐仰給賴蒼穹。訴從南畝勞農事，勉就耘耔助歲功。養正何當除障碍，存真端在破迷蒙。何時蕪穢删夷盡，一望嘉禾處處同。

炎暑苦戰行（七古　同上）

洪荒洪流不爲害，猶有巢穴可利賴。若夫邪説中人心，其禍其禍大無外。憶昔伊誰亂綱紀，干戈擾攘欻然起。九州霾没炮火中，萬民倒懸烽烟裏。偉人只知愛疆土，争地争城更用武。前歲鏖兵在隆冬，今年苦戰當炎暑。地熱天蒸無片雲，瓦礫火生日停午。疆場健兒效馳逐，杖戈揮汗汗如雨。舉袖當幕赫炎遮，陣動淵淵又伐鼓。進前死敵人退後，被隔阻進退皆死，□所一身失自主。忍痛含酸蹈烽鏑，白刃交加血漂杵。可憐率土食人肉，嗚呼獨非人父母。吁嗟乎！古人耀德不觀兵，煦育涵養遂生生。環海熙洽承豐樂，鷄犬安栖沐升平。苟有元凶大無道，罪惡昭著干天討。誕誥多方乃興師，尤在晨隙避炎昊。道喪風微悲季世，堤防潰决藩籬蔽。獝獝豺狼虎兕出柙中，縱横搏噬無西東。鎮古浩劫未有如斯厲，賦罷擲筆望蒼穹。

石　鐘　山（五律　同上）

山以鐘名著，非關扣則鳴。江潮翻浪涌，石罅動噌吰。遼廓崗巒重，鏗鏘金石聲。東坡游履在，一往不勝情。

彭　郎　磯（五律　同上）

孤客發三峽（余客成都，自三峽歸），一航恣泳游。江干尋勝迹，湖口吊沈舟（清彭剛直公與髮匪大戰于此地）。痛灑蒼生汨，愁看碧水流。彭郎磯尚在，相對思悠悠。

桂　　頌（有序　社題）

草木之華，盛于春夏而零落乎秋冬。若夫其氣愈冷其香愈清，首曰梅花，其次則桂焉，故古人以馨香况德志，以歲晚方亂世，以美人比君子，繇來舊矣。茲值仲秋，詩社以桂頌徵余，意在斯乎。爰放騷體雜凑四章，章各八句，聊敷以言以報知音云爾。

秋氣清兮山之中，獨盤還兮山之翁。心恍恍兮悲丹楓，步踽踽兮繞桂叢。桂芬馥兮楓林晚，年華逝兮不復返。彼美人兮何偃蹇，懷天香兮意悠遠。

懷天香兮江之滸，水淼淼兮意悠阻。我欲致之疇步武，嗟披拂兮獨蕃蕪。托明月兮以培根，被繁露兮滋丹心。發古香兮白雲深，不可挹兮空沾襟。

不可挹兮不可玩，倚惆悵兮望雲漢。浩乎迴兮星漫漫，月出皭兮光爛爛。厥有桂兮植何時，垂青景兮太液池。朱英粲兮風凄其，濔馤芬兮無人知。

無人知兮秋將老，彼美人兮空懷抱。飄金粟兮香風裊，嗟摇落兮隨百草。拂翠節兮拾輕黄，奚其置之天一方。山之阻兮道且長，側身望兮悵茫茫。

卷　四

以下戊辰年作

戊辰元旦，偶閲拙集，自叙中有“余今年四十八歲”一語，日月不居，忽忽十稔，不禁感慨係之，遂賦二首

匆匆又是十年過，多難侵尋奈老何。縱有一朝新氣象，無如萬里破山河。烽烟到處生民盡，臂畫由來處士多。愧我無才株守慣，愁看两鬢益皤皤。

歲月不居奈老何，匆匆又是十年過。精神惝恍才思减，筋力衰疲健忘多。兒女債深還未滿，詩文情重已成魔。前塵恍惚難回首，且喜春風鼓太和。

華　屋　嘆（七古　社題）

翬飛鳥革，興築未已。薤露遽歌，他人入室。感而賦此。

人生百歲如朝暮，胡爲目前營不足。茆屋土茨已難安，甲第巍峨猶改樹。金錢揮霍等泥沙，伊誰脂膏不知數。金門玉堂拔地起，檐牙高啄連雲霧。十年興工還來已，一旦奄然歌薤露。如翬斯飛空精神，如鳥斯革誰攸宇。冷落蒼凉履迹稀，碩大寬

廣人爰處。寂寞荒郊土一丘，穴穿狐狸走狡兔。吁嗟乎！人生如電光石火轉眼非，愚夫至死不覺悟。而今華屋建築何其多，徒使傍人悲末路。

春　雪（七律　同上）

初春何以竟飛花，短屋疏籬半已遮。柳眼迷離驚欲醒，梅心璀璨暈流霞。氤氳氣結連城白，瀲灩晴暉淡月華。聞説豐年資瑞雪，倉箱準擬滿家家。豐年預兆漫矜誇，凜冽餘威忽倍加（冷甚過于嚴冬）。淡淡清光寒日影，青青夜色透窗紗。冰天烽火三千里（由徐州至直隸及晋北，自春經冬犹苦戰不已），雪地哀鴻百萬家（兵火所及而民露宿于野）。豈我彼蒼真瞶瞶，何如霡霂及春華。

有感偶書二首（七絶）

六十年華若水流，生平志願一無酬。彼蒼生我緣何事，只爲人間少贅疣。

與世蹉跎衹自謀，一家生計幾推求。兒曹已長諸孫大，莫笑阿翁空白頭。

政變後十有七年，仲春上丁，祀孔助祭有感，口占二首，以示與祭諸君子（七絶）

世事滄桑一變更，千鈞真比羽毛輕。動君莫笑□□廟，且聽蕭蕭戎馬鳴（至聖殿，兩廡作爲馬厩。祭時不敢作樂，恐驚馬也）。

雅化悠悠海外流（環球各國大半尊孔，而日本尤甚），百年浸潤遍環球。可憐中國文明胄，輸却人家多少籌。

冰　　床（七古　社題）

地天否塞成大冬，萬物盡在有無中。朔風滚滚黄埃起，白日黯淡天濛濛。一陽判剖分南北，孤陰凝閉無西東。浩浩湯湯慘不流，漁翁罷釣繫孤舟。玻璃萬頃杳無際，但見冰床去悠悠。短篙斜倚儘俯仰，脚滑倒立頭搼搶。餘力激蕩床如飛，床上歡呼皆鼓掌。吁嗟乎！臨深履薄行爾没，如何使我心惘惘。

早春雜興四首（七絶　同上）

雪化冰消渾太和，一灣碧水繫烟螺。沙鷗不省人間事，得意優游戲緑波。

干戈擾攘經年紀，無怪生民菜色多。縱有春風吹不起，可憐弱柳舞婆娑。

北雁南歸復北翔，嗷嗷聲裏説行藏。似嫌中土無乾净，相顧匆匆下大荒。

風和日暖知春至，即野尋春更有情。最喜萌芽負土出，時來山鳥一聲聲。

賦罷應徵詩，登城試眺，又作一首（時館青縣公署）

禍患相因轉更頻（南軍號北伐，與孫軍戰于南中也），不堪回首舊人民。荒城幾默蕭條柳，得意搖搖獨笑春。

兵　　至（五古）

頻歲戰不息，忽又至我前。兵來如蝗蟻，滔滔滚風烟。犬吠奔閭巷，鷄鳴飛屋巔。柴門忽作聲，塌然摧心肝。寒家惟片瓦，還要啓扉看。小孫驚號泣，老妻嚇撲顛。兒母撫兒嘻，低語兒耳邊。將軍如烈火，砰然竟拔關。四五荷槍入，一人持刀先。衣帽與他异，當然是軍官。强言不與語，怒氣直衝冠。釜甑俱顛倒，曰有敵人焉。拱手答云未，眦睚看又看。

兵去矣，作太息行一首（七古）

既已共和何不和，鼎沸禹宇稱干戈。此蹶彼起蹶又起，衮衮英雄何其多。赴死蒼生知多少，白骨如山血成河。室家比比如懸罄，糟糠不濟充藜藿。粥兒賣女有誰受，顛連道路而之他。君不見，山東直隸兩千里，千村萬落生荆杞。嗚呼！吾其豈免道路死。

夢　成　都（五古）

我昔游成都，誕逢青眼衆。好句纔出口，仰邀方伯誦。欲將蒲柳資，供奉廊廟用。我命本貧賤，招來病魔訟。可憐佳山水，不得與之共。于今二十年，悠悠入我夢。

咏　　懷（四言　社題）

自古在昔，誰甘隱者。與世既乖，心焉獨寫。或枕山谷，或栖原野。棱棱孤標，郁郁風雅。吁嗟余兮，利名牽惹。與世涸涸，卅有春夏。是有命焉，無能或假。俗塵滿面，爬搔盈把。自賦歸歟，就理吾社。偃仰栖遲，衡門之下。茅茨連疇，垂楊拂厦。地僻貧居，送逢蓋寡。山鳥時鳴，殊音瀟灑。濁酒一壺，對之傾斝。頹乎醉矣，渾忘吾也。焉知世間，玉堂金馬。

秋　　泛（六言　社題　兹就前日範孫先生、幼梅先生同社諸君子泛舟游于八里臺作起）

群起稱兵逐鹿，奚暇泛舟載酒。蕩然忘却利名，猶有烟波數叟。

兹值深秋露重，一灣碧水澄清。駕彼扁舟一葉，茫茫恍入蓬瀛。

興來偕侶游賞，居然泛業浮家。酒餘起問舟子，者個誰氏天涯。

載賦秋泛數首，仿佛身臨其境。所懷世慮萬端，一陣清聲警醒。

破　　琴（七律　同上）

《晉書》：戴逵博學善屬文。太宰武陵王稀聞其善鼓琴，召之，逵對使者破琴，曰：戴安道不能爲王伶人。

不受塵埃半點侵（成句），臨流枕石一枯琴。清聲縹緲雲歸岫，古調鏗鏘鶴賞心。雅操逸情傳亮節，孤懷絶響待知音。絲桐玉碎辭王使，千載高風可仰欽。

九日登高再叠前韵二首（七律）

三年此地此登高，放眼寰區百感遭（原句）。戰壘迷離衰草碧，荒村寂滅聽狐嗥。白雲舒卷風吹急，老樹杈枒葉亂飄。時物廢興天不管，茫茫大陸又揚濤。

放眼寰區百感遭，澆愁惟有借醩醪。群興下坐黄花地，滿飲争持紫蟹螯。醉裏乾坤真個大，生平塊壘一爬搔。來年此日無兵警，携酒登臨不告勞。

柳　絮（七絶　社題　此二在前，録于此）

敗絮紛紛不自憐，無情却被有情牽。飄飄飛入深閨裏，惹得春愁一惘然。

隨風下上舞低昂，飛過高樓又短墻。莫謂凋零今若此，此身曾出水雲鄉。

擬古詩十九首（社題　以四首爲完卷）

連年苦征戰，蒼蒼皆流離。骨肉思豈斷，哭向天之涯。人命危朝露，生死安可知。相彼群飛鳥，栖栖猶同枝。征人日漸遠，促促誰能緩。譬彼江河水，滔滔去不返。瞻言腸内熱，况復歲云晚。世亂遭飄蕩，思之不能飯。

白露向日稀，人生非金石。悠悠百年内，忽忽如過客。男兒憤功名，浩氣常噴薄。努力當及時，聲譽滿京洛。風雲一失會，身世兩蕭索。高門酒肉臭，寒畯少田宅。良緣鎮古稀，所差非咫尺。升沈既殊途，空覺腸内熱。

今日復何日，翻新更出陳。六經皆糟粕，國文妙入神。一唱萬聲和，誰復識其真。雨露之所濡，蝸角亦獲伸。桑田成滄海，滄海復揚塵。乾坤竟顛倒，茫茫莫問津。良人懷獨苦，所歷誠艱辛。

陰陽判奇偶，萬物理亦齊。所性本自然，自然成級階。順勢爲至理，矯情皆可悲。邪説海外來，孤子寡人妻。大道隨流水，悵望復低徊。心聲發清響，凄愴有餘哀。一唱再三嘆，寥寥知音稀。恨不隨羽化，鼓翼凌風飛。

某公回奉二首（七絶）

視聽重違大願心，前軍屢北勢將侵。還車言邁榆關道，無限愁雲壓塞深。

回首都門泪滿襟，皇姑屯外一星沈。將軍惡果何時結，惹得傍人説古今。

新　猷　二（七絶）

統一中原履共和，新猷建設一何多。民情習俗皆堪念，摹仿强鄰勿太過。

古聖經綸未必過，人心學術一偏頗。醫貧莫若崇勤儉，濟弱還須禮義多。

廢北京爲北平（七絶）

廢却燕京號北平，賢豪用意太分明。從今得處承平世，鼎禮焚香拜令名。

北平四首 (七絕)

東海西山面大河，高標華北鎮南訛。巍然氣概雄天下，除却燕京未見它。

剥復循環總未窮，而今帝制告長終。已無萬國朝金闕，徒見千山拱玉宮。

六百年來王氣終，空餘宮闕向長空。西鄰慕古留圖畫，指顧呶呶説遠東。

邊患由來重可防，金元入寇若而强。帝王大略非人及，故建雄都鎮朔方。

哭嚴範孫先生 (七絕)

雅度虚懷後輩獎，無才似我亦褒揚。從今無復虚聲盜，獨倚柴門泣數行。

卷　五

己巳庚午年作

花子拾金（戲劇名，近偉人舉措有如此者）

堪嘆貧兒驟得金，手忙脚亂莫爲心。袖懷猶恐人窺見，直欲升天入地深。

眼　光（時人語也）

老目昏花轉更挠，眼光遠注讓賢豪。環球一瞥皆能遍，可惜無方視睫毛。

寒士行三首（七絶）

老大謀生轉更難，教書犯禁耕無田。一家生計將焉托，落得挨門去討錢。

討錢不入故人家，怕惹時賢白眼加。潛往荒村登古道，行行倚遍破籬笆。

昔聞書裏有黃金，費煞鑽研恨不深。誰料一貧仍故我，賣文賣字到而今。

有勸余易行者，歌以示志（五古）

嗟嗟劉家翁，衣食每不足。既耕復訓蒙，勞勞又鹿鹿。志在求一飽，其他非所欲。獨有文詩癖，猶自亂心曲。欲罷而未能，若有鬼神督。言成遭謗訕，親戚不吾睦。道喪斯文弊，攸往皆桎梏。抗言向人語，人或怒以目。妻孥苦貧病，交責一何酷。强忍力革面，腎腸一洗沐。俯仰窺世好，黽勉效馳逐。未行先扭怩，五内失所屬。天生骯髒骨，吾何能自淑。先師有遺訓，教我慎幽獨。兀兀遂至今，焉知爲吾毒。布衣雖百結，身未死溝瀆。趨炎附熱者，遽少窮途哭。人生貴知命，天道存剥復。興言發高歌，高歌弦急促。一唱再三嘆，古調起空谷。蓋棺有定論，何事争榮辱。

北平懷古（五古　社題）

驅車進北平，光景再更變。幾家舊人民，居繞故宫殿。宫殿開市場，游人多羨嘆。寶座無人久，半爲塵頭漫。文華與武英，寥寥數几案。輦路生秋草，廷臣已雲散。品級石仍在，東西位凌亂。城樓高百丈，五色旌旗燦。豈真天道存盛衰，謀之不臧成禍胎。人言入此即腐化（謂生專制心也），駕言行矣勿徘徊。

樂府四首（五言　社題）

插　標　兒（痛流亡也）

鄉民逃亡者以草標插兒女頭上示賣意，賣之所以活之也。

世亂遭飢饉，骨肉兩難全。插標賣兒女，猶是兒女憐。儻不忍訣絶，將同赴重泉。老人死亦分，兒女皆少年。謂他人父母，非復在我前。提携行街市，一顧一潸然。

撲　蝗　翁（夏歲荒也）

京東各縣蝗蝻已殖，民懼拉夫，無敢出者，伊可憂也。

今歲有禾稼，又生蝗蝻虞。命男撲蝗蝻，瑟縮懼拉夫。拉夫或不死，不勝衣食無。壯男强起去，兒母卧路隅。牽衣連聲喚，無爲兵耶拘。老夫年衰謝，焉用生存謀。逐逐南畝下，一撲一哀呼。

堤　上　居（避水患也）

沿河居民皆移居堤之上以避漂没，風雨露立，慘不忍睹。

衰季流民多，又爲洪水逼。避患上高岸，聊以謀安輯。偃息荒草間，日傍風雨立。人生重性命，于兹苦已極。何如即昏墊，與之同陷溺。時聞哭泣聲，不知爲誰泣。

慶　功　宴（賀戰功也）

北伐告成，日日歡宴，勞苦功高（標語），福禄是享，宜也。

指顧下河朔，英雄真無兩。群策功亦偉，是宜福禄享。舉酒日高會，歡宴無或爽。堂下凱歌奏，鼓吹發清響。相視各一笑，左右皆鼓掌。執若雷霆動，聲聲徹林莽。人生得意時，誰能任虛往。燕妓善跳舞，醺醺入羅幌。

薛 烈 女（五古　有序）

薛烈女，青縣人也，名著姐。幼失父母，依其叔于外。年十七，將嫁，其叔送之歸，依其祖母及姑。至不得已，衣帶重結，遂吞鴉片自盡。余聞惜之，爲詩表揚，登諸報紙，逾年又荐之《青縣新志》。惟念余與薛氏無瓜葛之連，又不識其家人，獨不忍貞魂抱憾地下也，故表章。

熏蕕雖同器，不亂惟本真。幾寒知松柏，不凋有异心。金錢無能動，威力亦莫馴。百折志不變，生成鐵石心。孤懷薄日月，老氣動乾坤。狂瀾逐暗潮，洶洶交相侵。告天天不語，呼母母不聞。泪灑黄河溢，冤沈碧海深。一瞑辭世去，遂死作清魂。年纔十六七，居然名教人。廉耻今掃地，而獨古訓親。我爲賦歌詩，感喟不可禁。高風與亮節，是可垂貞珉。天地苟不毀，异代將同欽。

殘 蟬 曲（七古　社題）

翠竹碧梧何蒼莽，中有鳴蟬閲清爽。餐風飲露遂高潔，興酣鼓翼發清響。古調一聲似吟龍，又如孤鶴鳴晴空。清聲斷送關山月，雅韵流傳草末風。嗚呼涼風吹汝急，恐汝後時難獨立。

堂上書生空白頭，怕聽殘蟬如啜泣。物有修短有盛衰，昔時何樂今何哀。大道虧盈每如此，藐焉昆蟲何足悲，不堪傾耳重低徊。

采　菱（七絕　同上）

偏舟渺渺泛烟波，點點漁翁戴笠蓑。行到菱荷無限處，深深忽聽采菱歌。

是歲秋，余刪餘稼，三子克績犁田，老妻送飯，水角一盒，清酒一壺。于是酒醉飯飽，就地仰卧，覺胸襟開朗，天地加曠。兒子以爲余憊，有所慰藉。余曰：田間作苦，古人有行之者，又何戚耶？爲之説《豳風》之詩，《無逸》之篇。日既下，牽牛歸，于途間作詩三首，次日足成之

老妻遥饋助農功，醉卧塵埃萬念空。小子不知余所樂，爲他三復説豳風。

痴兒肄業舊書生（兒從余學），誤入歧途又學耕。每至地頭回耙處，揚鞭高作叱牛聲。

袞袞英雄美少年，揆文奮武邁前賢。痴兒自是無才士，也傍阿翁學力田。

完白山民篆書册子書後（七古　社題　限文韵）

李斯作篆廢古文，古文浸衰亡前聞。籀既湮鬱蝌蚪滅，斑斑竹書疇能分。古光空燭天禄閣，老生皓首徒殷殷。國粹斬絶真罪辜，故智不減咸陽焚。君子不以人廢蓺，憲章三古總丘墳。别開生面大而化，囊括成就一家云（説者以爲李斯之小篆蓋從往古鐘鼎史籀脱出，自成一家也）。俯仰雖非古形皃，結構溢出古烟雲。至今流傳兩三種，琅琊之罘昭彤文。士林矜式互追逐，是非短長何紛紛。吾聞秦後篆書絶，中郎承紹只八分（蔡中郎邕善八分書，得斯之一體也）。唐室蓺林蔚然起，衣冠優孟數李君（唐李陽冰，善篆書，得斯之形皃而已）。天生奇才鄧完白，玉柱心法獨冠軍。龍行虎卧神變化，鐵鈎銀畫難爲群。漫可小技凋蟲視，此其涵養純氤氲。回溯嬴秦兩千載，斯之適派一殊勛。雅性安貧更樂道，聲動公卿名芳芬。羔幣充庭却弗顧，樂與寒素通殷勤。疇昔臨池習其帖，而今筆墨生香薰。

殘　　荷（七律　同上）

幾日亭亭白玉蓮，一池弱水鎖寒烟。翠房倒挂空餘子，碧蓋低垂半孔錢。不蔓不枝徒自立，中空外直有誰憐。笑他曾説方君子，一樣凋零向暮天。

衰　　柳（七律　同上）

鴻雁南歸紫燕翔，溥溥零露變爲霜。沙洲浸染蘆花白，古道翻飛柳葉黄。弱質可能撑晚節，柔條無力閲寒凉。笑他盛夏欺松柏，獨倚冰天孰翠蒼。

九日登高五叠原韵（七律）

携酒登臨不告勞（原句），去年此日又重遭。愁顔深鎖干戈老，白髪迭增歲月高。遣興荒苔頻縱目，忘情衰季獨醇醪。來朝國府頒新曆，物候天時俱汰淘。

雜 咏 五 首（六言）

故耽詩書癖重，招來物議横加。弃却文房四寶，耕吾草野烟霞。

姓名半通國籍，人間若無若有。茫然野草荒烟，一個衡門老叟。

力耕餘暇復釣，依然浩渺江湖。大烹鮮魚半貫，暢飲濁酒一壺。

醉卧衡門浩浩，而無車馬喧囂。醒來白日西匿，當頭明月高高。

野老茆檐獨坐，撲面拂拂春風。起視烟綿碧野，無邊萬紫千紅。

和鄭竟荃先生（七律）

散步郊原一望中，地天氤蘊雨濛濛。參差碧草含新露，裊娜游絲趁晚風。九十韶光堪共賞，千秋事業與君同（同修《青縣志》，共主文獻類）。而今胥沐深春裏，無限塵囂撒大空。

報友人規勸吾者（七律）

愚直招尤動見嗤，念吾言行殆支離。暫從异己求圓滑，還向多方學詐欺。風俗貞醇悲古道，物情變幻嘆今時。良朋藥石真無價，賤子心肝請漸移。

朱 貞 孝 女（四言　共八章）

滄縣朱秀才之次女，字于趙，未嫁，趙没。女欲殉，父母阻之；欲往吊，乃許之。于是拜翁姑家焉。又數年，翁姑繼殁，遺其二女，又無期功之親，而家道素貧，貞孝撫其兩姑，以針綫度日。又數年，積勞病故。越十有四載，其父托其友人徵詩于余。

天毁地闕，决堤潰防。鴻蒙渾噩，莽莽蓁荒。衆生顛倒，失彼周行。

失彼周行，駕言自由。縱情恣欲，載若狂流。朱女桀出，藐焉寡儔。

嗟彼賢媛，孑孑獨立。譬彼飛鴻，哀鳴其匹。詹仰所天，引頸以泣。

越兹以泣，泣懷姑嫜。槁項黄馘，晨夕疇將。母命于歸，中心式臧。

送死養生，心亦勞止。刻苦居貧，困憊以死。孝聞賢聲，堪垂青史。

處約見義，當厄知仁。如彼金玉，愈淬愈新。清節亮操，皭若秋旻。

皭皭旻陽，暴照千古。吁嗟今人，而獨古處。降年不永，半途傷汝。

瞶瞶彼蒼，殲厥賢良。離經畔紀，俾爾壽而康。亂實是將，天道茫茫。

昔先家姊，積勞咯血，顛連床褥，起卧須人。正齋姊丈，側室牛氏，侍奉左右，晝夜不眠，兩目幾盲。病大漸，每于身後掩泣，衣襟盡濕。余甚德之。今高甥欲與牛氏扶正，請示于余。余曰：非禮也，然世常有之，亦可從同。因贈之以詩

扶正經文總未憑，世間恒有可從同。辛勞在昔吾能忘，至日登堂必拜功。

牛氏扶正，彌孫完婚，因念及家姊

爲他宗祧話訰訰（先是姊生二女并夭，恐遂無後，屢勸姊丈納妾，遂生一子），子長孫婚妾即真。濟濟一堂稱鼎盛，不徒當日作勞人（子生，姊實顧復提携，至于成立。就濕推乾，操勞甚矣）。

核實循名敢妄求，先生下筆太無由（先由正齋姊丈娶姚氏，無出，早夭。繼娶吾姊，亦無出。後妾牛氏生一子，姊既死，夫弟高遵章進士題姊木主曰：繼妣。余謂繼字無當，往復争論，竟不能得。按唐宋先儒金石文：庶出之子對嫡母，無論幾人，概稱妣，無先後之分，更無繼字。對其所生者，則書生妣。如此眉目自清，名分亦定也）。總令死者無知覺，爲問先生愧也不？既成進士是名人，木主題來竟失真。書講高頭文八股，不堪應世事君親。

哭亡妻李氏絶五首[①]（忌日也，在光緒十七年五月十三）

歸寧乞食爲吾謀（氏歸在四月二十三日，其死也在五月十三日。于時余窘甚，氏曰，麥秋至，吾歸乞麥數斗，再選麥梃用編草辮，以佐君目前也。言訖泪下），欲别踟蹰語不休（氏行復止者再，曰室内無人，謹守門户，吾行即歸矣）。更有令人腸斷處，車中屢屢又回頭。

本是生離成死别（氏患帶症，其父投以藥，其後母林氏合鴉片殺之），良緣未盡使吾哀。即今四十年前事，往往音容入夢來。

困苦相依未可忘，每思往事一回腸。高情厚誼將焉報，濁酒一壺泪兩行。

離鄉兹已卌三年，每至斯晨一惘然。念汝生貧死更苦，墳頭誰化半文錢。

以上己巳庚午年作

① 刻本祇四首。

卷　六

以下辛未年作

六十一歲，花甲一周之生日，自壽三首

余生于同治十年辛未五月二十五日亥時，茲又届是年是日，亦人生難得之年日也。然而此六十年自省事以來，憂患疾病，窮愁潦倒，又不禁感慨係之矣。

此日當年别母身，哀哀生我亦艱辛。昊天罔極吾無報，望斷重泉泪滿襟。

花甲重逢六十春，一身曾作幾生身。酸鹹苦辣皆嘗遍，世上如余又幾人。

蹭蹬低昂六十年，個中苦楚有無邊。傷情往事難回首，且喜兒孫已滿前。

哭鄭竟荃先生（七律）

驚人噩耗忽傳來，百語千言唤不回。共喜衰年同筆硯（去歲與修青縣志），獨憐一旦赴泉臺。文章憎命成長恨，老大依人更可

哀（先生故于館中）。鎮古書生多偃蹇，臨風隕涕幾低徊。

贈天津趙幼梅先生茵陳（七律）

采得茵陳贈遠人，隆冬生意亦艱辛。萌芽負土含冰雪，弱質衝寒出世塵。不比椒花傳令節，也先柏葉報陽春。開尊爇酒香凝盞，醉裏生涯野味真。

冬十一月雪後以風奇寒逼人（七律）

無限風沙逐雪飛，迷濛黯淡慘斜暉。似聞雷震冰崩裂，仰見天空日杳微。北地衣冠傷敝破，南中車馬羨輕肥。穹陰逼透茅齋冷，且待陽春去復歸。

赴成都過楊貴妃墓（七絶補
墓在馬嵬坡上，樹石道下。又有庙一楹，塑其遺像云）

可憐竟被紅顔誤，斷送江山數十年。我亦多情憑吊古，停車小息馬嵬前。六軍不進罪嬋娟，琴瑟方調促斷弦。無怪聞鈴凄絶倒，忍看抔土伴荒烟。

今之國文（七絶）

之乎者也皆打倒，唉呀嗎啦語體好。肇造文字亦聖人，首出庶物恨不蚤。

薛烈女墓（七絕）

弱質何能抵暴力，拼將一死自甘心。蕭條城北一抔土，埋没沈冤海樣深。

盡節當年著令聞，而今竟以傷生云。滄桑陵谷皆更變，只把今墳作古墳。

讀韓文公文（七絕）

烟焰滔天烈火烝，萬杆修竹一時崩。光芒震蕩如馳電，響遏行雲衆谷應。

讀歐文公文（七絕）

長林鳴鳥兩三聲，雅韵流傳不勝情。每至烟雲離合處，凄凄零雨滴深更。

讀柳柳州文（七絕）

寄情山水共悠悠，御氣騎風物外游。當日徜徉無限處，雁泥鴻爪半勾留。

讀老蘇文（七絶）

筆鋒到處破無堅，論辯擅長數老泉。更有一翻崛强氣，縱衡上下幾盤旋。

讀大蘇文（七絶）

出門大踏一高呼，好句紛來似串珠。每至激昂慷慨處，翻江倒海乃翁無。

讀王荆公文（七絶）

雅性悲歌曠世才，古今上下幾低徊。哀渠命薄慨然嘆，筆走瀾翻滚滚來。

讀太史公文（七絶）

森然冠劍滿朝堂，勒馬横槍立戰場。怒擁風雲稱氣概，威棱磅礴色蒼蒼。

讀魏文帝文（七絶）

媚態幽情儘可憐，君家秀骨自天然。飄飄每作凌風舞，神韵悠揚别有天。

讀杜工部詩 (七絕)

欲濟艱危志未伸，無聊落得作詩人。而今滿紙皆聲泪，遥爲斯人一愴神。

讀古遺詩鈔 (七絕)

古遺姓劉氏，字文嘉，余之宗家姊也。爲南皮張文襄公冢婦，方伯君立公之妻。政變後，并被徵召，不起，與夫偕隱，以咏吟自遣，新舊作八百餘首。

羔幣充庭禮意加，柴門偕隱避聲華。時將環鈿供晨夕，屢向兒孫戒粉奢。

儉德清操原世業，高文彪炳遍人家。滄桑滿眼情何極，跌宕詩懷未有涯。

自挽二首 (七律)

歲辛未，余年六十有一，甲子一周矣。作壽木一具，不禁感慨係之，遂賦。

顛倒餘生每自寬，陸沈又必眼前看。盲從民主功焉在，酣醉歐風夢未闌。少不如人今已老，生平有願付長嘆。百年身世真朝夕，無限閑愁此蓋棺。

少壯艱難已備嘗，衰年幾度閲滄桑。飢寒重被兒孫累，曉夜都爲口腹忙。南畝横經兼勞力，東山泗水惹愁腸（余不自量，每抱聖道憂）。塵緣鹿鹿何時了，大半偷閑在北邙。

卷　七

以下壬申年作

有感雜咏四首（七絶）

相尋覆轍亦荒唐，況復紛紛舉若狂。縱未他人來禍國，不知世變幾滄桑。

結果何如視造因，亡家覆國抑何人。廿年稗政知多少，名教精華早就湮。

漫説難堪亡國奴，已經依様畫葫蘆。兵争庸調無寧歲，家室漂摇有也無。

身世遭逢即不辰，曷當載胥共沈淪。可憐打倒徒呼喚，惹得人家倒作真。

秋日閨詞（迴文格）

紗窗透雨挾寒風，斷送行人似轉篷。斜日漸沈聲寂寂，獨看雁影掠天空。

雜興五首(七律)

想起燕雲十六州，也因内亂付東流。前車已覆人誰鑒，來日方長我獨憂。石佛無心空面目，鐵函有史貯陽秋。書生乏策匡天下，鎮日杯中放絶愁。

漫説無因寫怨尤，一身歷盡古今愁。廿年歲月干戈度，一代興亡身世憂。離亂餘生生亦苦，孤懷有恨恨常留。如何又感滄桑變，行見黄河更倒流。

先聖微言疾若仇，竟將草昧視神州。數傳忘祖情何忍，邪説滔天毒遍流。兩眼厭看塵世事，一肩擔起杞人憂。可憐歷代心傳法，曾幾詆誹肯少留。

兹際隆冬又過年，酒燈紅緑賀安全。愁看北鄙誰爲主，喜見南中别有天。大厦將傾栖燕雀，邊城無恙易人烟。人生百歲終須死，何若陶然樂目前。

李斯猖獗迥無倫，統一環區竟帝秦。睥睨三王如糞土，狎侮二帝等灰塵。咸陽火滅乾坤黯，老宿坑來種類湮。身具五刑垂世鑒，兩千年内敢誰因。

賈　　生（七絶）

漢文有道重名流，前席從容禮誼優。堪嘆賈生真器小，長沙一去不回頭。

盆　　梅（七絶）

蜷伏盆中不計年，爲誰局促惹人憐。歲寒剩有淩風骨，獨發芬芳向暮天。

山　　農（七絶）

澤畔茅檐三兩椽，門前幾畝菜瓜田。山農老矣猶强壯，佩犢歸來帶暮烟。

田　　婦（七絶）

饁彼田夫漫踏田，壺漿簞①食一肩肩。地頭少待農人至，笑指禾苗勝去年。

---

① 簞：疑當作“簞”。

耕　　農（七絶）

芃芃禾黍若雲烟，爲問農夫怎力田。助長固多資糞料，耕三耙六早春天。

收穫雖然盡靠天，或多或寡亦殊焉。耘耔若果能應要，一畝真抵數畝田。

丐（七絶）

乞罷歸來古刹前，挂瓢横杖向陽天。塊然睡去無他事，勝却黄梁①夢十年。

由成都歸（七絶補）

偏舟下峽一身輕，深入江山畫裏行。最是關心灘水惡，至今猶繫夢魂驚。

報某東關書感賦（七律）

報罷關書一惘然，世間何處重心傳。編殘抱有先賢戚，道喪惜無後輩憐。只爲飢寒勞跋涉，每因愁苦寫詩箋。明年開館

① 梁：疑當作“粱”。

門徒課，豈未英才侍我前。

觀河決感賦（七律）

決口何勞規復難，勸君拭目試看看。一朝敗壞前功盡，滿眼橫流幾日乾。河伯無情仍鼓浪，人民誰忍挽狂瀾。任他滾滾西風起，汗漫迷離未有邊。

與賈星橋君（七律）

河梁邂逅匆匆別，聞説高踪亦寄津。往日雲烟猶在眼，如今老大竟依人。書生失路將焉托，君子安貧自有真。我亦天涯淪落者，如今花甲二年春。

重九日登天津車站天橋（七律）

登臨爛醉卧天橋，仰見青天尺五遥。滾滾風烟來塞北，滔滔波浪撼南朝。孤鴻嘹唳聲悲壯，群雀安栖慰寂寥。踽踽秋天零亂裏，無涯落木總蕭蕭。

秋 夜 旅 懷（七律）

蕭瑟西風入户凉，孤燈獨對思茫茫。生平株守空違世，幾度蓬飄又去鄉。老大依人惜筆硯，崎嶇亂世閱滄桑。更深寂寂與誰語，窗外嗷嗷雁數行。

和趙幼梅先生（七律）

年來幾度讀君詩，細嚼行間字字奇。名滿津門稱老手，行同元白羨丰姿。高情每托文章見，雅量難爲世俗知。大布大冠成大隱，優游林下樂期頤。

贈繆錦荷女生（七律）

頃將書法示同人，環顧驚奇嘆不禁。漫説女流無有幾，試思男子豈多聞。銀鈎矯健猶餘裕，鐵畫遒蒼更有神。可惜功成虧一簣，前途自力勿沾巾。

贈涿州韓補庵先生（七律）

畢竟緣何百感生，廿年竟作不平鳴。滄桑屢變生民盡，人獸紛淆處士横。幾度呼天天不管，孤懷醒世世能清。可憐多少婆心話，試看人家又弄兵。

再贈繆錦荷女生（七絶）

學書曾用苦功夫，一畫無成可笑吾。流水光陰今老矣，揚眉吐氣望賢徒。

感賦一首（七律）

徒黨紛紛每自戕，尋衅端底一張郎。遑遑争赴金錢熱，逐逐都爲土地忙。煮豆燃萁同腐敗，釜魚幕燕兩荒唐。曾聞自伐人吾伐，恨殺群兒較短長。

夏曆壬申四月，内子赴津就余館次，以便游賞。錦荷女生相見依依，于是拜爲義母。感而賦此（七絶）

兩相補闕兩完全（内子無女，繆生無母），兩意相投兩愛憐。不用他人來介紹，羡他母女有天緣。

是歲五月，中國兵敗，將弃北京，天津震動。欲偕内子回里避難，而義女涕泣不勝。感而賦此（七絶）

滿眼烽烟可奈何，偕歸暫避即重過。義兒不忍阿娘去，牽袂依依泣下多。

内子赴津，作七律一首以示青縣友人

荏苒年華已白頭，兩人百二四春秋。結褵曾與同辛苦，偕老相依作壯游。朝市園林欣共賞，風晨雨夕樂前修。可憐亡國無時日，且效盧家有莫愁。

報載嚴範孫先生姓名募捐鑄銅像二首（七絶）

先生出處似夷齊，往事煌煌盡可稽。君子愛人當以德，可憐捐款姓名題。

金人可鑄不可鑄，當秉先生在世心。倘或漫然循世好，豈非情誼過高深。

報載某某交戰，互相賊稱（七絶）

一丘醜類起紛争，羽檄交馳互賊稱。百姓蚩蚩焉審識，誰非誰是總難明。

報載某謂一國團結以禦外侮（七絶）

網弛紐解言團結，却走偏追人在前。已入迷途不省悟，望空著力更加鞭。

星期報論説（七絶）

不與尋常報紙同，每談正義味無窮。可憐世事如流水，誰肯乘潮一轉篷。

百變滄桑總未窮，嗔嗤笑駡總成空。可憐無限傷時泪，灑遍星期報紙中。

戲咏時下女子（七絶）

摩登女子慕洋妝，言語尤非故國腔。恨殺渾身骨與肉，生成無復似西洋。

男 女 合 校（七絶）

兩儀賦性本天然，居處無能更補偏（説者謂共處可以補偏救弊）。無怪人家譏亂政（某國人謂中國非法爲法，以乱政爲政，見大公報紙），四維于此喪于焉。

憶及青縣倒坐觀音閣之聯語（七絶）

問大士何爲倒坐　因世人不肯回頭

大士夙懷憂世心，庶幾彼岸共登臨。望穿秋水空勞意，誰肯回頭問世音。

新　　詩（皆鄭聲也　七絶四首）

時髦男女賦新詩，縷縷柔情縷縷思。唱到無聊酸楚處，令人潦倒怎支持。

舉世青年醉愛情，新詩實爲作先聲。宣淫導欲無人管，禮教云亡嘆衆生。

聲聲打倒舊家聲，爲便桑間陌上行。可惜世人人父母，爲兒爲女怎爲情。

文章革命創新奇，力闢而今未韵詩。古調鏗鏘今已歇，喁喁脉脉數情絲。

感懷二首（七律）

老來物我兩無關，滿眼滄桑亦等閑。最惜人禽傷聖學，可憐華夏變夷蠻。廿年創造千秋恨，百代謀猷一筆删。秦燼餘灰仍復熾，防閑無力泪空潸。

創垂承繼四千年，蒂固根深豈偶然。弗率舊章非往聖，别開生面傲前賢。伐柯何以抛繩墨，坐井原來小地天。遥爲斯文一痛哭，他時有未可承宣。

青縣坑邊發現古瓮一口，貯錢甚多，腐朽斑爛，概属唐文，睹物興懷，感賦一首（七律）

果是緣何盡掩藏，當年時世可思量。想因亂逼埋黄土，爲避灾祲去故鄉。物往人非兩湮滅，時當岸谷一發揚。浸淫斑駁猶能辨，大半文多屬晚唐。

青縣范官屯村莊窠上發現長罎一具，滿貯宋錢（七律）

有宋南遷北寇侵，一時文物俱幽沈。每看荒冢悲村落，忍見金錢出瓮深。埋没何人人已往，發潛當我我何心。也曾幾度埋珍玩，對此揺揺感不禁。

垂　老　吟（七律）

生逢衰季閲蹉跎，無限詩情感慨多。垂老光陰愁裏度，頻年歲月夢中過。飢寒翻爲兒孫念，老大偏招筆硯魔。花甲餘生無長進，放懷惟有一高歌。

卷　八

以下癸酉年作

擬山居二首（五古）

結茅深山裏，山鄰一兩家。山人耕山野，山野意趣賒。曳杖訪山叟，相與烹山茶。遠看山頭雲，近看山間花。山林莽蒼翠，山氣清且佳。山色朝暮易，山興亦無涯。

謂余居山中，山中自饒足。渴飲山間水，飢食山田穀。山中歲月長，山人無榮辱。有時傍山月，高枕山頭宿。山鳥鳴一聲，清音滿山谷。悠悠遠山嶺，笑對山房獨。

神沙廟（五古）

我愛神沙廟，門外水一灣。堤環似雲嶺，牛卧若崗巒（謂衛河王牛也）。柳林垂陰黑，飛鳥時往還。轍迹無車馬，曲徑窄復偏。寥寥數人家，烟火無餘烟。開軒時一豁，離離桑麻田。安得素心人，高話羲皇年。

中　　山（五古　在青縣南街半里許。又，縣本無山，實土阜也）

青縣有八景，吾獨愛中山。負土雖不高，且喜僻復偏。既已遠城市，而無烟火烟。西望黑龍港，嘆息疏鑿艱。南望蓮花池，池水清且漣。北望蘆臺城，莽莽皆平川。東望衛河濱，晝夜流潺潺。藉問中山人，而今烏有焉。陵谷時顛倒，人事多變遷。俯仰不勝情，行行復留連。

登天津車站天橋（五古）

在昔居成都，于今廿九年。勝地名區處，夢魂且流連。今來居天津，如被圀圚環。城市豈不廣，日夜煩囂喧。寧園尚幽雅，又建洋樓偏。華麗亦云美，是不宜林泉。顧瞻非所騁，天橋一登焉。長河盡在目，茫茫皆巨川。風帆與沙鳥，古渡長林烟。頓覺胸襟闊，天地一豁然。

咏　　懷（五古）

少懷山林韵，故性不宜官。仕版纔挂名，招來病魔纏。非分弃之去，三年始獲安。天道有否泰，人事隨因緣。吾敢薄富貴，是亦有命焉。蔬食亦充腹，布衣豈云單。種蔬七八畦，茅屋三兩間。策杖任優游，柴門前後前。

哀世人二首（五古）

人無百歲壽，常懷千年憂。遑遑復遑遑，晝夜無能休。名利固然好，詎可智力謀。吾言苟妄誕，世人皆王侯。

人苟重生命，勤儉當講求。勤能開其源，儉可節其流。神禹大聖人，蔬食茅茨儔。衰季競奢華，哀彼何時休。

憶　成　都（五古）

我昔游成都，緣結良不淺。歸來廿九載，夢魂猶在眼。牛頭一登臨，衆山若星點。下瞰嘉陵江，風帆時過眼。劍閣插天際，上有浮雲捲。伯約祠堂古，隱曜松楸掩。成都萬山中，江流繞城轉。草堂花木深（杜工部草堂在成都城外西南隅。所謂“背郭堂成蔭白茅”也，即此處），柴門向江展（所謂“柴門不正逐江開”，即此也）。翠竹編爲籬，茅亭紅蕖染。惠陵巍然起（昭烈帝陵在南門外里許），廟堂古冠冕（昭烈帝大殿兩廡塑佐命功臣遺像）。忠武庭階古（帝廟後爲諸葛忠武之祠堂三楹），松柏蒼龍偃（所謂孔明廟前有老柏是也）。望江樓頭月（唐女妓薛濤望江樓，在成都東門外東南），離情繫無限（宦游人送行每于此）。

憶　三　峽（五古）

川江灘水惡，一渡一驚魂。一日五百里，飄忽若有神。疇昔顛險處，今覺眼界新。若非疏鑿力，川中茲無人。歐洲競建設，能與此比倫（三峽連絡七百餘里，兩岸大山壁立，中寬數十丈，洪水暴流，渢渢之聲震耳，此神禹治水功也）。

示指摘縣志者（余傳某節婦某之女誤爲某之婦，而采訪員某不思更正，竟將此呈明縣長，縣長遂將其呈文交出）

縣志固當修，然而吾不配。縣長誤徵求，側足文人隊。揮汗日執筆，豈敢言勞瘁。孰料旁觀者，窺隙欲加罪。似余才力短，疏忽敢云未。即爾不指摘，吾心常惴惴。爾既係采訪，曷少爲吾諱。蜀中恒少日，日出犬狂吠。吠聲非不洪，無損日精粹。寄語狺狺者，無乃空詞費。

志書有刊誤，或亦未及登。猶可刻單字，對照訛處更。撰者實感德，當者亦承情。一舉而兩得，胡弗即此行。果挾何憤怒，率爾即興兵。好訟非正士，豈不傷令名。吾笑許子佩，緣何苦叮嚀（子佩原係采訪員，又荐某代其勞忙，并要求縣長與某聘書，此某采訪之所以來也）。

敬告讀《青縣志》者（五古）

新志纔脱版，衆口交相病。或云某氏譜，或譏某氏乘。一唱萬聲和，殊屬亂聞聽。人若不自立，偏多嫉妒性。又謂亂羊頭，取録無餘剩。薰蕕可同器，將何判賢佞。抑知修志者，奉有官人令。官則列志書，體例從前定。任何崛强者，無能或一更。世方患奇疾，參苓不投症。馬勃與牛溲，氣味真賢聖。同爲時所尚，未可究究竟。他時爾秉筆，可能盡流迸。

游　　春（七絶）

春水綠波吹芼芷，春鳥遍啼春林裏。千紅萬紫滿春山，山中孤客隨春喜。

尋桃花源不見（七絶）

欲尋桃源入歧路，水秀山青雜烟樹。鷄鳴時聞一兩聲，隱約似在雲深處。

河干即景（五古）

少小愛山林，老大居市廛。煩囂晝夜聒，此心何時安。偷閑出門去，遵循運河邊。漁舟三兩家，晚炊傍野烟。悠悠生遠趣，對之一怡然。

雜興八首[①]（五古）

亂世貴苟得，所以富貴多。高樓連雲起，纍纍如岑阿。電燈星垂曜，白晝無能過。嚴冬氣管暖，酷暑扇風和。大餐陳方

① 刻本衹七首。

丈，美女舞婆娑。大地雖陸沈，無能禍淫窩。人生能幾時，不樂將如何。

嬴秦有阿房，漢武有建章。隋煬有迷樓，是爲貯玉鄉。歲月一飄忽，萬事皆荒唐。美人爲黄土，樓閣化丘荒。徒增騷士感，憑添吊古場。地天可同壽，文字垂休光。杜陵一布衣，成都猶草堂。

吾少讀《大學》，仁人放流之。不滿兩行半，竟日以爲期。格格不成誦，横遭夏楚笞。情景宛如昨，鬢髮忽成絲。思之腸内熱，不覺面汗滋。鈍根猶故我，腆顔更賦詩。因抱今昔感，留作話柄資。

吾少生天花，通身更滿面。舉手一搔癢，母即吾手按。欲吾忘瘙癢，戲具令吾玩。惟恐花傷手，點點成斑斕。阿娘憂子心，無時或云晏。恩情在肺腑，音容邈河漢。嗚呼墳頭草，五年我未見。

陶潛誠高士，緣何又作官。側身入世綱①，悠悠三十年。假令身即死，何時返自然。生既逢亂世，無如早力田。孔明真高蹈，弱冠卧林泉。藉非感三顧，焉能世務肩。司馬德操者，胸中别有天。

---

① 綱：疑當作“網”。

足迹半中國，未遇同情者。方悟吾行非，所以交蓋寡。人生孤特立，肝膽向誰灑。中夜起彷徨，浩歌泪盈把。欲回吾故步，忽忽已老也。

莊生好著論，《馬蹄》《秋水》篇。如此好文字，得毋嘔心肝。律以養生義，毋乃特自殘。歿世名不稱，烈士每勉旃。及時行樂耳，焉用虚名傳。世間果何有，過眼皆雲烟。吾何猶賦詩，藉以慰餘年。豈不求甚解，更不論媸妍。揮毫適所適，于以樂吾天。

河干即景（五古）

館地煩囂聒，出門隨所適。運河岸田畔，禾麻翠欲滴。邂逅一老農，仿佛曾相識。相與就地坐，抗言言在昔。偶語涉及今，但付一嘆息。蒼然起暮靄，白日忽西匿。歸來猶恍惚，豈其遇桀溺。

新　秋（五古）

蟋蟀初鼓翼，蟬鳴高樹間。裊裊清風生，知是早秋天。禾麻初結實，一望邈如烟。牛羊卧茂草，肥腯而美牷。萬物各得時，吾民何不然。

憶姚師叔節（五古）

桐城姚夫子（諱永概，字叔節），知遇亦云深。撫余拙文字，感喟不可禁（先生論余文語）。論豈真正大，過奬不可任（先生論余文有“論極正大，文情亦復深美，録副以藏”等語）。滿紙含古意，燦爛如琅琳（先生論余文有“古意燦然”等語）。示我紀年義，慰我獨苦心。知我非徒慕，細論微言箴。猶欲握我手，與我一開襟。生平未謀面，緣何如此親。古文誠絶學，承繼賴有人。高情雖所屬，老大病且貧。頑石若可化，遍地皆黄金。先生今云亡，益思先生真。往事一回首，黯然傷我神。

憶紀香驄先生（五古）

香驄紀夫子，今也其云亡。生平未謀面，肯示我周行。瀛海無畔岸，憑添一慈航。卓識夙欽佩，鑒别判微茫（先君子墓上文原係余自撰，而假名某進士，先生一見曰：非某所能爲也）。若非藴結深，胡能辨玄黄。自著汗充棟，足以古頡頏。身後竟零落，友輩爲表章（先生文未行世，其友張某僅以其殘餘詩稿付梓）。天欲喪斯文，後死其能匡。惟善人有後，思之一斷腸。

詩 集 述（五古）

余再學作詩，太歲在乙丑。今日復何日，太歲在癸酉。歲月忽如馳，歷年九年久。爲詩又若干，三百五十首。積字又幾何，一萬七千有（皆約略言之耳）。縷縷皆愁腸，字字更苦口。回風吹獨樹，蒼凉生腕肘。跌宕翻江漢，叱咤龍蛇走。藏齋曰真摯（藏齋，趙幼梅先生齋名），是則衡門叟。

賦罷又書

詩興何其多，汩汩不可遏。一日千百言，猶覺不快活。勢將傾東海，又復西江掘。横流貫百川，萬頃波濤闊。氣概凌庾鮑，直欲一席割。

詩集未能付印感賦（七絶）

兩歲束修六百圓，關心詩集未能鎸。雖然似被兒孫累，亦與今人未結緣。

旅夜對菊感賦（七律）

津門爲客兩經秋，去日黄華又滿頭。旅夜凄凉誰我伴，衰年灌溉爲君謀（館内種菊數十株，余親自灌溉）。霜天獨立心多苦，晚節孤芳世寡儔。賦罷挑燈相對坐，鷄鳴不已雨颼颼。

于天津車站見有古裝女子

西鄰衣飾果如何，都市閨房盡效他。猶有不知歐化美，鄉間兒女古裝多。

秋柳二首（七律）

凄凄白露變爲霜，緑縟濃陰半染黃。落葉翻飛疑蝶舞，柔條零落怨鶯狂。陌頭憔悴佳人泪，野渡蕭疏古夕陽。物理循環往必復，明年依舊笑春光。

黃鶯啼罷燕南歸，古塞霜深菊正肥。彭澤門前秋氣老，吴家堂上夢魂飛。可憐裊娜空餘韵，忍見葱蘢盡落暉。蒲柳無能撑晚節，漫將長夏論芳菲。

天津詩社重開，念及嚴範孫先生二首（七絶）

玆將一事告先生，不是滄桑又變更。泉下有靈當少慰，關心詩社又重庚。

新詩新曲遍文壇，歐化芸芸盡可嘆。堪念先生遺澤在，寥寥古調有人彈。

天津市雜咏六首（七絶）

多少嬌娥美少年，明眸皓齒髮垂肩。相將笑入天祥裏，踏入層樓别有天。

租界由來建設多，而今試看更如何。洋樓櫛比如鱗次，盡是名人安樂窩。

四輪過眼杳如烟，聞説天祥跳舞還。絶技女兒無下體，看來的勝著衣賢。

誰家兒女效西媛，捲髪蓬蓬帶烙痕。游遍秋山與福島，歸來踏破履高跟。

電燈一夜幾千金，閃爍輝煌一望深。堪嘆阿房無此闊，古時到底不如今。

耳側忽聞木屐聲，衣冠認得是東瀛。人家夙號文明國，衣制依然不變更。

拙作文集列入省志（七律）

百代斯文不再傳，倫常廉耻杳如烟。渾淆滿目傷禽獸，破壞一朝暗地天。隻手可能撐大厦，枯桐逸響惜孤弦。挂名省志如匏繫，徒盜虛聲愧暮年。

卷　九

以下甲戌年作

甲戌元旦偶成（七律）

孫男孫女兩兼全，子克承家婦亦賢。偕老有人同皓首，結褵當日并華年。田園差足供衣食，俯仰無虧對地天。三志挂名或不朽，欣題舊事過新年。

從軍行五首（五古　社題）

苛政猛如虎，將焉以求生。耕耘既無力，南畝生蓁荆。飢寒日益迫，無已充兵丁。充兵既戰死，猶得相爭衡。

白日習射擊，暮夜爲執更。刁斗兩三擊，鴉雀皆無聲。中天懸明月，平野屯孤營。悲風東北來，其音凄以清。嘹唳南歸雁，俯仰不勝情。

背槍荷行李，臨深復陟巘。一日行數里，數里未平坂。男兒死戰場，骨肉無能返。念儂親阿母，倚門徒繾綣。

夫妻喻膠漆，手足屬弟兄。骨肉恩情重，而我竟長征。敵人多利器，徒手誰能攖。死喪亦無日，相見期來生。

前軍戰失利，連電催接應。令下拔營起，側入羊腸徑。云是桃林口，長城若梯凳。炮聲隱隱來，行行且駐聽。

寄謝獻縣作提要薦拙作文集于省志館者

（五律　不知出自何人之手，寄教育局）

鄉邦情義重，异地感扶持。提要十行字，能令百世知。愧無真實學，徒托濫浮辭。厚意將焉報，名言念在兹。

電　　影（七律　社題）

昨日參觀電影回，生平眼界最初開。兵戈烟火忽騰地，牛鬼蛇神俱上臺。逐鹿演成千古變，效顰費煞一生才。到頭結局終成幻，誤我蒼生有是哉。

留　聲　機（七律　同上）

關門不鎖重交通，又有新聲入國中。堪羡人家傳妙響，無忘我輩聽思聰。百年身世緣何誤，半壁山河盡告終。衰季由來競技巧，豈多電力弄絲桐。

清明日同朱君華亭、姚君岫章踏青，就李氏杏林小酌（七律）

佳節尋芳傍運河，神沙廟側又重過。黄金染遍千章柳，緑水吹來萬叠波。大地含生負景氣，皇天造化寓冲和。杏林小酌花盈盞，醉卧春風盡忘它。

隔岸桃花（七古　與姚君岫章聯句，隔岸桃柳即在姚君居後）

運河西岸柳色黄，運河東岸桃花香。隔岸桃柳相對笑（源），占得十分好春光。宿雨晴烟休相妒（章），春光一年曾幾遇。良時共沐雨露天（源），等閑漫罷東風度。舊隸五陵稱世族，前時運河新卜築。芳菲一片燦雲霞（章），可憐無人貯金屋。莫笑牽惹少婦愁，柔情弱質真風流。高士門下皆仰望（源），也曾垂蔭帝王州。畫眉醉腮翠樓上，燕子不來費商量。陽春烟景三月天（章），大好時節肯輕放。嗚乎韶華空懷抱，昨日青春今已老。落花點點付水流（源），水流怎麽呼童掃。楊花催白少年頭，飄飄成隊復成球。朝來鶯聲啼不住（章），似惜春去無能留。無能留，休痛哭，天道由來存剥復。君不見，履霜堅冰又陽春（源），往來古今胥潛伏。吾生草木亦等倫，只争松柏與靈椿。同此七尺須自立（章），無爲老大攀援無及空沾巾。我今賦罷隔岸桃花嶄然立，但見桃柳似笑人（源）。

卷　十

以下甲戌年作

重過山海關放歌（五七古　社題）

東帶渤海水，西連長白山。高拱半雲表，天下稱雄關。始皇大略限南北，可惜一去兩千年。我昔于役出此道，仰望巍峨幾追討。恃兹險阻起内哄，直欲一脚盡踢倒。越兹數年又重過，山河猶是舊山河。風景不殊人民异，憮然追思長城之戰竟倒戈。倒戈既遂志，大局付東逝。雄師三十萬，孤懸置死地。假令當日搗黄龍，猛虎生翼乘長風。豈直堪資北門鑰，吾恐震懾無西東。焉有今日之變，遭扼頑[1]之窮。吁嗟乎！英雄失路空悲壯，孺子承紹滋淫蕩。更有奇癖醉歐風，跳舞方酣關門喪。過往行人漫點頭，腹非之誅能干休。可憐喪亡無時日，痛哭難堪楚國囚。物死必有中傷處，窮源溯本誰之尤。嗚呼關山自今古，閲盡人間多少愁。

① 頑：疑當作“腕”。

端陽雜咏（七律　同上）

去年此日天中節，今日天中又一年。幾度烽烟全性命，迭經滄海變桑田。榴花照眼佳人泪，萱草揚眉海國天。且喜今朝無個事，也將桃印向門懸。

李文忠公祠（七律二首　同上）

天寒梅鶴幾沈吟（己未館課賦“天寒有鶴守梅花”），略見斯人抱負深。無限妖氛庶孽造（謂拳匪也），將傾大厦一肩任。君王也識書生貴，薄海還同碩德欽。纍次和戎多物議，百年獨苦老臣心。

廟食馨香不偶然，生平事業幾熬煎。可憐易世功成過，何惜今朝地作天。庭院久荒芳草供，香臺無火野炊烟。尼山弃絶他何道，舉目閑愁有未邊。

酷　熱　行（五七古　社題）

跳火坑，上火山（去歲中，日失和，此係某之豪語），未見其人在何許，而今北地忽如燃。是果緣何遽臻此，或謂天道失常，由于人事屢變遷，故爾銷骨爍金之熱無邊。既逢天誕怒，伊誰哀我瘨。几案竟炙手，瓦礫亦生烟。蘊隆蟲蟲將焉避，此身如坐炮烙間。南畝農夫䪜鋤下，東鄰女子墜樓前。班禪北歸津浦路，侍從五人皆摧殘。或謂死者不知數，此惟略舉其一班。事之反經皆妖孽，政變二十有三年。吁嗟乎！安得習習一縷清風生，吹破炎炎酷暑天。

對菊獨酌（七律）

兩載津門惟汝伴，冰天雪地偕歸來。也因侘傺艱難會，爲報知音燦爛開。晚節飽更霜露變，孤芳不易歲時摧。茅檐相對稱良友，濁酒一壺醉幾回。

讀　秦　紀（五律）

一把咸陽火，嬴秦大命終。殿庭來鹿馬，湖海起蛇龍。不念綱常絶，徒勞鎮壓中。鑄成千古錯，未可事從同。

寸五楷書《出師》兩表畢，遂題其後（七絶）

轉眼光陰六四春，功名富貴總烟塵。生平迂拙無他技，筆墨差堪慰後人。

讀嚴範孫先生詩稿感賦（七絶）

昔年曾辱一言知，欲報無從只校詩。讀到論文杯酒句，幾回搔首望天涯。

陽　曆　年（七絶）

諿諿鐃鼓起喧闐，聞説官家又過年。百姓無知皆蹙額，遲遲門首國旗懸。

爲黄團副講《學》《庸》畢，敬贈二十八字

學庸講罷意何嘗，海闊天高莫較量。惟有牢牢遵性理，此中作用自無疆。

甲戌除夕（五律）

歲月真如駛，倏經六四春。高低無净土，蹭蹬老年人。差喜兒孫拙，能甘祖父貧。燈殘夜將盡，送舊又迎新。

以上甲戌年作，不足卷數，故不分卷

乙亥元旦

元旦建寅月，風和氣亦清。鼓吹騰處處，竹暴一聲聲。依樣光天下，渾忘大厦傾。老夫無别技，遥祝歲豐成。

吾兄芹軒先生以七絶八首見示，作長歌答之（付來詩四首，其他不欲示外）

吾兄示我八首詩，首首都作酸楚詞。讀罷不禁仰天嘆，我亦衰老鬢如絲。兄弟乖隔亦已久，都爲衣食各奔走。就中奔走我最多，南北萬里八省有。從來文章不醫貧，依人到處潛酸辛。矧余小子粗知道，誰家能容骯髒身。飢寒交迫無能了，戮力農桑求一飽。蓬頭之妻赤脚兒，手足胼胝面枯槁。吾兄今年七十三，亦有兒孫樂眼前。人生遲早皆須死，無爲憂戚且自寬。今春寒食歸掃墓，兄弟重聚一開顔。

來詩付

誰能處約葆天真，恒產如無親不親。此際方知當日錯，十年各爨豈能貧。

虛度光陰七十年，不如乞丐有人憐。一生教讀勞心力，手內無存半個錢。

四畝餘田數口家，舌耕一世作生涯。而今失館無他就，晝夜沈吟暗自嗟。

弟北兄南各一天，每思往事倍凄然。蹉跎一世皆辛苦，直到而今尚未安。

與通志館纂修員（五古）

名場既非分，思欲傳來者。世年苦心力，斯文常在把。述作雖不宏，知者亦云寡。故鄉二三子，嗜痂强聒謏。拙作通志薦，提要十行寫。腆顔曾强讀（前歲客津，有謂原籍獻縣薦拙作文集于省館者，于是赴館一閲），老泪爲一灑。表章人文字，不在掩骼下。袁子爲此言，其心良痛也。

小寒食携三子克績回里掃祭（七律）

望見墳頭一愴神，九原之下有吾親。仰天痛灑辛酸泪，顧影悲看父母身。鞠育徒勞恩義重，死生永隔笑言頻。臨風匍匐焚錢紙，回首痴兒泪滿巾。

去年杏花盛開，與朱姚二君聚飲于河東運河岸畔李氏園中。今花又開，而朱君館于他鄉，余赴城北游，喜獨姚君仍赴杏林。翌日以七絶二首見示，有“獨立花邊發浩歌，每遇芳辰懷舊友”之句，作二首答之（七絶二首）

一日看花兩地分，撫時追憶悵離群。笑儂忘却前時約，惹得良朋立晚曛。

杏林明歲再同游，豈爲貧居惜杖頭。大好春光留不住，落紅滿地又添愁。

哭嚴君慈約（七律　範孫先生哲嗣）

前朝手筆八行書，遺稿蟫香寄敝廬。顧我齒尊稱後學，多君聞道實先余。善人有後良堪羡，衰世無情遽謝諸。遥爲高堂一灑泪，可憐皓首倚門閭。

峭帆亭懷古（七律）

峭帆亭畔繫龍舟（清乾隆帝駐蹕于此），多士雲從扈駕游。共指蘆臺尋故迹（青縣治北有蘆臺城，爲唐貞觀年置，今湮没也），獨揮宸翰紀新猷（帝覽古興懷，爲五古七律各一首勒石，已剥落難辨）。豐碑高壓城堙重，曲檻遥連玉閣浮（當時御製碑繞以曲欄横檻，而玉皇閣亦極其壯麗，今皆無存）。人往風微曾幾日，空餘荒壘枕河流。

于書攤上買得梅樹君先生詩鈔一册，感賦七律一首

故書堆裏買君詩，乙亥桃花盛放時。緊我多情憐玉碎，笑他何事竟珠遺。文章獨到稱先進，風骨高標啓後知。可惜新聲被中土，繼承有未總難期。

贈潘縣長（五律）

衰季無良吏，年來獨有君。養廉崇儉德，省事黜繁文。不改書生習，能將義利分。歸裝何所有，滿袖是烟雲。

余館舍東偏二間東向闢一小窗，適在孔廟四祠院中，白楊古槐，濃陰披拂。帝閣出其上，河流繞其下，時見風帆往來。凭軒東望，村落纍纍，朝烟暮靄盡在目中，詩以記之

孔廟居吾近，風光有未邊。軒開迎帝閣，目涉送行船。雲樹連村落，文章仰聖賢。悠然無盡處，暮靄與朝烟。

題書院内帳篷緣子七絶四首

課童兼亦課農桑，兩課餘閑又自忙。滿院栽花無隙地，豆蓬瓜架野丁香。

下上花開發异香，蜂痴蝶醉斗芬芳。翩翩紫燕相徵逐，飛過高墻又短墻。

白紅黛緑雜鵝黄，枝葉交加半滿堂。玉露如珠花下滴，枕邊高卧飲瓊漿。

生平最愛野風光，説甚金門與玉堂。景物無邊一小院，一杯潦倒老詩狂。

贈趙幼梅先生（五律）

自從歸里後，倏忽兩經春。謦欬隔山岳，相思動苦辛。況當離亂世，同是老年人。恨未雙飛翼，重聯舊雨親。

喜　雨（自甲戌十月至乙亥六月十四日始獲渥雨，其喜可知也）

久旱逢甘雨（成句），其心喜可知。誰憐憔悴盡，還是老天慈。

卷　十　一

以下乙亥丙子年作

雜咏十五首（七絕）

一派囂張可奈何，早知速禍必由他。可憐滿壁花花紙，打倒人家字樣多。

義和拳匪紅燈照，四十年來再見身。覆轍相循不覺悟，可憐舉世入迷津。

學尚新奇鄙舊聞，招來徒與益紛紛。六經在禁彝倫斁，遠過咸陽一炬焚。

定讞何當酌國情，繼寬繼猛有常經。盲從海國輕刑典，未見法權見盜横。

少年兒女本多情，情欲乖離每損生。邪説殺人無畔岸，自從背禮廢常經。

解放閨門倡自由，世間人欲竟横流。可憐又見前車覆，已决江河望復收。

立國原來有大綱，準今酌古要參詳。無如盡被歐風化，蔑視先王舊典章。

狎侮古聖啓殊途，險愎顛狂一鄙夫。弄得江山皆破碎，斯人百死有餘辜。

大成門下牧兒多，教育新猷設兩科。博奕猶賢須謹慎，一行錯步失山河。

從來教育重瑶章，開館圖書貯秘藏。我亦觀光新眼界，縱横半案盡洋裝。

教育宏開又若何，幾篇報紙亦耑科。時賢閱罷無他用，弃置迤邐側所多。

名宦鄉賢已杳然，新來主任兩高賢。從今可作生祠視，無惑時聞奏管弦。

教館宏開又動工，側聞伐木起隆隆。凭軒下望無人在，聲出先師大殿中。

最堪惱恨義和拳，禍害横加幸免焉。念我不辰生亂世，風波息影至今年。

杞人終日每慱慱，時令逼人不少寬。恨我無能平禍亂，空留筆墨後來看。

孔廟四祠闢爲民衆教育館，而余書房之窗户適與彼相對，鼓吹鐃鈸之聲震耳，因成二十字，書于窗之玻璃上

孔廟尊嚴地，胡爲若市場。不知今後日，世變幾滄桑。

漫　　興（七絶）

詩文佳妙成何事，勛業崇隆等衍文。上壽百年一瞬耳，不看古冢與荒墳。

又五絶二首

人生若大夢（成句），日在夢中過。喜樂悲歡事，無非客氣多。

我豈無情者，能甘與世違。但求衣食足，如此待全歸。

青縣學堂照壁大書曰“學校是兒童的樂園”，戲咏七絶二首

者是兒童娱樂園，當年夏楚俱推翻。人才造就知多少，不負民家一萬圓。

兒童天性本活潑，不許迂拘戕自然。無怪我曹不識字，當年未得遂吾天。

戲祝時下女子裸體曝曬之壽（七絕）

膚若凝脂不自憐，殷勤裸曝向陽天。日華洗得烟霞似，可享遐齡一萬年。

是歲六月下旬，陰雨連日，暑氣漸消，清風徐來，攜酒一壺赴高岡觀稼，就地飲之（七絕）

自酌還同自笑嬉，欣看南畝又東菑。杯中真個乾坤大，無限雲山變化奇。

重九日登東窑絶頂（七律）

又是一年重九日，獨來縱目據危顛。邊城肅氣催歸雁，捲地西風嘯暮天。寂寞荒郊垂落日，高低村落斷炊烟。誰憐歲晚生民盡，遥聽長空一哽咽。

生碑落成，爲七律一首，祝其永年

時序如流不少停，不堪草木共飄零。且將身世鎸碑記，也當勛庸勒鼎銘。老拙無能惟自慰，先民有約示常經。任他顛倒貞珉在，矯矯人間一壽星。

贈施劍翘女士七絶二首（寄天津獄中）

施劍翘，一名谷蘭，從濱之女，嫻吟咏。民國乙亥，從濱與孫傳芳戰，屢勝，傳芳恨之。既而施敗，孫殺之。嗣孫爲革党所逐，匿居津門，恒于居士林廟中理佛，而劍翘亦陽示理佛，就而殺之于佛座下，三槍皆中。故劍翘詩云："閨閣弄槍君莫笑，劍翘生長在名門。"其未殺孫以前，預作告國人書多份，述其沈冤，又恐殺孫震驚其母，居之南京。又念與孫同死，不歸夫家，遺書葬其父側，題曰：施劍翘之墓。所生二子交其父云。

復仇已定十年前，壯志不隨歲月遷。一片血心兩眼泪，而今揮灑向人天。

讀書吟咏作生涯，囹圄曾言即是家。逆境無關風雅韵，此情此志最堪誇。

答施劍翘女士（七絶四首）

昨聞曾不喜新詩，雅量孤高盡可知。鎮日潜心三百首，想當攻破古藩籬。

紫蛙聲裏號新詩，多少時賢最好之。想起當年陳後主，幾行冷泪滴胭脂。

我生生我兩情親（人謂女士曰："頗思兒否?"曰："兒是我生的，

我是父母生的，思兒所以益思母也。”），底是難忘白髮人。五夜南朝千里夢（女士詩有“千里相逢一夢中”語），勉收眼泪莫傷神。

思親曾不忘斯須，夢裏能邀白髮娱。十載光陰容易過（初審定爲十年有期徒刑），勸君善保千金軀。

依趙幼梅先生原韵，再寄茵陳并詩（五律）

竟日茵陳采，五年再寄將。地天憐晚歲，冰雪見餘芳。益我田間味，多君詩卷香。熱爐新製酒，差可費平章。

乙亥除夕（七絶）

舉目滔滔去不還，何時可見太平天。無涯歲月愁中度，旱澇兵荒又一年。

丙子元旦（七絶 余年六十又五）

送舊迎新共笑嬉，滿盤水角酒盈卮。兒孫飯飽新年拜，我亦高歌打鼓詞。

再贈施劍翹女士（七律）

客腊覆施函中有云：大仇已復，應酬文字中似無須道及也。意猶未盡，故又示之以詩。

得償夙願已心甘，往日冤仇未足談。堪念一身孤落寞，莫教衆目怒重眈。嫩寒畢竟堅冰兆，雅量無如大海涵。明哲保身君記否，三緘銘背可詳參。

羡劍翘女士孝行，贈以絶律數首，兹就事實作爲長歌，以狀概略（七古）

自幼讀書明大義，胸中坦白無凝滯。若非慷慨淋漓痛快人，焉有如此動地驚天事。抽身回家居士林，手袖利器頓忘身。倒拜先靈求勇助，一片血誠孝義心。霹靂轟轟火烟起，火烟閃爍仇人死。敷天之恨一旦消，獸逸鳥散皆奔逃（與孫理佛之人聞警皆奔）。但見一人手提柏郎（槍名）屹然然立，是何神勇能逍遥。吾想夫未曾施擊佛座前，死生立判蒼猝間。此死彼生或同死，已决此去無生還。勸君莫漫誇技術，畢竟至孝能格天。吁嗟乎！歲月不居能少留，物换星移已十秋（謂施之被害也）。若非遂志成長恨，直與天地無盡頭。自從從容歸囹圄，左圖右史皆佳侶。行見著作等身高，衆生芸芸一淑女。不鄙謂余與論文，筆鋒直埽千人軍。若非老夫謹避三舍據壇坫，幾乎險被兵火焚。烏乎學行如此者，求之當今今亡也。可憐彝倫皆禁錮，誰爲吾道一寬假。對此茫茫欷歔不可禁，一把老泪凌風灑。

劍翘女士回書（共十封，因詩故録之）

上略。翘七歲入學，十二因病廢讀。助母理家政，習女工，學文之事置之度外。幼年所讀《唐詩三百首》早已忘記，嗣因偶閲袁子才先生詩話，心竊好之，因無人指點，終未敢試作。

此次在所散之卡片上戲題二首以明心迹，不料爲長者所見，目爲詩人，愧不敢當。謹就先生原韵擬作七絶數首，請斧正。擲下明示，那首可以成立即恭楷奉上作爲記念，可也？如蒙長者不弃，目爲女弟子之列，抑又幸矣。下略。詩附。

卧薪嘗膽作生涯，况復生成烈士家。女報父仇天職也，有勞長者過矜誇。

觸犯科條只爲親，關心愁殺一詩人。瑶章慰勉頒囹圄，古誼高情字字真。

（按：此詩余曾更易數字，既而女士親書寄來所云作爲記念者也，不意丁丑事變毁于兵火，惜哉。現仍存親筆二首云。）

奇寒中荒丘涌泉水（七古）

夏曆丙子二月十日正九九，河冰仍結二尺厚。潑水就地如跳丸，人人縮瑟皆袖手。北風颼颼吹白雲，似雪未雪日紛紛。地凍復被寒凝裂，荒丘何來泉水噴。春秋有异必謹記，我亦書之示來人。

庠生李君墓表（録銘，叙詳副稿）

銘曰：無或擠之，而即止之。才之不爲世用，而至于老死。天之生斯人也，而命之如此，是非余之所敢知也，嗚呼已矣。

國學生劉君仙舫墓表（録銘，詩叙詳副稿）

銘曰：顔氏短命，原子清貧。斯二人者，夫豈不仁。仁不必壽，善不必福。彼蒼者天，如何顛覆。孝弟仁義，乾坤定位。曰若先生，可謂無愧。伐石綴辭，敢告來兹。有懷先哲，視此豐碑。

耘　田　歌（七古）

今年解館特耕稼，汗滴翠禾如雨下。老來倒覺腰脚健，豈是蒼天特寬假。一日能終一畝餘，終畝猶能有餘暇。時就古木卧乘凉，風吹仿佛登臺榭。蕩然想見古逸民，渾然遭際唐虞夏。又烏知荒廢硯田無人理，華夏都爲蠻夷化。循吾本分樂吾天，老醜無能再改嫁。删夷蕪穢鋤草萊，莠之亂苗死無赦。俯仰隴畝定去留，農耕居然寓王霸。但求嘉禾遂生芃芃長，又烏論正心修身齊家治國平天下。田舍翁，老田舍。

挂　鋤　鈎（稼成耕止謂之挂鋤钩，示不用也　五七古）

連年遭旱澇，顆粒亦無收。比户如懸罄，釜冷炊烟休。我家十二口，何以生存謀。仰屋發浩嘆，相對但生愁。的是皇天閔衆生，時雨繽紛風和柔。布穀聲聲起林莽，高低嘉禾皆盈疇。如雲如烟望不盡，黛色參天碧若油。我曾負耒耕其下，仿佛身入名山游。吁嗟乎！人生苦樂皆自取，布衣真可傲王侯。老農林下卧，我亦挂鋤钩。斗酒自勞慰，訢然待有秋。斗屑原來無大量，但得一飽百不憂。

六十六歲自壽（七律）

曾經强壯幾經病，花甲重逢未可知。六十五年今已過，四三萬日總能期。莫貪聲色精神固，多受風霜雨露欺。自古精金資鍛煉，方能老壽樂期頤。

夢　丈　人（五七古）

同聲相應，同氣相求。古今之人不相識，精神往往相與游。昨日耕餘入夢頻，山之麓兮水之濱。楊柳陰濃翠欲滴，禾黍高低杳無垠。但見一叟，蒼顔白髮，植杖而獨立，不類今人似古人。問余何處來，林間茅屋荒蒼苔。問余何事事，南畝東菑兼努力。喜余能耕欣鼓掌，高歌大田聲朗朗。我亦問叟家何處，山間籬落雲深處。問叟何姓名，顧余大笑兩三聲。問叟何自苦，無能爲役非失伍。今日衹可談稼穡，樵夫漫作漁翁語。詰余既列農夫身，無爲世累起逡巡。以杖荷蓧悠然去，風雨蕭蕭天昏昏。醒來却是一場南柯夢，何處是山間籬落水邊村。

農耕雜興四首（五古）

疇昔事耕稼，于今五十年。此生不長進，老來又力田。蚤起凌朝露，晚歸犯暮烟。嬌陽日停午，炙膚如油煎。偃息茂林下，時聞黃鳥喧。山鳥有殊音，對之一怡然。

少壯不如人，忽忽已老矣。南畝事耕稼，父子同舉趾。痴兒念我憊，相視各一喜。曾點瓜田下，胡爲傷其子。明月東山上，白露草間起。長歌荷鋤歸，似行花叢裏。

世亂重苟得，達人貴知命。苟得每顯揚，知命多蹭蹬。東魯尚雅言，西山號清聖。荷蓧丈人行，畎畝敦家政。山川儲异材，松柏有本性。相彼大田稼，無如茂草盛。

舉世所詬病，詩書多誤人。我爲詩書誤，而猶教子孫。背時無如我，宜乎賤且貧。行行去城市，踽踽入山村。山村有野老，臭味同相親。

讀陶潛乞食詩感賦（五古）

淵明云乞食，特以此名篇。斷養有僮僕，乞力胡能兼。藉曰能復顧，豈不傷其廉。顏子號清貧，猶有負郭田。肘見踵决者，吾恐非誠然。數子皆賢聖，吾何敢望焉。我生實不辰，蹉跎歷憂患。詩書既掃地，文章不值錢。苦吟惟自慰，時遭白眼看。抗言談古道，舉世共弃捐。當年乞食人，猶有新知歡。田園既斥鹵，生齒更日繁。豐年供賦税，無以備粥饘。生當衰季日，老逢亂離年。性命頻危殆，滄桑屢變遷。五夜不成寐，憂心忽如煎。蝸角處枯井，身世兩堪憐。絜彼數子者，遭際良獨艱。顏原師尼父，附驥名亦傳。淵明雖賢士，纍代有衣冠。賤子亦何恃，百歲香如烟。

蝗　蝻　行（五古）

今歲禾稼好，將登大有年。蝗蝻何處來，遍地蕘蕘然。穀葉食已盡，黍稷穗皆殘。耕種何辛苦，一望腹内酸。既已風雨若，胡爲灾祲偏。此理吾不解，仰首問蒼天。

女生施劍翹獄中以詩見寄，賦詩答之（來詩附　五言排律）

事業名天下，從來患難中。困心增遠慮，逆境見奇功。不受磨礱苦，焉知造化工。鐵窗容勝迹，薄海仰高風。异日旌題表，當年氣作虹。多君能自勵，天豈負吾衷。

鐵窗風味下，愁苦飽更嘗。弱質何堪病，思親倍斷腸。呻吟惟自惜，醫藥遣人忙。難友雖相問，幽情總暗傷。夜深頻轉側，人静更凄凉。明月遲遲上，通宵泪數行。

百　年　歌（五七古四首　古詩云："誰知盤中餐，粒粒皆辛苦。"是以年愈豐，農家之辛苦彌甚，故以辛苦起結也）

苦辛務農桑，收成細較量。包穀一只十七行，米粒六百强。太史書大有，樂師歌倉箱。疇念農夫汗如漿，辛苦務農桑。

苦辛務農桑，收成細較量。黄穀一穗尺二長，碼數百七强。粟粒三萬顆，誠實無秕糠。從今果腹飽飢腸，辛苦務農桑。

苦辛務農桑，黍稷與稻粱。如茨如梁[1]畢登場，箕帚并簸揚。風吹塵埋去，玉粒堆如京。殺鷄烹魚答穹蒼，辛苦務農桑。

苦辛務農桑，豐年有餘糧。無恐預征上下忙，但求保平康。閭閻獲安輯，干戈盡掩藏。年登人壽沐休祥，田家歲月長。

録施劉翹詩感賦（七絶）

講學論詩動往還，也曾就簡筆繁刪。海枯石爛有時盡，詩卷長留天地間。

女生施劍翹爲民衆與學界諸人請求，遂蒙特宥赴南京拜母，詩以送之（七絶）

先是律師爲施辯護，據古準今，報仇自首者無罪等詞，争論得當，所以减刑。

慶君脱難送君行，兩字平安早到京。料得萱堂含泪笑，門閭從不望前旌。

心存國故性尤剛，美德從來未易量。惟恐含沙隨我後，深山儘可掩韜光。

不憚幽囚韵語攻，也曾往復寄詩筒。來時聲譽名天下，附

---

① 梁：疑當作“粱”。

驥衡門一老翁。

年來文字迭相親，豈是前生有宿因。老大思傳應有在，鵬程望裹一詩人。

重陽節登青縣城樓，歸就姚君岫章飲酒（五律）

登高舒老目，平野宿寒烟。霜重山川瘦，風高雁字偏。乾坤垂令節，時序入殘年。望罷辭樓去，東籬就菊筵。

重陽後五日再登青縣城樓（五言排律）

少壯悲秋暮，老來愛晚秋。碧雲天淡遠，捲地氣蒼遒。菊冒清霜發，人歸古道周。鳶飛矜羽翮，雁落下灘洲。南浦風帆急，前村砧杵幽。年光正蕭灑，賦罷又登樓。

因中外構兵念及秦始皇（五言排律）

策定萬年計，謨猷鎮古殊。坑焚爲有道，叱咤走强胡。武庫良弓滿，民間寸鐵無。腹非干令禁，偶語即嚴誅。自以雄無敵，誰知勢已孤。驕盈終賈禍，未可晝胡盧。

風　沙（五言排律）

地接邊城近，風沙未有垠。日微天黯淡，屋老案飛塵。歲晚年光歇，時危氣候循。平添千尺浪，直種大冬因。望去渾迷目，愁來幾拭巾。商聲正肅殺，何日際陽春。

偶　書（五絕）

男女竟同室，年已十六七。嗚呼禮義邦，可憐至今日。

卷後自書（七絕）

屈指光陰十二年（余自乙丑學作詩，至今丙子，十有二年矣），幾多感觸入詩編。從今不作傷心語，一把酸辛撒大千。

卷十二

以下丁丑戊寅年作

夏曆丁丑（即民二六）四月一日壬辰，歸亡妻李氏之骨于青縣新卜之阡，即墓有作（七律二首）

爲報生前未了緣，故來輿櫬入新阡。歸寧乞食憐吾厄（氏曰：麥秋至，吾歸乞糧數斗以濟君困，再選麥草編製草辮，亦一生路也），守分安貧嘆汝賢。話别頻遮紅袖泪（氏臨别囑吾謹守門户曰："吾行即歸矣。"潸然泣下），臨歧斷送夕陽天（氏歸，余送之郊外，遥見氏于車中屢屢回頭，顧余于殘照中也）。寒家夫婦恩情重，痛殺生離竟死還（氏歸在光緒十七年四月二十三日，其死也在五月十三日。是日薄暮，尚在其胞伯母家，已而曰回家用药，不兩小時死矣。按：氏微患帶症，萬不至死，药即不良亦不至如是速也，相傳其後母以鴉片雜药飲之，故死後鼻口出血云）。

自汝永歸卌六年，而今骸骨即吾遷。緬懷當日盈眸泪，忍見今朝壓鬢鈿（氏頭骨有銀釵一股）。貧苦相依悲爾我，恩情未滿嗟人天。有靈魂魄隨吾去，聊具薄棺總歉然。

園中茅庵成（七律）

少喜園林老更耽，深林背郭一茅庵。閑花野草皆佳侶，錦笈琴書每竊參。敢擬隱居但勉强，也因學圃寄狂憨。兩三儕輩時來往，煮茗汲泉飲共甘。

茅庵成，爲長歌一首（五古）

青縣北郭外，小小一茅庵。榆柳雜綠槐，望之若烟嵐。中有素心人，澹泊能自甘。耕餘一杯酒，往往詩興酣。不作彈鋏歌，意味清且湛。世亂競名利，吾道誰能參。

姚君岫章題吾茅庵詩成八首，依韵答之（七律二首）

多謝良朋韵語耽，琳琅佳什題茅庵。粗疏迂闊無吾似，品學言行費若探。愛我情真忘我醜，惜君譽過笑君憨。從今再赴吟壇會，執旆前驅亦覺甘。

書劍飄零歲月耽，勞勞老况一茅庵。回思萬里留鴻印，無忘一時古籍探。績學違時人共弃，醫貧無術我誠憨。而今學圃長林下，其苦如荼苦亦甘。

書某孺人像贊後（七絶）

雅像緣何立素縑，想因儀表中觀瞻。當年慈禧臨朝日，老態猶遮一畫簾。

雜書八首[①]（五絶）

詩禮徒攻苦，文章不了貧。老來勤稼穡，似我幾何人。

老去無長進，謀生在力田。敢云筋骨瘁，猶得性中天。

仕版將登進，忽來病染身。似教全故我，不許作官人。

聖學無闕見，徒膺有學名。乾坤一放眼，衹覺愧吾生。

耘耔真勞力，求書造敝廬。豈知今日我，不是故時吾。

沮溺耕同伴，而吾獨覺孤。荷鋤來緑野，搔首望平蕪。

世人重名利，名利有無方。得失何勞意，黄粱夢一場。

---

① 刻本衹七首。

戲答馬君藜青（七律）

惹得詩人賦和章，高歌古調動鏗鏘。忽驚環境來强敵，肯令他人入敝疆。此日懸崖同勒馬，明朝舉國共登場。明知齊大非吾偶，三北不慚更較量。

耕餘感賦二首（七絶）

困頓窮途衹自知，天生骨格不時宜。老來愈與常情遠，耕罷無聊但賦詩。

已識生平未感情，也從南畝度餘生。無聊妄作非非想，一卷新詩百世名。

茅庵睡起（七絶）

茅庵短几野烟横，睡起無人鳥有聲。頓覺天機呈爽朗，少年晨氣若重賡。

夏曆五月十三日亡妻李氏忌辰

乞食歸寧爲我憐，猝遭賊毒命斯捐。而今洄溯前时事，惟有墳頭化紙錢。

雜咏五首（五絶）

科第隆聲價，流傳入世深。文章相較并，我輩怎爲心。

俗學遍天下，真儒有幾人。致知與慎獨，宜若視迷津。

聖學多平淡，時賢故立奇。豈知平淡處，無往不咸宜。

就道深明理，先儒語録多。聖言切己處，認定即無過。

我亦詞章士，曾聞聖學無。妄言姑妄聽，依樣畫胡盧。

耕餘自北地歸，赴園中午覺（七絶）

北地耕餘不赴家，茅庵僻處静無嘩。睡醒午覺覺乾渴，手折松枝自煮茶。

園中井側枸杞熟，煮酒就地飲之

井邊枸杞緑垂紅，萬縷柔條拂晚風。摘取珊瑚煮宿酒，樹陰坐飲兩三盅。

茅庵觀雨 (五絕)

少小愛林泉，于今六十年。茅庵清静雨，洗出舊時天。

夏曆五月二十五日爲余初度之辰，作詩自嘲 (七絕)

歷遍艱辛上遍愁，前途望去更悠悠。差强老大身强健，合與兒孫作馬牛。

閱報見某講學感賦 (七絕)

南北遄征一野狐，文章革命動高呼。可憐不産明王世，爲問能容此輩無。

答問政治者 (七絕二首)

心裁獨出啓中華，倫理削除未等差。若問勛庸焉比擬，古今上下亦無邪。

李斯新莽及荆公，雖各殊途敗乃同。往古知今今亦古，毫厘一差繆西東。

與某名貴（七絶）

爾吾已作馬牛風，既已殊途可强同。勝國科名真足貴，文章或不在窮通。

農圃行（五古）

力農亦事圃，勞勞日出没。老來不長進，于以謀生活。粟糲充粱肉，調羹資藜藿。肉食豈不美，無如愚且拙。豆蓬瓜架下，短几時休歇。仰見彩雲飛，疑若當頭落。

偶閲前稿得訛字數個，因念舛錯當復不少，少年失學，老益荒唐而亦無從較正，留待將來作爲笑柄可也（七絶）

少年失學老荒唐，訛字林林怎較量。留與後人當話柄，茶餘酒後説清漳。

看山行（五古）

性本愛山水，山居六七年。雖已去鄉國，對之每怡然。自賦歸去來，莽莽皆平川。風沙杳無際，無以開心顔。每見雲頭興，疑若對面山。舉足摳衣起，直欲相登攀。

園中過活（七絶）

園林近接運河邊，汲水烹茶傍野烟。午飯不歸因暑熱，白糖枸杞米同煎。

種　烟（七絶）

讀書無術誤殘年，漢詔祗遵乃力田。半畝種烟餘種菜，將來收獲亦憑天。

長夏茅庵午覺（七絶）

茅庵短榻井沿邊，深樹垂陰半拂椽。午覺初醒不欲起，支離枕畔聽鳴蟬。

連日酷熱，因念及前敵戰士（七絶）

旱魃憑凌暑氣奸，炎炎赫赫怎防閑。沙場戰士蘊兵火，鐵甲應多血汗斑。

送　詩　魔（七絶三首）

老來苦況作詩多，想是詩中必有魔。韓子送窮吾送汝，從今絶迹莫相過。

爾如念舊再相過，切勿纏綿又我魔。憐我老年思索苦，但求明順莫求他。

詩魔回首笑呵呵，云是前生結習多。爾既怨吾吾去矣，且看今後爾如何。

時局漫興（七絶二首）

大好山河自古來，英雄奪取戰端開。當知得失尋常事，畢竟荒郊土一堆。

内亂稍停外患仍，多難中國若漂萍。前時大錯何人鑄，直到而今尚未醒。

逃　　亡（五律　丁丑中日之變）

丁丑八月七日也。先是家屬于二日五日相繼出走，余父子三人于大兵將進城始去。

彈火從天落，機聲震耳鳴。魂驚千里外，命決一時傾。蒼[1]猝辭家去，崎嶇涉水行（是歲雨滂河決，平地水深數尺）。回頭一望裹，兵馬擁青城（即青縣也）。

---

① 蒼：疑當作“倉”。

回里探望，甫及家門而去（八月十六日也）

冒險回家去，依然涉水行。滿城皆死氣，塞巷遍兵營。不見鄰人迹，惟看革履聲。槍林明若火，折足就前程。

亂事稍輯，回家探望，觸目荒凉，爲長律一首以志遭遇（八月二十五日也）

閭巷生秋草（以麵麥喂馬，潑洒遍地。雨後萋萋，荒凉甚矣），庭階長碧苔（亦雨後無人所致也）。破窗穿鳥過（窗被焚，瓦雀時往出入也），蒙難主人來。几案宿零雨，衣衾盡化灰。圖書真玉碎，簡策委塵埃。釜喪門亡偶，墻傾菊半摧。荒凉空四壁（室内一無所有），蒼莽獨雙槐（余院槐樹獨無恙也）。薪米皆無自（余乞食數日），詩文不救灾（讀書無用也）。兒孫望不見，泪灑重低徊。

亂後獨夜二首（五律）

門外尸浮臭（後門水中漂來死尸兩具馬一匹，臭甚也），堂中户盡開（無門故也）。夜深伏枕卧，風動怯兵來。兒女知何處，存亡幾費猜。中庭時一望，帶月雁飛回。

家破還須守，無家强當家。秋深逼枕簟，夜静淡燈花。生死誰存問（夜間被害者大有人在，而吾獨自一人，又無門户可恃，每惴惴也），支離時一嗟。隆隆聲數起，何處又門撾。

眷屬歸，越宿又走（五律一首）

歸來纔兩日，弃我又登舟。目送風帆去，心隨碧水流。乾坤真逆旅，身世托浮鷗。歸問鄰家叟，無言但點頭。

亂後七絶一首

喪亂頻更必有詩，個中酸楚個人知。無聊一把傷情泪，灑遍人間石爛時。

改北平仍爲北京（五律一首）

宫殿冠今古，環球認識清。南中初得志，北地遽更名。兩代人心繫（明清），千秋帝道亨。側聞仍舊號，警起老書生。

聞古物入美國，悲喜交并（五律一首）

古物何不幸，因人作貿遷（由北京遷南京再遷美國）。江山勞跋涉，風雨苦顛連。久別南寧國，安居美利堅。中華今破碎，喜爾獨完全。

采　薪（七絶二首　天寒冰結，枯稼出也，故采之以備朝夕之炊）

老年勞力豈吾堪，但得無求亦覺甘。氣息結冰鬚盡白，亂柴兩捆一肩擔。

勸君未可笑吾憨，少習服勞老更諳。若與青年相比并，再加分兩亦能擔。

相傳南京陷落，中山遺骸被炸（七絶）

摧殘遺體亦堪傷，一代英雄此下場。莫謂生前負罪累，飛機轟炸本無方。

哭姚師叔節（七絶四首）

兩行熱泪哭吾師，膠守窮途志不移。著作等身風味遠，個中辛苦有誰知。

解官十載困京師，冷案寒窗筆一枝。回想滿朝新貴者，幾人曾不笑君痴。

北風吹泪到桐城，凍結冰絲一縷清。爲問先生曾見否，白頭弟子又吞聲。

萍水相逢恩遇深，高山流水幾知音。憐余不奏無魚曲，頑石曾沾點化金。

哭紀香驄先生（七絶四首）

依人作客一年年，流水光陰易變遷。當日千金名著作，而今塵案幾殘編。

生平知遇有文襄，文采風流動武昌。自古書生多命薄，無關身後總淒涼。

書生多未好收場，底裹緣由總未詳。豈是斯文當掃地，問人不語問穹蒼。

指點迷途示指歸，關門打破入無微。可憐故我猶如昨，徒惹時賢百口非。

哭嚴範孫先生（七絶二首）

昔年曾辱一言知，把酒論文未可期。一去泉臺不復返，臨風搔首幾漣洟。

泉臺一去不回頭，謝絶塵緣百不憂。堪嘆先生真幸福，怎當滄海更横流。

戊寅元旦（七律一首）

夏曆戊午，余自叙中有“余今年四十八歲”一語。至戊辰，余年五十八歲，曾有詩云：“匆匆又是十年過，多難侵尋奈老何。”至今年戊寅又是十年，余年六十八歲矣。回思此二十年中滄桑屢變，身世遭逢，真有難乎爲情者。

匆匆又是十年過，老大年華感逝波。往事不堪回首顧，將來尤必溺情多。無涯兵火能安枕，何處雲山可避科。且喜新年新釀酒，寬懷聊作拊盆歌。

學校院内海棠盛開，感賦七絶四首

一枝濃艷海棠春，裊娜凌風帶笑顰。國色天香人共賞，可憐鎮日受囂塵。

微風吹放海棠天，粉白嫣紅一展然。羡汝無關人世事，春來春去一年年。

亭亭一樹海棠花，嫩色欣看早晚霞。桃李如烟稱獨出，也曾吟賞幾詩家。

一樹花開一老人，孤芳相對偶爲鄰（數十年來，余足迹不入學校。暫應某講經而來，行當去也）。詩成吟罷花含笑，渾入冲和富貴春。

歸　舊　廬（七古　余城北有園林二畝，曾結茅其間，以爲耕餘休息之所。今辭館歸，故云然也）

老夫今年六十九，側足學校經學授。就中教員皆寯才，獨余迂拙恒愧忸。惘惘終日一年餘，癥瘕滿腹怎消受。五斗米折不得彭澤腰，幾金錢怎麽欺罔衡門叟。挾我舊書歸舊廬，蟲聲鳥語皆歡娱。高卧茅屋復長嘯，一片閑雲任去諸。

告　後　生（五言絶二首）

我今古稀年，書畢兩月久。老目更昏花，堪念衡門叟。

詩集未付刊，于心終不了。芸芸我後人，繼志當不少。

不　作　詩（七律一首　庚辰（即民二十九））

問爾緣何不作詩，無關老大力衰疲。先民有約言尊孫，大道云亡吊豈知。事到無聊惟縱酒，生平有素但耘耔。任他風景十分好，三復金人背上詞。

讀衡叟詩敬題其後（受業　孫樹森）

踏遍天涯老退耕，悲今慨古總多情。凌霄氣概胸中具，倒峽詞源筆底生。風月襟懷原少壯，滄桑世事感難平。彼蒼何爲斯人厄，想是詩壇未主盟。

崚嶒氣概洵驚人，身世遭逢竟不辰。無限愁腸澆筆墨，別從真處見精神。光明磊落偏奇遇，雅性肫誠但寫真。一册瑶章展讀罷，蓬萊慧業悟前身。

讀罷琅函幾度猜，廢興治亂妙能賅。志同松柏凌空立，筆擁風雲捲地來。士困窮途惟有罵，生逢濁世孰憐才。當年遍閲佳山水，助得詩人眼界開。

杜陵慷慨逞雄姿，樂府新詞渺遐思。百代心傳惜國故，一腔牢落有誰知。名山佳水西川路，殘月霜天北塞詩。此日歸來專著述，衡門寄迹樂栖遲。

衡門叟詩餘

榆關懷古（七律　姚君岫章、黄君海籌以此題示余，余亦效顰。庚辰民紀二十九，余年古稀）

百罪一功秦始皇，高山萬里建門墻。西陲遠遁胡塵迹，北鄙空餘塞草黄。睥睨三王平宇宙，蹉跎二世閲興亡。而今惟有雄關在，鴉噪城頭冷夕陽。

園中連日對雨（五律一首）

細雨連朝降，無人造敝廬。樹深山鳥寄，地僻野人居。暫息勞生事，且看道德書。柴門一里許，望去蓋茫如。

長夏茅庵吟并柬姚君岫章、黄君海籌（四言）

菜畦二畝，老樹槎枒。面面園繞，雜以桑麻。有若城然，中無官衙。茅庵一楹，遠鄰兩家。蒼顔一老，躬耕烟霞。豈無佳侶，野草閑花。

庚辰仲秋上丁，縣署開祭孔籌備會。縣長某謂請位老先生宣講聖學，教學生們聽聽，教他們作好人。于是公推清漳。至日祭畢，學生六百餘名北面立大成殿陛下，余南面立大成殿陛上，宣講仲春仲秋上丁祀孔所繇來，又“子張問行”一章。既散班，頗覺有所感觸，于是粗成七律一首

异學勃興廿九年，綱常倫紀杳如烟。開來覺世先賢志，繼絶無人後輩憐。溷濁横流皆陷溺，清明王道作機權。今朝宣講家常話，能入莘莘衆耳邊。

哭趙幼梅先生四首（七絶）

忽驚報紙傳凶信，仰嘆先生赴夜臺。猶有新詩待評定，問君何日能歸來。

十年三哭三君子（姚師叔節、嚴先生範孫及君三人也），咸有高情教不才。人往風微當此世，茫茫宇宙孰追倍。

多君朋輩日往來，一日猶能數舉杯。况復吟哦成癖好，爲他竟與天年摧（先生享年七十有一）。

欲將尺素藏書篋，檢點琅函不忍開。往日音容猶在眼，强含老泪重低徊。

陳烈婦馬孺人（七古一首）

產于川中終于此，雲山遠隔五千里。就中端底誰能詳，飢寒交迫走武昌。母死無資父賣身，可憐清白墜風塵。于時孺人年十五，抗志不殫鞭棰舞。血肉横飛竟葆真，崚嶒之骨鐵石心。風聲吹入陳君耳，慨然償金市歸己。小星入室分外明，再造之恩同死生。今也陳君歸窀穸，孺人一瞑隨所適。相從地下抱衾裯，但知報德無盡頭。嗚呼貞烈一身兼，望古遥集幾人焉。惜乎世風至此日，古道每遭時賢忌。抑知正氣無人扶，地天溷沌皆膜糊，特爲孺人一高呼。

重九日陳君稚泉、姚君秀章赴茅庵訪余，余適他出，次日作詩招之

暫爲農忙去敝廬，良朋過訪失迎諸。明朝是小重陽節，共履高臺眼界舒。

念及兒輩經商感賦（七律一首）

耕讀親承五百年，而今兒輩業斯遷。詩書不了窮途恨，闤闠偏饒翰墨緣。心計持籌存裕後，家聲古道思吾先。老夫從不因成敗，困守空城志早堅。

重九日登玉皇閣故壘（七律一首）

天空氣爽入深秋，騷士登臨每寫愁。況復龍蛇兢走陸，行看廬舍遍成丘。清霜灑落蒼天泪，晚節徒搔白髮頭。歸卧茅庵蕭瑟裏，一杯濁酒散千憂。

茅庵午覺方酣，被西風吹醒，感而賦此（五律）

野老方酣睡，西風起案頭。寒蛩檐下卧，落葉枕邊流。夢裏三春景，醒來九月秋。振衣徐起立，砂礫亂迷眸。

滌場謝天（五律一首）

耕穫今云了，秋收尚可人。計家正十口，差足度三春。不作風雲想，惟兹稼穡親。兒孫皆果腹，斗酒答皇仁。

蔓菁粥（五律一首）

諸葛屯軍菜，真堪代米糧。豈惟蒸作餅，大可煮成漿。百煉猶真性，一瓢發古香。老夫甘嗜此，收穫滿倉箱。

蘿蔔湯（五律一首）

適口非珍錯，一盂蘿蔔湯。味辛滋肺府，性淡潤中央。氣化無凝滯，神經有蘊藏。衛生良有益，肉食可能方。

茅庵中菊花盛開，對之飲酒（五律一首）

好友經年别（余自乙丑事變未嘗種菊，今年勉種數種），今朝顧我來。强顔惟展笑，無語若低徊。不辨黄花瘦，焉知白髮催。茅庵聯舊雨，滿飲兩三杯。

庚辰歲暮（七絶一首）

兵火連天有未邊，沈沈籠罩遍烽烟。蒼皇夢裏能高枕，亂世偷生又一年。

祭　竈（臘月二十三日，家家祭祀皂王①，祭畢焚化，謂送皂王② 上天。好事者爲之聯云：上天言好事，回宫降吉祥。余亦因之）

臘鼓頻催送竈王，前旌且駐勿忽忙。九重天上如垂問，漫道吾居是醉鄉。

庚辰除歲辛巳新春（七絶一首）

頻年喪亂迭相因，何事寧丁老大身。但祝渾淆隨歲去，有生共沐太平春。

---

①② 皂王：疑當作“竈王”。

夏曆辛巳鈔録已刻碑文附于詩集後，至穹陰隆冬爲其親負藥千五百里徒步以歸，不覺感慨泪下，遂賦詩一首

載興載寢夢魂顛，恍若萱堂在眼前。負藥登途行匝月，芒鞋踏破大冬天。烟迷古塞忘歸路，雪壓行囊怎息肩。凍餒交攻頻死所，慈親相見涕漪漣。

辛巳元旦忽憶昔客成都，于是日與張叔明茂才（獻縣）、樊蔭孫孝廉（清苑）、賀昆凡大令（清苑）、高紹先進士（青縣）相邀杜工部草堂賞梅飲酒，余乃繞道武侯祠看茶花。既至草堂，諸君令從僕于門首候余，于是暢飲。余大醉騎馬歸，偃息床頭，不覺東方之既白矣。至今思之，情景如昨，遂賦七絶三首以志盛概

携手良朋赴草堂，草堂共沐好風光。梅花滿院香紛馥，把酒臨風酒亦香。

武侯祠畔草堂春，樹樹茶花朵朵新。往日風光猶在眼，雲山萬里又重津。

劍南塞北幾奔波，歷遍名山與大河。屈指于今五十載，燕泥鴻爪繫情多。

雜吟三首（七絶）

轉眼忽經七十霜，百年歲月總荒唐。壯懷已付東流水，剩有頑軀尚健康。

禱天生聖豈無因，每憶斯時一愴神。古往今來今亦古，後生有未念今人。

治時常少亂時多，生不逢辰莫奈何。最怕芳鄰來問訊，强令高唱太平歌。

昔余授詩學于孫樹森，樹森轉授于李擢，今擢以其詩册示余，遂賦七絶二首以增

新詩争自樹吟壇，無韵無聲怎奈看。料得絲桐當斷歇，寥寥古調有人彈。

微言奥旨付東流，誰肯乘潮一繫舟。寄語吾徒當努力，從來後輩重前修。

李擢詩有《赤壁鏖兵》一題，亦擬一首（七絶）

戰勝荆襄指顧中，艨艟千里壓江東。可憐一炬成灰燼，剩有群山一抹紅。

又李擢詩册中有《野花》一首，其中聯云：“芬芳不借栽培力，生長全憑雨露加”，樹森云堪爲隱士寫照，余因咏一絶 (七絶一首)

野花不長貴人家，羞向名園鬥粉華。獨挺芳姿遂野性，茫茫大地自生涯。

李擢詩有《歲寒三友》三絶，亦擬一首 (七絶)

老幹虛心迥不同，蘿頭百卉有無中。地天凍鎖空空外，獨挺芳姿傲朔風。

題李擢詩册四首 (七絶)

吾道不孤喜再傳，何期此世結良緣。前途不遠無休歇，一上高樓別有天。

好是騎風御氣游，詩情飄灑又蒼遒。歐陽矜許東坡話，甘讓斯人出一頭。

揚名後世顯尊親，孔老遺言自有真。試看浮生虛富貴，煌煌一瞥總烟塵。

學詩學文五十年，而今格格未成篇。已知老大難爲役，惟望莘莘後起賢。

老友姚君岫章盆梅盛開，孤芳獨賞，爲詩八首相示，頗觸興懷，勉湊七律一章敬以奉和

吟壇高築傍梅花，雅韵偏多處士家。落落疏籬栖野鶴，清清瘦影上窗紗。濃香比艷原非分，冷性孤芳自有涯。讀罷新裁尋舊侶，不知何處足烟霞。

時勢感賦（七絶一首）

茫茫苦海有無邊，大難何堪在眼前。禍福吉凶難逆料，坦懷惟靠有情天。

是歲夏曆八月初旬，余赴野砘地騎驢歸，石輪一雙格格作響，驢蹄愈忙，其響愈急，余愈加鞭。道傍有牧羊者指曰劉二爺好像三四十歲人。余爲之一式，于是高唱七絶一首

石輪格格大途中，驢背揚鞭一老翁（余年七十有一）。顛倒年華君莫笑，假吾鞍馬可關弓。

余在野耕地偶見與余同年者并耕，亦士人也，于是口占七絶一首

七十年華太憨生，愁來無計度升平。相將遁入烟霞裏，皓首蒼顔并耦耕。

赴　茅　庵（七絶一首）

家去茅庵二里餘，一天三次赴居諸。早知勞力身强健，悔却當年苦讀書。

茅庵對菊飲酒感賦（七絶）

自計無能挽陸沈，結茅避地入深林。檐前又見黄花發，濁酒一壺獨賞心。

深秋霜重，木葉盡脱，急風掃蕩，旋轉成堆，收而爲炊，益資林中過活，亦趣事也，詩以志之（七絶一首）

霜重秋深百卉摧，林中過活獨徘徊。不愁冷竈無烟火，收得盈裾落葉來。

重九登高（七律二首）

日月飆馳不可留，驚人時序入高秋。迷眸殺氣來天末，捲地西風起海陬。剥落山川渾洗濯，摧殘雁字盡飄流。年年却有重陽節，望去新愁勝舊愁。

强舒老目登高去，一望凄然未有涯。幾點荒村來野獸，高低焦土集寒鴉。霜垂衰草連天白，風擁飛塵淡日華。無限蒼凉無限恨，城頭遥聽又吹笳。

祭　　竈（七絶一首）

肴酒雜陳美席筵，餞君此夕駕回天。九重玉帝如垂問，可與黎民少乞憐。

戲咏辛巳除夕（七絶一首）

了却一年又一年，年年苦惱有無邊。明年倘若今年似，還説應該不怨天。

戲咏元旦（壬午七絶一首）

昨夜平分帶歲錢，一家欣喜慶新年。老妻剪得平安字，斜插禿頭鬢髮邊。

茅庵雜吟（春夏秋三季常在茅庵，故曰茅庵雜吟　七絕十九首）

井邊樹下每盤旋，一片濃陰是我天。摘得通紅枸杞果，茅庵煮酒醉于焉。

樹樹新芽緑滿枝，地天氤蘊雨絲絲。鳥鳴遠近聲雜沓，獨坐茅庵獨聽之。

睡醒園林日暮天，歸林鳥雀數聲喧。清音沁入脾經裏，一陣清虛返自然。

不受塵埃半點侵（成句），誰知城市有山林（成句）。漫云老耄機心歇，還是生平一片心。

六畦豆角兩經鋤，老耄勤勞血氣舒。如此養生君莫笑，蒼蒼能有幾如余。

清州背郭樹森森，長夏濃陰一望深。時有黄鶯鳴上下，茅庵獨聽一開襟。

茅屋一間傍草萊，檐前垂拂棗花開。風吹一陣香紛馥，蛺蝶翩翩入户來。

睡醒茅庵日半斜，忽聞鳥雀噪檐牙。東窗開敞乘涼沁，吹放心頭第一花。

六年曾未一還鄉，阻隔非關道路長。料得墳頭荒草没，空餘泪眼望穹蒼。

狂奴故性總難除，老耄顛憨氣漸舒。况值乾坤明朗化，堯天舜日總不如。

鎮日無聊遇睡魔，風雲變幻一南柯。醒時試望紗窗外，麥隴悠悠蕩緑波。

茅庵樹下午陰清，短榻高眠世外情。枕側似醒還似睡，當頭布穀一聲聲。

天視天聽自我民，先王告誡幾重申。而今歷驗皆非是，古語荒唐未必真。

赫赫炎炎旱象呈（自去年七月未雨至于五月），狂風發屋若雷鳴。砂塵滚滚如流水，白日高高半滅明。

邇來事事漸膜糊，績學積年亦若無。惟有迂拘還是我，惹人訕笑老狂奴。

建設家祠報遠恩，薨薨揖揖盡諸孫。唯吾亦是同儕輩，五夜鄉思勞夢魂。

家祠建築幾經傳，屈指于今五百年。此日落成真慶幸，宗功祖德有淵源。

八郎廟匾屬先曾（曾祖澤三公書），相濟剛柔道路稱。劉氏家祠吾秉筆，或云通體盡鋒棱。

歸寧話別竟長辭，五十年來此日期（五月十三日也）。念汝情深命更淺，一抔土側立多時（亡妻李孺人五十年忌日也）。

婚姻論歌（五古①一首）

欲知後果與前因，只將婚媾證原因。婚姻結合有定體，此中端底未能差毫分。或前或後相等待，或即或離終相親。此其撮合非人力，冥冥之中若有神。老夫經驗每如此，豈其架空徒云云。生即同衾死同穴，此亦何事是非偶然必有真。恩短中途別，別後空酸辛。恩深相偕老，白髮仍如新。亦有仇結怨，冤仇有宿根。冬因春花夏結果，無聲無臭人無聞。問君亦能知此否，無爲修短起逡巡。事雖杳茫有至理，可悟前身與後身。吁嗟乎！天道好還，四時運行有常序，豈惟人事獨昏昏。

七絶二首

山上巍巍烽火臺，東征仁貴費安排。英雄一去無消息，半

---

① 五古：疑當作“五七古”。

没砂塵長草萊。

昔我賢王好古籍，傳經輔世澤流多。千秋俎豆埋塵土，大半摧殘在共和。

新豐陳生子忠聞吾虚聲，求余講孔孟之學，余甚嘉之。歲壬午仲夏侍余照像，因題六十四字于其上

蒼顏古貌，劉氏清漳。鉅源其字，籍著獻王。戎服肅雍，陳生子忠。詣余講學，孔孟爲宗。昔我孔子，即得仲子。不聞惡聲，云胡不喜。自西徂東，惟天則同。曠乎邈矣，萍水遭逢。

贈陳生子忠（七絶一首）

四海爲家一丈夫，縱横曾不遣人扶。生平志在安天下，豈忍江干作釣徒。

送陳生子忠之安次（七絶二首）

聚首年餘竟轉勤（舊時謂之升遷調補，今曰轉勤），相將歧路立斜曛。贈君一語君須記，無忘單騎逐叛軍。

上無道揆一年年，法守無從陷罪愆。如此生民如此世，總關大辟亦堪憐。

《書·吕刑》“大辟疑赦”，註：大辟，死刑，有疑而當赦者。子忠往往鞫獄，故以此贈。

後　記

這本詩集是《歷代獻縣詩鈔》的一種，包含了高夢箕、陳祺齡、李爲章、劉清漳四位從明末到民國年間獻縣人的詩集。

高夢箕的《許山集》和《承平雜咏》録自獻縣《高氏家譜》，于萬復老师用國家圖書館古籍部藏本進行了校勘。

陳祺齡《劍花龕詩影》。我们最初在國家圖書館古籍部找到了一册刻本，無序、無跋、無牌記，我們以爲是完整的。爲此我们感到很遺憾，因爲在同時期獻縣人的記述中，陳祺齡詩作很多。後來，于萬復老師查詢到南開大學圖書館有《劍花龕詩影》的鈔稿本。幾經周折，于萬復和杜書恒兩位老師通過南開大學圖書館林紅狀老師的幫助，在南開大學圖書館見到了《劍花龕詩影》的稿本。此稿本前有道光二年夏四月陳祺齡的自序及圖記，爲陳祺齡謄清本，上下兩册，國家圖書館所藏刻本爲下册。兩位老師完成了鈔録，并與國家圖書館所藏刻本進行了比對，除個别字外，稿本和刻本基本一致。杜書恒老師又在天津圖書館查到館内藏有《劍花龕詩影》的稿本和刻本，經過與天津圖書館聯繫，見到兩種本子。經過比較，天津圖書館所藏稿本與南開大學圖書館稿本完全相同，均爲陳祺齡手録謄清本，保存完整；天津圖書館藏刻本爲兩册，前有道光二年夏四月序及圖記，後有陶樑跋語，下册與國家圖書館古籍部藏本相同。經過許多人的努力，我們終于見到了陳祺齡《劍花龕詩影》完整的稿本和刻本，其中的經過有“山重水復疑無路”的迷茫與困惑，也有“柳暗花明又一村”的喜悦和收獲。

李爲章《瀛南迂叟詩集》是張紀岩老師從民間訪得，由于萬復、曹書通、杜書恒、張紀岩、吕永森、彭芳娜等老師録入和校對。

劉清漳詩集。最初于萬復老師從天津圖書館找到了《衡門叟文集》，以爲就是劉清漳的詩文集。後通過胡艷杰老師找到了影印件，結果發現并没有詩集。于萬復老師又從北京大學圖書館查詢到館内有《衡門叟詩集》，但是需要校内借閲證纔能看到。杜書恒找到北京大學的楊廷智博士協助，我們得以完成了劉清漳詩集的録入，也補全了劉清漳詩文集。

整理這本詩集是一個既辛苦又不時有新收獲的過程。在這個過程中不斷地向各位老師請教，和朋友探討，查閲資料，核實相關信息，困惑與欣喜相生。工作時間，在學校裏加班加點，只有夜晚和節假日纔是整理詩集的時候。青燈相伴，明月爲鄰，春光過客，詩書爲朋。幾年中，先後經歷了公公辭世、父親亡故、工作調動、女兒高考等等，諸多不順和憂心時常襲擊心靈。但每當看到日漸完善的書稿，心中總會涌起難以名狀的感嘆，情鬱于中。每當與各位老師相聚探討，感受到大家對獻縣文化的熱愛，對家鄉文化的情懷，心中又有些釋然。人生的際遇，似乎也和這些詩集一樣，幸與不幸，誰又能説得清呢。經歷過人世變遷，時代更迭，一切定論都似乎爲時尚早，但我們爲家鄉文化盡了一份心，讓埋藏的根脉有了延續和發展。

這本詩集的出版經費由河北大學國學傳承與發展協同創新中心提供，中心主任劉金柱先生多次給予熱情的指導和建議。在整理的過程中，我得到了河北大學文學院劉青松和傅林，南開大學圖書館林紅狀，天津圖書館胡艷杰等老師的幫助，此外，于萬復、杜書恒兩位兄長幫助搜集資料，張紀岩、曹書通、吕永森、彭芳娜協助録入、校對等，很多師長悉心指導、熱情幫助，在此不一一致謝，銘記我心。

武樹慧

二〇一八年十一月二十日